文春文庫

砂男

有栖川有栖

文藝春秋

前口上

本書をお手に取っていただき、ありがとうございます。

これから読もうとなさっているところへ、いきなり作者がしゃしゃり出て失礼いたします。

事前にお断わりしておきたいことがあるので、前口上としてお伝えさせてください。

カバー裏の内容紹介にもあるとおり、この本は有栖川有栖の単行本未収録作品を集めた短編集なのですが、わけがあってこれまで収録しなかった旧作が二編（「海より深い川」と表題作「砂男」）含まれています。

前者は、短編集に入れそこねているうちに法律が改正され、古びてしまいました。

後者は、長編化しようとしているうちに社会情勢が大きく変化してしまい、長編として組み立て直せませんでした。

また、前者については付言すると、「このままでは発表できない」と判断し、〈現実の日本ではない架空の日本〉を舞台にした長編（空閑純《そらしずじゅん》を探偵役とするシリーズの第一作『闇の喇叭』）にアイディアを流用したため、お蔵入りさせるしかなくなりました。

が、両作品ともその背景をお伝えした上ならば興味深く読んでいただけるかもしれない、と考え直して本書に収めた次第です。

したがって、『闇の喇叭』をいずれ読もうとなさっている方がいらしたら、「海より深い川」には部分的ながらアイディアの重複があるので、ご注意ください。

本書ができた経緯は「あとがき」に記しますが、私自身、このような短編集を出すとは思ってもみませんでした。

三十年以上も書き続けている二つのシリーズの探偵役（江神二郎《えがみじろう》と火村英生《ひむらひでお》）が一冊の本で競演することになろうとは。二度と起きない事態でしょう。

前置きはこれぐらいで。

お楽しみいただけますように。

有栖川有栖

目次

〈初出〉

女か猫か　「オール讀物」二〇二一年五月号
（文春文庫『猫はわかっている』所収）

推理研VSパズル研　「オール讀物」二〇二〇年七月号
（文春文庫『神様の罠』所収）

ミステリ作家とその弟子　「オール讀物」二〇二三年七月号
（文春文庫『禁断の罠』所収）

海より深い川　「小説ＮＯＮ」二〇〇四年五月号

砂男　「大阪人」一九九七年一月号〜十二月号

小さな謎、解きます　ＪＴウェブサイト「ちょっと一服ひろば」
二〇一八年十二月十三日公開

デザイン　大久保明子
ＤＴＰ制作　エヴリ・シンク

砂男

女か猫か

1

学生会館のピロティで、二人の先輩と出くわした。モチこと望月周平《もちづきしゅうへい》と信長こと織田《おだ》光次郎《こうじろう》。経済学部三回生のコンビと僕は、同時に相手に気づいて足を止める。彼らは三講目の授業に向かうところだった。

「今から昼飯か、アリス？　今日はサービスでAランチが安いから狙い目や。この機会を逃《のが》すな」

ひょろりと長身の望月に薦《すす》められたが、気分は麵類だったので、僕・有栖川有栖《ありすがわありす》は曖昧《あいまい》に応じておく。

「ラウンジに誰かいます？」

学館二階のラウンジは、僕たち英都《えいと》大学推理小説研究会の溜まり場だ。総勢五名の弱小サークルなので、誰の顔もないことも多い。

「江神《えがみ》さんがいてるわ。さっきまで三人でBランチを食べてた」

　短髪で短軀《たんく》の織田が答えてくれる。部長も含めて、サービスデーでもAランチに手が届かない面々であったか。

「あとで」と別れかけたところで、望月が「おい」と言って織田の背中に肘《ひじ》を当てる。彼の視線をたどってみると、二十メートルほど離れた柱の前に二人の女の子が立っていた。片方は、推理研の紅一点である有馬麻里亜《ありままりあ》。僕と同じく法学部二回生だ。彼女が真剣な顔で向き合っている相手は、顔が見えないので判らない。

「マリアが友だちと話してるみたいですけど、どうかしたんですか？」

　望月と織田は、両側から僕を挟むようにして近くの柱の陰に誘導した。彼女らの死角に移動したかったようだ。

「マリアはええ。問題はその友だちや」

　望月が言うと、相方の織田が引き継ぐ。

「お前、あれが誰か判らんかな？」

　斜め後ろ姿しか見えていないのだから無理だ。黒髪が艶《つや》やかで、薄手のパーカーにジーンズ、足許はスニーカー。地毛が赤っぽくて、ベージュの秋用ジャケットに臙脂《えんじ》色のボウタイというお嬢様風のマリア——実家は東京の成城。実際、ちょっとしたお嬢様ではある——といささか対照的だ。

「アーカムハウス」

それで判らんか、と織田は言いたげだ。アーカムハウスと言えば、生前は不遇だった怪奇幻想小説の大家、H・P・ラヴクラフトの作品を世に広めるため、その友人だった作家オーガスト・ダーレスとドナルド・ワンドレイが設立した出版社の名前であることぐらいは知っている。どうしてその名前がここで出てくるのか、と二秒ほど訝《いぶか》った。

「もしかして」彼女らの方を見てから「あのバンドのメンバー？」

あれは五ヵ月ほど前。ゴールデンウイークを少し過ぎた頃の土曜日だっただろうか。学館ホールで行われた新入生歓迎コンサートに「ロック好きやろ」と両先輩に誘われ、初めてアーカムハウスのライブを観た。いくつか出た他のバンドも悪くなかったが、女の子三人からなるそのバンドの歌と演奏は圧巻で、それだけでカンパ五百円では申し訳ないほどだった。

「華奢《きやしや》やのに、ギブソンレスポールをがんがん弾きまくってヘヴィーな音を出してた子ですね？」

ボーカル兼ベースは、ロングヘアで上背があった。ドラムスはショートヘアで体格がよかったのを覚えている。

「そう、シーナちゃん」

名前を口にするだけで、織田は少しにやついている。彼女のファンであることはライブの前から宣言していた。去年十一月の学祭で見初《みそ》めたらしい。「可愛いからやない。馬鹿ウマやろ。あの才能を評価してるんや」としつこく強調していた。

「なんでその子がマリアと立ち話をしてるんでしょうね」

「そこや」織田が僕を見据える。「俺が摑んでる情報によると、シーナちゃんは英文科の二回生。学年はマリアやお前と一緒やけど、学部が違うんやから接点がないはずやろう。なんでマリアがシーナちゃんを知ってるのか聞いておいてくれ」

そこで望月が「おい、そろそろ」

二人が去ってもマリアたちは話し込んでいた。相変わらず見えているのはマリアの顔だけだが、その表情が冴《さ》えない。深刻な悩みを打ち明けられているかもしれないので、こっそりと消えることにした。

茹《ゆ》で玉子をトッピングしたラーメンを独りで食べていたら、Bランチをトレイに載せたマリアがまっすぐやってきて、僕の向かいに座った。懐《ふところ》具合どうこうではなく、Aランチでは量が多すぎるのだろう。

挨拶《あいさつ》抜きで訊かれる。

「さっき、モチさん信長さんとピロティにいたよね?」

隠れたつもりが丸見えだったらしい。

「いてたよ。マリアが話し込んでた相手は、アーカムハウスっていうバンドの子? なんでマリアが知ってるんやろうって、二人とも気になるみたいやった」

疑問の答えは即座に明かされる。

「下宿が私と一緒なの」

下宿といっても彼女のねぐらは〈フローラル・ヴィラ〉といって、当然のごとくエアコンも完備したお洒落《しゃれ》なところだった。そこに住んでいるのなら、シーナちゃんも経済的に余裕があるのだろう。

「点と線がつながった」

「下宿で顔を合わしているうちに親しくなったので、ちょっと相談を持ち掛けられてた。些細《ささい》なことにも思えるんだけれど、恋する娘にとっては悩ましいんだろうな」

同じ下宿の女の子の恋愛相談を受けていただけか、と僕の興味は著《いちじる》しく減退した。シーナちゃんは、織田の心を波立たせるほど魅力的であることは認めるが、僕にとっては目の前でコロッケを食べている娘ほどではない。

「ふぅん。彼氏と喧嘩でもしたんかな」

「気のない声ね、アリス。あ、謝らなくていい。他人の恋の悩みに食いついてくる方が不躾《ぶしつけ》だから」

「セーフでよかった。そんな相談を受けるぐらい仲がええんやね」

「ギターのプレイスタイルはすごく攻撃的だったりするけれど、シーナちゃんは優しい子。素ではおとなしいの」

「マリアがその子と親しいのは、信長さんたちに話してもええんやろう？　これまで隠してたみたいやけど」

「話しそびれていただけ。だいたいあの先輩二人が、特に信長さんがシーナちゃんのフアンだと知ったのは、つい最近なのよ。雑談の中で『平成最初の学祭はアーカムハウスのライブが楽しみやな。野外ステージのかぶりつきでシーナちゃんが見たい』とか言っていたから、へえ、と思った。アーカムハウス目当てでライブハウスにも行ってるみたいに言っていたっけ」

つい十日ほど前にそんな場面があった。望月が「アタックしてみる度胸はないのか?」と訊くと、織田は「ファンとして憧れてる状態が幸せなんや」と答えていた。

「彼女からどんな相談を受けたのか、興味はないわけね」

「いや、まあ」と応えたら、お気に召さなかったらしい。

「不躾でないのはいいとして、私たちが何を話していたのか、ちょっとは関心を示してくれてもよさそうな気もするな。——面倒臭い奴だな、と思ったでしょ?」

「付け足したそのひと言が面倒臭いわ。今日はどうしてん? 絡むやないか」

ここで「ごめん」と謝られて、ますます調子が狂いそうになる。

「ごめんね。人から相談されると過剰に感情移入してしまうことがあって、今がそれみたい。だけど、客観的に見ればやっぱり些細なことなんだけれど」

「まどろっこしいな。で、シーナちゃんがどうしたって? 彼氏の挙動に不審な点があって、ふた股をかけられているのでは、と疑心暗鬼になってる?」

当たらずといえども遠からずだろう、というあたりに石を投げてみる。

「うーん、その領域に片足を踏み入れているかしら。これが実は、考えようによってはミステリアスな話で、ディクスン・カーの小説に出てきそうな密室の謎？」

「謎？　って、こっちに訊かれても判らん。友だちからの相談に密室の謎が出てくるやなんてわけが判らん。ほんまに今日はおかしいぞ」

　突っ込む僕を無視して、彼女はわざとらしく斜め上を見る。

「自分で言っておいて何だけど、カーの密室ものっぽいわ。ほんのりとオカルトの趣《おもむき》も盛られているし。推理研に所属する私が相談されたのも、神様の思し召《おぼめ》しなのかもしれない」

　今度はもったいぶって気を惹こうとする。カーだの密室だのと聞いて、僕が興味を持ちだしたのを察知したようだ。

「密室の謎やったら解こう。ラウンジに江神さんがいてるらしいから、三人で考えようやないか。そのうちモチさんと信長さんも戻ってくるやろう」

「あ、そうか。今なら江神さん入り、モチさんと信長さん抜きで推理できるんだ。チャンスかも」

　マリアは、二人の先輩が聞いたら傷つくような発言をする。どうしてそんな言い方をするのかについては、訊かずとも説明してくれた。

「あの先輩二人は、濃淡こそあれどちらもシーナちゃんのファン。彼女を悩ませている謎があると知ったら熱心に考えてくれるでしょうね。でも、事件について話そうとしたら、彼女のプライバシーに立ち入ることになる。ファンは、そういうのに触れない方がいいと思うの」

だから望月、織田がいないところで話したいと言うのか。その発想はなかった。ところで——

「待った。『事件』って言うたよね。事件性があるんか？　まさか密室殺人やなんていうことは……さすがにないわな。カーが小説にしたら、どんなタイトルになる？」

「さぁ。猫とか爪とかが入りそう」

どちらもミステリのタイトルに似合う単語だ。

「アリスの目の色が変わった。さっきまでとは大違い」

トレイを返却口に運び、二階のラウンジに向かいながら、僕は突如としてマリアに重大な告白をしたい衝動に駆られた。こんな日常的な時と場所であり得ないことを。ほんの数秒で振り払った後も、放ちそこねた言葉が頭の中で響く。

——君を前にして、君自身のことならいざ知らず、他の女の子の悩みに興味が湧くはずがないやろう。

2

ラウンジの昼下がりは賑《にぎ》やかだ。

午前中に授業を受けてランチを済ませた者、午後からの授業に出るため早めにやってきた者、学食にだけ用があって登校した者が顔を揃えて、どのテーブルも学生で埋まっていた。出遅れて居場所を確保しそこねたサークルのメンバーは、壁際でたむろして空きができるのを待っている。

肩まで長髪を垂らした江神二郎《じろう》部長は陣取り合戦に敗れることなく、中ほどのテーブル——隣では〈京都を歩こう会〉が会誌の制作に勤《いそ》しんでいる——に座って、窓の外を眺めながら煙草《たばこ》をふかしていた。

憩《いこ》える賢者のようでもあり、人を斬ったばかりの剣豪のようでもあり、どうとでも見える。捉えどころのない人だから。よって、難解な事件が持ち込まれるのを待つ名探偵のよう、という比喩《ひゆ》も成立するわけだ。実体は文学部哲学科四回生。

「一緒に考えてもらいたい謎があります」

部長の向かいのベンチに腰を下ろし切らないうちに、勢い込んでマリアが言った。僕はその右隣に座る。

「顔を合わせた早々、いきなりやなぁ。どういう種類の謎や？」

江神さんが視線をこちらへと移しながら尋ねたので、僕は反射的に答える。

「ディクスン・カー風の密室の謎やそうです。詳しい事情はまだ聞いてないんですけど」

下宿が同じで親しくなった女の子が抱えている問題であること。彼女はアーカムハウスというバンドのギタリストであること。望月と織田、特に後者がそのファンであることが、まずマリアの口から説明される。できるなら、望月と織田がいないところで話したい旨《むね》も。

「二人が帰ってくるまで一時間半ある。その間に片づきそうな問題か？」と江神さん。

「どうかな。金庫室みたいな堅牢な現場で起きた事件ではないんですけれど、一応は密室の謎ですから、そう簡単には解決しないかもしれません。だけど、江神さんの知恵を借りたら何とかなるかも」

江神さんは「アリスのも借りろ」と言ってくれた。マリアは失言に気づいて笑う。屈託がなくて、いい笑顔だ。

彼女は、事件関係者——全員が二回生——の紹介から始めた。この時になって、僕は初めてシーナちゃんのフルネームを知らないことに気づく。織田ならば承知しているのだろうが、ステージではメンバー三人とも下の名前で呼び合っていた。

まずは戸間椎奈《とましいな》・アーカムハウスのギタリスト。文学部英文科。

小峰美音子《こみねみねこ》・同、ボーカリスト兼ベーシスト。社会学部。

庄野茉央《しょうのまお》・同、ドラマー。文学部心理学科。

そしてもう一人は、彼女らのオリジナル曲の作詞を担当している商学部の男子学生で、名前は三津木宗義《みつきむねよし》。

「クラブノートと称する大学ノートに江神さんが書き込んでいくので、マリアは「そのページは後でよけておいてくださいね」と言った。望月と織田が見たら、これは何だ、と騒ぐのは目に見えている。部長は、了解している印に黙って親指を立てた。

「関係者はこれだけやな?」

訊かれて彼女は「はい」と答える。江神さんはその四人の名前をしげしげと見てから
ぽつりと——

「被害者は三津木宗義か」

的中していた。捜査会議を開始するなりの名推理かに思えたが、根拠を聞いてみると
まったく論理的ではない。

「単なる偶然なんやろうけど、バンドの三人の名前に共通点があって、彼だけがそこから外れてる。犠牲者であることを暗示してるかのように」

何が共通点なのか、椎奈に近しいマリアも判っていなかった。

「この三人は英都高校の出身で、高校時代から軽音でバンドを組んでいたそうです。名前に共通点があって引き合ったわけじゃないはずですけど」

「せやから偶然なんやろう。三人とも名前に猫が関係してる。早口言葉みたいな小峰美音子は下ふた文字がネコ。小峰という姓にもネとコが含まれているな。庄野茉央のマオは中国語の猫や。発音が違うけど」

東洋哲学もたしなむ江神さんだが、中国語に堪能というわけではない。

「はぁ」マリアはひと声発してから「椎奈ちゃんはどこが猫なんですか? ……あれ、そういえば何か引っ掛かってた。椎奈ちゃんの名前」

「戸間椎奈。トマシーナ」

部長はもったいぶらずに答えを明かした。『トマシーナ』は猫好きで有名な作家、ポール・ギャリコの小説のタイトルだ。確かトマシーナは主人公である猫の名前で、同作は著名な監督の手によって映画化もされていたはず。

「ああ、読んでないんですよ」

「僕も、まだ。ギャリコは『ポセイドン・アドベンチャー』しか」

バツが悪そうに言う後輩たちの反応を部長は笑う。

「読んでない傑作ミステリが話題になるたびに、『その話には入られへん。本は買ってあるんやけどな』と残念がったり言い訳したりするモチの真似をせんでもええ。猫好きの少年が死んで猫に変身してしまう『ジェニイ』の続編で、『トマシーナ』はそういう名前の猫が死んでしまってから……とか話してたら脱線するな。感受性が豊かなうちに読んでおきたまえ。椎奈という名前からして、両親のどちらかが『トマシーナ』を愛読していたのかもしれへん」

謎解きを急ぎたがっていたマリアが、つい脱線を誘いかける。

「江神さんって、猫好きでした？　猫や犬が大好きという片鱗《へんりん》を見た覚えはないんですけれど」

「猫も犬も可愛いし、人間よりは利口かもな。――三人の共通点が判ったら、三津木宗義が犠牲者になる理由が呑み込めるやろ。彼は猫の中に紛《まぎ》れた鼠《ねずみ》なんやから無事では済まん」

「どこが鼠なんですか？」

僕は、愚問を投げる役目を担った。

「三津木といえば、世界一人気のある鼠の名前やないか」

マリアは、がくりと音を立てながら――いや、実際は立たないが――項垂《うなだ》れる。貴重な時間を空費してしまったことを悔いたのだろう。

「推理研らしくペダンチックで楽しかったけれど、本題に入るのが遅れてしまいましたね。私のせいもある？　ここからディクスン・カーまで急ぎます」

アーカムハウスは仲よし三人娘のバンドで、スリーピースながらブリティッシュ・ヘヴィーメタルのコピーを得意としていたのだが、一年ほど前にオリジナル曲専門のバンドに移行した。そうしたいと思っていたタイミングで、希《ねが》ってもない作詞者が現われたのだ。ステージに立つことがないアーカムハウス第四のメンバー。それこそが三津木宗義だった。バンド名がアーカムハウスになったのも彼の発案で、以前はまったく違う名前だったらしい。

バンドが変身した経緯はというと、共通の友人を通じて、まず小峰美音子と三津木が出会う。「本当は文学部に行って山ほど小説を読みたかった」と言う彼が無類のロック好きで――ただし、もっぱら聴くだけ――、怪奇幻想小説を愛し、詩作を趣味としていることを知ったミネコは、「わたしらのオリジナル曲のリリックを書いてくれへん？」

と持ち掛けた。すると彼は、「架空のメタルバンドのために作詞したものがある」といくつかの詩を見せた。ミネコが「これやわ！」と大喜びし、シーナとマオも「ええね」と認めて、三津木が曲作りに加わったのだ。

作曲を担当したのはギタリストのシーナではなく、主にミネコ。先にでき上った曲に、三津木はぴたりと当て嵌《は》まる詩を書いて戻す。「はったりと虚仮威《こけおど》しがきつすぎるかも」などと言いながら提出されるダークな詩は、バンドの音楽性を固めた。いわゆる世界観が構築できたのだ。

彼女らはプロを志向していない。ミネコによると「下手なプロになるのが嫌。最高のアマチュアが理想」なのだという。

織田も陰のメンバーである三津木の存在は知らないだろうが、マリアは彼とも面識があった。

「三津木宗義という名前は戦国武将みたいですけど、色白で、小柄で、肩幅が狭くて、可愛い感じの子です。ある種の女子には人気が出るタイプ」

詩作をミステリの創作に置き換えたら趣味が自分と似ているな、と思っていたのだが、ここでひっくり返された。全然違うやないか。

どんな密室の謎が出てくるのかが気になるところではあるが、急がば回れとばかりに、江神さんは登場人物たちのもう少しくわしいプロフィールと人間関係を知りたがる。シーナについては、先ほどさらりと聞いたことをマリアは繰り返した。

「――という感じで、ロックをやると思う存分パワフルに自己表現ができる、それは他の手段では絶対にできないと思って、軽音に入ったんだそうです。彼女を勧誘したミネコさんは、とにかく歌がうまい。作曲も得意で、リーダーシップを取っています。ベースの腕も並みじゃないんですよ。アリスが横で頷《うなず》いていますけれど。背が高くて、すらっとしてステージ映《ば》えします。さらに社交性があって、おしゃべりも楽しい」

並みじゃないどころか、ソロのチョッパーベースに感嘆した。歌の方は広い音域が武器らしく、ドスを利かせた低音と透き通ったハイトーンの往復が印象に残っている。

「マオさんはまたタイプが違って、なかなか複雑な人かも。演奏はワイルドで、ステージの外でもどちらかと言えば無愛想なんだけど、自己演出みたいです。人の話に対する反応の仕方なんかを見ていると、メンバーの中で一番繊細かも」

激しいドラミングの最中も表情を変えず、時折ぶつぶつ独り言を呟《つぶや》くのがとてもタフに映った。もしかすると、あれも演出か。

「人間関係については、シーナちゃんに聞いたとおり話します。音楽から離れた時間もずっと仲がよくて、三人でよく遊びに出掛けるそうです。ただ、三津木さんが加わってから微妙にバランスが乱れてきたそうで、シーナちゃんは『自分が原因だとしたら悪い』と元気のない声で言っていました」

「つまり」江神さんは右の耳たぶをいじりながら「彼女と三津木君が親密になって、それが他の二人にとって面白くなかった、とかいう展開かな?」

「はい。さっき三津木君について『ある種の女子には人気が出るタイプ』と評しましたけれど、アーカムハウスの三人は、男の子の趣味でも気が合ったんです。みんなが彼に好意を寄せながら、バンド活動が最優先だから抜け駆けはしない、と暗黙の諒解があったらしい。なのにシーナちゃんと彼の間で抑えられない感情が進んで、やがて隠し切れなくなった。やがてというのは、この夏あたりです」

かといって波風が立ったというほどでもなく、雰囲気が少しぎくしゃくする場面があっただけ、というのはシーナの言だから、実態がどうなっていたのか定かではない。ミネコやマオの憎しみを買っていたかもしれず、それがこれから語られる事件の犯行動機なのでは、と僕は先走って考える。

部長とマリアのやりとり。

「ぎくしゃくというのは、どういう感じだったんやろうな」

「喧嘩のはるか手前だったそうですよ。二人からシーナちゃんが詰問されたりもしていません。口には出さず、『そのへんにしておいてね』とやんわり注意されているようだった、と」

「微妙やな。抜け駆けした後ろめたさからくる気のせいやないのか?」

「どうかしら。私は、シーナちゃんの表現を借りてしゃべるしかできません」

「『喧嘩のはるか手前だった』が、喧嘩に発展する事件が起きたということか?」

「まさに。それが〈深夜の密室事件〉です。または〈謎の爪痕《つめあと》事件〉」

猫はどうした？　さっき「猫とか爪とか」と言った時は、アーカムハウスのメンバーの名前が揃って猫を連想させることにまだ気づいていなかったはずではないか、と疑問に思ったが、よけいな口を挟むことは慎《つつし》む。

マリアは語りだした。

3

十一月四日。十日前の土曜日で、三連休の真ん中にあたる日の夕刻。

アーカムハウスの三人と三津木宗義は、小峰美音子の家に集まった。三週間後に控えた学祭コンサートの練習ではなく、余興と実験を兼ねたイベントのために。西京極《にしきょうごく》のはずれにある小峰邸は昭和初期に建てられた西洋建築で、小ぶりながら界隈《かいわい》で異彩を放つほど瀟洒《しょうしゃ》な造りをしていた。老朽化に伴う補修、改築を重ねてきただけに、妙に現代的な部分が随所にできて、西洋建築風になりかけてはいたが。

製菓商として財を成したミネコの祖父が建てた立派な屋敷だが、小峰家の来歴はどうでもよい。問題なのは、三百坪ある敷地の一角にぽつんと建つ離れ。そこには――ようやく登場するが――ディクスン・カーのミステリによく出てくる類《たぐい》の縁起がよろしからぬ伝承があった。

居候《いそうろう》の住まいに供されたり、ビリヤードや卓球などの遊戯にふける場になったり、画学生にアトリエとして開放したりしてきた何の変哲もなさそうな離れ。ミネコが幼い頃は物置になっており、近所の従妹との遊び場にもなっていた。おもちゃ箱の中に飛び込んだようで、楽しい場所だったという。

今は亡き祖父は、そこで遊ぶのを許してくれたが、一つだけ固く約束させられた。離れの中で決して眠ってはならない、と。不可解な戒《いまし》めだ。ミネコが理由を尋ねたところ、「風邪を引くやろ」とのことだったが、腑《ふ》に落ちなくてさらに問うと「方角が悪いよって、お化けが出る」と言われた。

子供といっても幼児ではなかったから、「お化けなんか出えへんやろう」と思いはしたが、「方角が悪い」というフレーズが意味不明ながら恐ろしくて、約束を破ろうとはしなかった。風水の観点からその離れが凶相というのでもなかった。かつてそこで急死した年若い居候がいたため、祖父が自前のタブーを設けたらしい。亡くなったのは祖父の遠い縁者で、心臓に持病を抱えていたから不審死でもなかったが、死の前日に妙なことを口走っていたらしい。「夜中に誰かがいる気配がする。あそこには何かいるみたいだ」といったことを。

心臓の病《やまい》だけでなく、彼は仕事でしくじったことをきっかけとしたノイローゼにも悩んでいたので、幻覚だろう。しかし、そう言った夜に発作を起こし、翌朝に冷たくなって発見されたとなると、気味のいい話ではない。もともと迷信深いところがあった祖父にとっては、非常にショックが大きかったものと思われる。

中学生になっても引っ掛かっていたミネコが「離れに秘密なんかないよね」と兄に言うと、「危ないからよけいなことを知ろうとするな。西洋には〈好奇心は猫をも殺す〉という諺《ことわざ》があるんやで」と忠告するので真顔で聞いていたら、すぐに「はっ、秘密？　あるわけないやろ！」と大笑いされた。

この話がアーカムハウスのミーティングで出た際、酒も入っていないのに何の勢いで か、わっと座が盛り上がった。「泊まってみたい」「怖いから無理」と女性陣が言い合う中で、静かに微笑していたのが三津木宗義だ。

怪奇幻想小説の愛好家であり、作詞する際はそこからイメージや言葉を汲《く》んでいる彼がこの不吉な戒めにそそられないはずがない。「どうなん？」「泊まってみる勇気がある？」「なさそうやね」と囃《はや》されているうちに、彼はきっぱりと言い放った。

「僕の直感によると、その離れには何かあるな。そこでひと晩、眠ってみたい」

言質《げんち》を取った、とばかり歓声が上がった。

「ええよ。泊まりにきて」ミネコは言った。「今は物置でものうなって、大きなテーブルと椅子が置いてあるだけなんやけど、遊戯室やった頃の名残で壁際にベンチシートがある。そこで寝てもらえるわ」

即決したことに三津木はいささか戸惑っているようでもあったが、前言を取り消しはしない。

「毛布さえ用意してくれるのならベンチシートでいいよ。夜は冷えるかな」

「ストーブを持ち込むわ。テレビもない離れに泊まり込むんやったら敵は退屈やけど、三津木君の場合は詩人やから大丈夫やね」

　マオは「ほんまにやる？　今やったら引き返せるよ」と言ったそうだが、言葉とは裏腹に、そう言われたら彼が後戻りできないと読んでいたのかもしれない。

　シーナはというと、三津木らしい挑戦はいいとして、彼がミネコの家に泊まり込むことに抵抗を覚えたそうだ。そこまでマリアに語っていないが、深夜、ミネコが離れにこっそり忍んでいくことを案じたのかもしれない。

「ミネコの家の離れにまつわる伝承の真偽を確かめるための実験か。あっし、こんなん好きや」

　マオが言った。彼女は気だるげに話す癖があり、〈あたし〉の発音が〈あっし〉に聞こえる。女・木枯《こがら》し紋次郎《もんじろう》か。

　マオは続けて「しかも、被験者がメタルの詩人。ええね。――けど、実験やったら立会人もしくは証人が要る」

　三津木が宵《よい》の口に「それでは」と離れに入り、朝になって「おはよう」と出てくるだけでは面白味に欠ける、と言うのだ。三津木は、これには抵抗した。

「僕がちゃんと眠るかどうか、誰かが横で観察するの？　無理。赤ん坊じゃあるまいし、それじゃ寝付けそうにない」

　わいわい言っているうちに、次のようなプランがまとまった。

善は急げで、決行は次の土曜日。三連休の中日にあたるので、みんなで小峰邸の離れに集まり、食べて飲んで楽しむ。酒に強くない三津木はあるラインを超すといつも寝入ってしまうので、コンパを催すことで実験を成立させられるのだ。夜が更けてきた頃合いに、酔いが回ってきた三津木を残して女性陣は退出し、彼を放置する。翌朝、さてどうなっているか、と様子を見に行くと決まった。

「うん、これでいく」ミネコが宣言した。「三津木君を離れで独りにしたら、私らは母屋《おも》で寝よう。マオとシーナに泊まってもらう部屋《や》はあるよってに。兄貴が独立したから部屋が空いて、客間が増えてん」

「ああ、そうしたらあくる日の朝、三津木君の様子をすぐ見に行けるね。あっし、それに賛成」

という場面におけるシーナの心境はというと、ミネコに変な下心がないことが判って、ひとまず安堵《あんど》したそうだ。まさか、油断させておいて夜中にこそこそ……なる隠密作戦を企《たくら》んではいないだろう。

いや、その可能性もゼロではない。警戒心が亢進《こうしん》していたせいもあって、彼女はこんな提案をする。

「実験というからには、遺漏《いろう》がないようにしよう。酔うたら三津木君は寝る。色んな人の証言でも、必ず寝るのは確かやわ。そやけど、そのまま朝までぐっすりという保証はないやん。途中で目を覚まして、離れを抜け出してしまうかも」

「僕のこと、そこまで疑《うたぐ》る？」

シーナの心底を知らない三津木は呆《あき》れていた。

「せっかくの実験やからね。三津木君も『夜中に抜け出して、朝日が射してから戻ってきたんやないの？』とか言われとないやろ。そやから、私らが離れを出る時、テープで封印したらどうやろ？　そこに三人でサインをしといたら、インチキはできひん」

下心など皆無なのかミネコがすぐに賛同した。マオは黙って頷いていたが、ひょっとするとシーナが考えていることをすべて見透かしていたのかもしれない。

「封印はなぁ。トイレはどうするんだよ」

三津木の抗議はミネコに一蹴される。

「離れにもトイレ、あるねん。昔は人が暮らしてたから、もともとあったんやけど、遊戯室に使うてた時、お客様のために父が水洗式のものを付けたんよ」

三津木は外濠《そとぼり》も内濠も埋められて承諾するしかなくなっていった。面倒な実験ではあるが、彼としても怪しい離れに興味がなかったわけではない。

実験の模様をビデオカメラで記録しよう、と言いだしたのはマオだった。このあたりはいかにも学生のノリだ。提案したマオ自身は機材を持っておらず、ミネコのものも故障中だったので、シーナが持参することになる。

そして、事件当日を迎えたのだった。

家政婦の助けも借りてミネコがオードブルを用意し、せっせと離れに運ぶ。他の面々はアルコール類を含む買い出しの品々を携《たずさ》えて、午後六時にやってきた。小峰家の賓《ひん》客《きやく》ではないから仕出し屋に料理を頼むようなこともなく、催されるのはフライドチキンやピザやらをテーブルに並べた学生らしい飲み会だった。

立派なキッチンとダイニングがある母屋で宴《うたげ》を開くと、うるさくて家族に迷惑が及ぶので、ミネコの兄が大学時代にこのように離れを利用していた。マンドリン同好会の仲間を呼んで深夜まで騒ぐのだ。料理などの搬入や後片づけの手間は増えるが、それもイベントの一部だ。わざわざ野外で肉を焼いて食べるのを面白がり、おいしくもないバーベキューではしゃぐようなもの。

ビデオカメラを回しながらのコンパは六時過ぎに始まり、いつもどおりのロック談義を交えた雑談が続く。その内容はこの後に起きる事件と関係がなさそうなので委細は省略。ミネコが作った学祭向けの新曲に、三津木が珍しく詩をつけあぐねていたため、それも話題になったそうだ。

凶事の前触れめいたものはなかったのだけれど、一つだけシーナには引っ掛かっていることがある。八時半を回った頃。

「猫?」

ビールを飲んでいたマオが顔を上げた。離れの裏手で猫らしきものの声がするのを、シーナも耳にしていた。

「野良《のら》猫、いてるで。黒猫」ミネコが言う。「生後半年も経ってないかなぁ、あの子。

仔猫でも成猫でもない大きさ。中猫っていうの？　少し前から庭に入ってきてるわ」

「餌《えさ》をやったりしてるん？」

「マオは猫が好きやったね。餌はやってないんよ。うちは両親とも動物が好きやないから、餌やったらええ顔せえへんねん。野良にしては毛並みが悪うないから、近所で世話してくれてる人がいはるみたいやで」

彼ら四人の間を、ここでゆらりと猫が横切った。声だけではあるけれど。

九時を過ぎたあたりで食べるものが尽き、いったん片づけをすることになる。四人で手分けをして、ゴミをまとめたり、食器を母屋に戻したり。

三津木は、ここまではアルコールを飲む量を控えていた。きれいになったテーブルに酒類とつまみだけが残ったところで、酔うための儀式が始まる。彼だけが飲むのではなく、女性陣もそれぞれに合ったペースで付き合いながら。

夜が更けるにつれ、シーナは緊張してきたという。まさか本当に怪異が三津木に降りかかるとも思えないが、たまさかアクシデントが発生した時——深夜に彼が腹痛に襲われるとか——、とても嫌な気がするのでは、と今さらながらの心配をしたのだ。

十時になり、女性陣は空いた瓶や缶を手にして席を立つ。

「私らはこのへんで失礼しよか。三津木君、独りでどうぞごゆっくり。実験やよって、おかまいもせずごめんね」

ミネコが言うと、よい加減に酔いが回りかけた三津木は、「ごちそうさまでした。おやすみ」と手を振ってみせる。両の瞼《まぶた》が重くなってきたようだった。

外へ出た三人は、あらかじめ用意してあった粘着テープをドアの三箇所に張って、離れを封じる。この建物の開口部は、ドア以外にも二つの窓があるが、どちらの窓にも木製の面格子《めんごうし》が嵌っているので、三津木の脱出口にはならない。

「そしたら順番に」

ミネコの取り出したペンで、三人がテープにサインをして、封印が完成した。その一部始終もビデオに収められる。

「これでよし」ペンを返してもらってからミネコは言う。「三津木君が離れから出たら、テープが剥《は》がれてしまう。張り直してもあかん。このテープは安物やから、そんなことしたら粘着力がすごく落ちるねん。マオやシーナが共犯者やったとしても、証拠を残さずに彼が脱出するのは不可能ってことや」

「共犯やなんて」マオは笑う。「三津木君が拉致《らち》監禁されているんやったらともかく、あっしら粋狂《すいきょう》な遊びに水を差したりせえへんよ。なっ、シーナ」

三津木は出入りをしたら痕跡が残るが、緊急の場合は自由にふるまえるのだから危険はない。

「うん、手助けしたりせえへんよ。だいたい、彼はここを抜け出したら行き場がないやないの。誰かに母屋で匿《かくま》われてもすぐバレそうやし、朝まで近くをぶらついて時間を潰すのも難しい。終夜営業してる店なんかないもんね」

全員が納得して母屋へと向かう前にシーナは耳を澄ませてみたが、離れの中からは物音一つしない。三津木は着替えもせず眠りに落ちてしまったのではないか、とさえ思った。

4

「戦慄《せんりつ》の怪事件やな。この謎は手強い」

江神さんの言葉に、マリアは目を丸くした。

「まだ事件、起きてないんですけれど……。ここまで聞いただけで、あくる朝、三津木君がどうなっていたのか江神さんには判るんですか？」

「離れから煙のように消えてたんやろう？」

再びがっくりと項垂れるマリアだが、すぐに面を上げた。

「江神さんにあるまじき空振りで、違うと判って言いましたよね。和《なご》みましたから、話を進めていいですか？　——進めます。アーカムハウスの三人は母屋に引き揚げると、順にお風呂に入ってから就寝しました。部屋は別々です。翌朝ちょうど八時にリビングに集合し、揃って離れに向かいます。ドアをノックしながら『おはよう！』と呼び掛けたら、『おはよぉ』と間延びした返事がありました。彼、密室から消えていなかったんです。三人は粘着テープに異状がないことを確認してからドアを開きます」

そこで彼女らが見たものとは？

「三津木君は、昨日のままの恰好《かっこう》で迎えました。慌てて着替えたばかりで顔も洗ってならず、髪は寝癖でピンと撥《は》ねていました。それはいいんだけど、三人は彼をひと目見るなり『あっ！』と驚きます。左のほっぺたに何かで引っ掻《か》かれたような傷があったからです」

赤い筋が縦に三筋。ちょうど猫に爪で搔かれたような傷だった。

「当の三津木君は、みんなに指摘されるまで頰の傷に気がついていませんでした。『そういえば、ひりひりする』と指で触れてみたら、『痛い』って。トイレのそばに鏡があったので、そこで自分の顔を見て驚いていたそうです」

江神さんが状況を整理していく。

「いつどうしてそんな傷ができたのか、本人に思い当たることはなかったんか？」

「まったくないそうです。目が覚めた直後から違和感があったみたいですけれど」

「寝てる間についたということか。夜中に顔がちくっと痛んだ、ということは？」

「『ないよ。そんなことがあったら目を覚ますと思う』って答えでしたけれど、睡眠が深くて痛みが判らなかったんでしょう。シーナちゃんたちがドアを叩く十分前に起きたばかりで、夜中は一度も目が覚めなかった、ということです」

「寝惚《ねぼ》けて自分で引っ搔いたんやないか？」

「三津木君は楽器を弾く女の子たちよりも爪を短く切っていて、ああいう傷を自分でつけるのは無理でした。彼、爪が尖《とが》るのが嫌だからいつも鑢《やすり》で削っているんですって」

貴公子は爪切りなどという野卑《やひ》な道具は使わない、ということか。ますます僕から遠い。

「野良猫が迷い込んで悪戯《いたずら》をしたということは？」

マリアは「それです」と江神さんに人差し指を突きつけた後、肘を九十度回転させて指先を僕にも向けた。

「『それです』って何やねん？　俺はともかく江神さんを指差すのは失礼やろ」

そんなことで部長の不興を買うはずもないが、マリアは非礼を詫びてから言う。

「近くをうろついている猫がいたんだから、その子のしわざかと思いますよね。猫の犯行説が自然と湧き上がって、みんなで猫探しをすることになりました。椅子とテーブルだけでがらんとしているように話してきましたが、母屋で使わなくなったソファやら整理棚やらが片隅にあったので、その下や中を手分けして探して猫が見つかったら密室の謎でも何でもない。猫はおろか、爪のある生き物はどこにもいなかった。

「以上がディクスン・カー的密室事件の概要です」

ここに望月と織田がいたら、とりあえず不服を口にしただろう。「地味で小さな謎やな。こんなもんはカーやない」「メタルバンドが絡んでるのにロックでもない」などと。

江神さんと僕が何も言わないうちに、マリアは真面目な顔で付け足す。

「事件に興味を持ってもらおうと必死でしゃべったんですけど、誤解を招いていないか心配です。私は、ラウンジでの時間潰しとして楽しんでもらうために話したんじゃありません。寝ている間に三津木君の顔におかしな傷がついた。この小さな謎がシーナちゃんたちの仲にじわじわと罅《ひび》を入れつつあります」

三津木の頬についた傷が猫によるものでなかったとしたら何なのか？　当人の三津木も含め、その場にいた全員が思ったことがある。人間の女性が爪で引っ掻いた傷らしく見えたのだ。

「本人までそう認めるとは、よっぽどそれらしい傷なんやな」江神さんは自分の右頬をひと撫でして「男が女に顔を引っ掻かれるということは、痴話喧嘩《ちわげんか》か。当日の夜、誰かが離れに忍び入って、密会中に彼と諍《いさか》いになったのではないか、という想像が広まった？」

「はい」と答えるマリアの声は、先ほどまでと違って沈んでいる。

「真夜中の密会疑惑について、三津木君は真っ向から否定していて、シーナちゃんも彼のことを信じると、言っています。だけど、やっぱり例の傷のことを思うと、もやもやするらしいんです」

彼を信じているというよりも信じたいのだな、と僕は思った。二人が親密になってからの時間が浅いせいもあるだろう。

「他のメンバーにしても、もやもやしているのは同じです。シーナちゃんがよその家に泊まりにきてお行儀の悪いことをしたんだろうか、とか。ミネコさんがそれを目的に怪しい離れの戒《いまし》めを捏造《ねつぞう》したんだろうか、とか。あるいは……」

マオが発作的に奇襲をかけたのだろうか、とか。なるほど、疑心暗鬼とはこういうことか。

それにしても、女の子三人を大混乱に陥れる三津木宗義のモテっぷりに感心する。自分に似ているどころか対極に立っているではないか。メタルの詩人だか貴公子だか知らないが、一度顔を拝ませてもらいたいものだ。

江神さんとマリアのやりとり。

「気まずい状況にあるのは理解した。小さな謎とはいえ、みんなの心に棘《とげ》が刺さったんやな。しかし、女性陣の誰かが忍んで行ったとは考えにくいやろう。ドアを封印したテープに異状がなかったのなら。何か細工の跡があったんか？」

「不審な点はありませんでした」

ミネコは慎重を期して三箇所にテープを張ったのかと思っていたが、深慮があった。三箇所に張れば三人で分担して剝がすことができる。異状のあるなしは剝がす際の感触でしか判らないから、全員が確かめられるように、と考えてのことだった。

「テープを剝がす感触はごく自然で、張り直したようではなかったんやな？　それやったら、密会者は存在しなかったことになるやないか」

「猫も存在しませんでした。誰の疑惑も晴れません。むしろ、密会説の方が優勢です」

「なんでや？」

「テープに張り直した形跡がなかったのは、何かのトリックが使われたからかもしれません。だけど、猫はトリックを使わない。——いえ、これ、真面目にシーナちゃんたちは言っているんですよ」

猫はトリックを使わない、という言葉が、洗濯機で洗われるシャツのごとく僕の頭の中でぐるぐる回った。高名な思想家が残した箴言《しんげん》と錯覚しそうになる。

「ちょっと落ち着こうか、マリア。端《はた》から見る分には、小さな仲間内が少々ごたついているだけに見えても、当事者にとっては笑い事やない。友だちのことが心配なんやな。謎が解けるかどうか判らんけど、挑戦してみよう。——その前に、アリスが何か言いたげにしてるぞ」

これは江神さんの軽口ではなく、僕には言いたいことがあった。

「言うてもかまいませんか？　その離れで起きたのは怪事件と呼べるでしょうけど、厳密な意味において密室ではないように思います」

マリアが反発しないはずがない。

「どうして？　ドアの封印は入念に確かめたし、二つの窓も施錠されていたのよ？　おまけに面格子も嵌ってた」

「うん、その点においては密室だったんやろう。ところが、本件においてはあまり意味を成さない」

〈本件〉とか〈意味を成さない〉とか、われながらスカした言い方をしてしまう。

「なんでって、被害者が死んでないからや。三津木君はほっぺたを何かで引っ掻かれてただけやろう。密室の中にいた唯一の人物である彼こそが犯人と考えるしかない。つまり自作自演。鑢できれいに爪を削ってたとしても、自分で自分を傷つけなかった証明にはなれへん。針金一本あったら自傷は可能や」

自信満々の仮説でもなかったが、ありそうな話だとも思っていた。ただ、そんなことをする動機は判らない。そう思っての発言だったが、マリアはこれを断乎《だんこ》として打ち消した。

「関係者を一人も知らないアリスがそんなふうに言うのは理解できる。だけど、違うの。その意図を説明できないでしょ？　ミステリだったら『自作自演の他に可能性はない。よってそれが真相。動機は観念した犯人に語ってもらいましょう』かもしれないけれどね」

彼女は、丁寧《ていねい》に僕を諭《さと》してくれる。ほとんどがシーナからの伝聞ではあるが、事件以降、みんながどれほど気まずい想いをしているか。こんな状態では学祭のステージに立てないかもしれない、という空気が漂い始めており、それが彼女たちにとってどんなにつらいことか。そして、アーカムハウスが空中分解しかねない現状にどれほど三津木が心を痛めているか。

「こうなるのが三津木君の狙いだったのかしら？　そんなわけ、ないよね。破壊工作として迂遠《うえん》すぎるもの。アーカムハウスを掻き回したかったのなら、もっとシンプルで有効な手段はいくらでもあった。そこまでの悪意はなかったとしても、やっぱり自作自演は納得できない。ほんの悪戯心でやったんだとしたら、彼はとっくの昔に白状してるでしょう。謝罪とともに」

理路整然とした反駁《はんばく》で、ぐうの音も出ない。論理的なだけでなく、人間の心理の洞察としても彼女は正しい。

「君の言うとおりや」

「ありがとう、判ってくれて」

このやりとりを見ていた江神さんは、小さく頷いたようだった。見られていたのではなく、見守られていたのだろう。

「マリアの言うとおり、三津木君の自作自演は考えにくい。俺らが思いもつかん動機があった可能性も残るけれどな。人間はややこしい」

マリアは、これには何も言い返さなかった。発言者の器が違うから仕方がない。江神さんは続ける。

「ひとまず三津木君はシロだと仮定しよう。シーナちゃんもシロやな？」

マリアに問うた。

「はい。彼女のしわざだとしたら、無実の演技をしてまで私に相談してくる理由がまったくありません。三津木君の自作自演よりありそうもない」

「となると、残る二人のどちらかの犯行、ということになる。三津木君への想いが高じて抑えられなくなり、離れに忍んで行ったものの拒絶されて逆上し、顔を引っ掻いた。彼は誤解を恐れて、あるいは犯人が不憫《ふびん》でそのことに沈黙し、犯人も自白できずにいる。これやったら納得できるか？」

「いくらか。でも、それが真相だったらバンドはやっていけなくなるかも」

「関係が修復できるかどうか、予測が難しいな」

自作自演でないのなら、まともに密室の謎に挑まなくてはならない。容疑者は二人に絞られているが、現場付近にいた爪のある動物も無視できない。

犯人は女か、それとも猫か？

現場を実地で検証できないのなら、せめて見取り図を描いてもらいたいな、と僕が思ったタイミングで、「録画は？」と江神さんが言う。そうだ、シーナが撮影したビデオがあるはずではないか。

「いつ言おうか迷っていました」マリアは傍《かたわ》らのバッグをぽんと叩く。「シーナちゃんが撮ったビデオ、ダビングしたのを借りて持ってるんです。これを観てもらうと、現場の様子も当日のみんなの言動も判ります。カメラを回しっぱなしにしていたわけじゃないから、場面は飛び飛びですけれど」

しかし、ラウンジでは観られないし、出席すべき四講目の時間が迫っていた。江神さんの判断は早い。

「授業に行け。その後、時間があるか?」二人ともフリーだった。「よかったら俺の下宿にこい。そこで観ながら密室の謎を検証する」

「意外。テレビはともかく、ビデオデッキを持ってたんですか」

僕より先にマリアが驚きの声を上げた。

「今や新時代の平成やぞ。俺の部屋にもデッキぐらいあるわ。卒業して行く若者が『要りますか? 要らなくてもあげます』と置いていってくれたのがな」

その若者に感謝だ。

授業に向かう途中、黙々と足を運んでいた彼女が、ぽつりと言った。目を合わせたくないのか、顔を背《そむ》けながら。

「悲しいことを思い出して泣いている時、シーナちゃんに背中をさすってもらったことがある。助けてもらった。あの子は私の友だちで、恩人なの」

ならば、僕にとっても恩人だ。

5

授業が終わると、マリアと僕は西陣《にしじん》にある江神さんの下宿を目指し、黄昏《たそが》れてきた今《いま》出川《でがわ》通りを西へと歩いた。白峯《しらみね》神宮を過ぎ、ヘッドライトを灯した車が行き交う堀川《ほりかわ》通りを渡り、右手に折れて細い道へ。このあたりに初めてきたマリアは、観光客のように

「ちょっと信じられません」マリアは言う。「私もビデオを観ましたけれど、『これじゃ

そして、関係者たちはそれを見逃していたのか。

ところどころ早送りしながらでも見つかる重大な手掛かりがあった、ということか。

またマリアが「ええっ！」

「ところどころ早送りしながら最後まで観た。密室の謎が解けた気がする」

僕が訊いてみると、返事は耳を疑うものだった。

「江神さん、少しは観ました？」

団が三枚出ており、僕たちはテレビに向かって座る。すでにビデオを再生する準備はできていた。

ちらかっていた本をとりあえず壁際にすべて積み上げた、という六畳間には薄い座布

「お邪魔します」という細い声が顫《ふる》える。

段を下りてきた。江神さんの城に入るにあたって、マリアはいたく緊張しているらしく、

顔見知りの大家さんに挨拶していたら、先に帰って部屋の片づけをしていた部長が階

で、見上げれば江神さんの部屋の窓。

彼女が「ええっ！」と驚いたところで、目的地に到着した。犬矢来《いぬやらい》のある古い二階家

「厳格な京都人に言わせたら、このへんはもう京都の外らしい。洛外や」

「ここが西陣かぁ。いかにも京都って感じ」

きょろきょろしていた。

何も判らない』としか思えませんでした。密室トリックの仕掛けがちらりと映ったりしているんですか？」

「まだ確信はない。俺の勘違いかもしれんから、おかしなことを言うたら指摘してくれ。――ああ、その前に」

腰を上げる江神さんを後輩二人が止めたが、お茶の用意ができていて、大家さんにもらったという八つ橋《やはし》も供された。マリアは接遇に恐縮して、拝んでから湯呑みを手に取る。

「江神さんがそう言うんやったら、もう謎は解けたんでしょう」僕は言った。「せやけど、これからいきなり解決編ではタメがなさすぎます。ビデオを観ながら、僕にも考えさせてもらえますか？」

「録画時間は三十五分や。早送りや巻き戻しは好きにせえ。お前にリモコンを預ける」瞬《また》きしていたら見落とす、という厄介《やっかい》な手掛かりではないそうだ。さらりとヒントをもらった。

再生ボタンを押す。阪急電鉄・西京極駅の前。もう日が暮れている。買い出したものが詰まったビニール袋をゆらゆらとカメラに向けて振る女の子には見覚えがあった。学館ホールのステージでドラムを叩いていた庄野茉央だ。相変わらず髪はすかっと短くて、青いスタジアムジャンパーにごわついたジーンズ。シルエットをぼやかせたいのか、上下ともだぶだぶだ。

隣で歯を見せて笑っているのが三津木宗義。なるほど、女の子から「可愛い男の子」と評されるのも判る顔立ちだ。誠実で優しそうな顔でもある。藍《あい》色がきれいな厚手のジャケットを着て、背中にリュック。持ち込む品々でふくらんだビニール袋を両手に提《さ》げていた。

『こんなとこで映さなくていいじゃない』

彼が言うと、撮影者である戸間椎奈の声が応える。

『記録やし。テストも兼ねて、ちょっと』

画面が切り替わる。

問題の離れだろう。カメラは木造の平屋の外観をなめてから、ゆっくり左にパンすると、小峰邸らしき屋敷と木立《こだち》の影。暗くてどんな庭なのか見えなかったが、カメラが三百六十度回転したので、離れがどんなところに建っているのかよく判った。屋敷はブロック塀ではなく生垣に囲まれており、これなら野良猫が出入りできる。

ぐるりと回ったカメラが離れの入口に戻ってくると、木製のデッキに立つマオと三津木の横に長身でロングヘアの女の子が加わっていた。小峰美音子だ。おどけた表情で、「こちらでございます」と離れを両手で示してみせる。ハイネックのセーターがよく似合っていた。

こうして見ると、どこにでもいそうな女子大生なのだが、聴衆を魅了する姿を知っているから不思議な感じがした。記憶にあるより柔和な顔に見えるのは、ステージではきつめにメイクをしていたからだろう。笑う時は、にっと口を横いっぱいに開く。

カメラは離れの中へ。犯行現場であるから注意して観なくてはならない。

ビリヤード台と卓球台がともに収納できるほどの広さがあった。様々な用途に使われてきたそうだが、今は中央にでんと大きなテーブルが据えられ、六脚の椅子がそれを囲む。いずれもアンティークなもので、白いクロスを掛けられたテーブルの上には、オードブルを盛った大皿やグラスが並んでいた。三津木らが持ち込んだビニール袋も画面に映り込む。

窓をチェックしておかねばならない。奥の壁に一つ。ベンチシートの上に一つ。画質がいいので、クレセント錠が掛かっているのが判った。

画面右手の壁際には、マリアから聞いた話にも出てきたベンチシート。男性が苦痛なく寝られるぐらい幅が広い。その前に電気ストーブ。右手奥にくすんだ藤色の一人掛けソファ。

撮影者が部屋の奥まで進んでカメラが振り返る。ドアの左脇にあるのがマリアの言っていた整理棚だろう。腰ぐらいの高さのもので、半分ほどの段が何かを詰めた箱でふさがっている。最下段は扉がついていたり取れていたり。

入口の右手の奥にある小部屋のドアを開いた撮影者は、「あっ、そうか」と言ってすぐに閉じる。トイレと洗面台だった。小部屋の並びは見ただけでクロゼットと知れるので、撮影者は開きもしない。

『シーナちゃんがまだ映っていないよ』

三津木が延べた手にカメラが渡ると、撮影していた人物が初めて画面に現われる。間違いなくアーカムハウスのギタリストで、楽器を持っていない姿が新鮮だった。野の花という風情《ふぜい》の愛らしい女の子だ。確かにおとなしそうで、笑顔もどこか控えめだった。独特の雰囲気があり、幼く見えると言いそうになるが、子供っぽいのではなく、何と言えばいいのか、とにかくミネコやマオより年下に映る。永遠の妹の成分とでも呼ぶべきものが配合されているのか。

「シーナちゃん、楽しそうに笑ってる」マリアが言う。「この顔を最近は見せてくれない」

画面が切り替わる。

持ち寄ったものがすべてテーブルに広げられ、飲み物がグラスに注がれていた。

「そしたら始めよか。まずは乾杯」

ミネコがグラスを掲げて、ささやかなコンパが始まった。事件直前の模様を収めたものと知っているから観られるが、そうでなければこれほど退屈な映像はない。知らない子供の運動会のビデオに等しい。その春巻きがおいしそうだから欲しい、と思っても画面から出てくるでもないし。

ロック談義とやらが始まると様子が変わった。三津木が作詞を担当したアーカムハウスの曲の中には、バンド名が示すとおりラヴクラフトの作品を題材にしたものがいくつかある。新曲もその線でいけばいいのではないか、とミネコが言うのに対し、この次はどこからもイメージを借りずに詩を書きたい、と彼は渋るのだ。曲作りの現場を覗《のぞ》き見できることを面白がっていたのだが、歓談風景を撮るためにカメラを回しているのではないから——

画面が切り替わる。

以後、撮影者がころころ変わりながら、断片的なコンパの情景が続く。愉快なジョークが飛び出すでもないが、観ているうちに被写体の四人に親近感が湧いてきたせいか、早送りをする気にはならなかった。

「ぎくしゃくの影もないようやけど」

僕は思ったままを口にしたのだが、四人と一緒に食事をしたこともあるマリアの見立ては違った。

「これ、ぎくしゃくしてる。笑うタイミングが微妙に不自然な場面があるし、みんな人の話に合わせようとしすぎている。砕《くだ》けたムードを作ろうとしているんだろうな」

内情を聞いているからそう見えるだけではないか、とも思うが、マリアの観察は的を射ているのかもしれない。いずれであっても密室の謎の解明とは関係がなさそうだ。

離れには時計がない。宴の開始からどれぐらい時間が経ったのだろうか、と思っていたら、ニャア、ニャアと猫の鳴き声らしきものが聞こえて、マオが反応した。

『猫？』

これは八時半を回った頃だったはず。猫の声は全員が耳にしていた。『こっちだよね』と三津木が身軽に立って、奥の窓を開いたが、暗くて見えなかったようだ。『野良猫、いてるで。黒猫』とミネコが言って、寸時その猫の話。これもマリアの話で聞いたとおり。ミネコは『野良猫やけど、おっとりした子なんよ。目はまだ緑色っぽい。もう少しで甘露《かんろ》色になるんやろうね』などと言って、にっと笑う。動物嫌いを両親に持ちながら猫好きらしい。

三津木が席に戻りかけると、シーナが『窓が開いてるんと違う？　虫が入ってきたよ』と言う。三津木は羽虫を外に払ってから、窓をきちんと閉めた。

僕は二つのことを脳内にメモする。一つ、三津木は窓を閉めてからクレセント錠を掛けた。二つ、窓の向こうに面格子が見えたが網戸は嵌っていない。

画面が切り替わる。

食器を重ねていく三津木とシーナ。二つのビニール袋にゴミを分別するミネコとマオ。構図からすると、カメラは整理棚の上に置いてあるようだ。直前まで話が弾んでいたようで、みんな朗《ほが》らかだった。

ミネコが『重いのを運ばせてごめんね』

三津木が『いっぺんで片づけよう』

ゴミの袋を提げたマオとシーナ、繊細そうなグラスを両手にしたミネコ、両腕をハの字に広げてトレイを持つ三津木の順に出ていく。最後の三津木がドアを尻で閉めた後も、無人になった離れでカメラは回り続ける。録画中であることを全員が忘れていたようだ。

この間にとんでもないことが起きたのではないか、と画面に観入ったのだけれど、期待は虚《むな》しく裏切られる。風が庭木を揺らす音すら聞こえないので何の変化もなく、映像ではなく写真を観ているのも同然だ。それでも早送りはしなかった。
七、八分して、四人が戻ってくる。手ぶらではなく、冷蔵庫で冷やしていた飲み物を各自持っていた。缶ビールをテーブルに置いたシーナが、『ビデオ！』と言って、カメラに駈け寄ってきたかと思うと、画面が切り替わる。
三津木がビールやコークハイを勧められて飲むシーン。内輪でしか通じないジョークが飛び交うので、さすがに飽きてくる。欠伸《あくび》が出かけたところで画面が切り替わってくれた。

いよいよミネコ、マオ、シーナが離れを出るシーン。『健闘を祈るわ』『あかんと思うたら母屋に逃げてきてね』などと言う三人を見送る三津木は、とろんとした目で『エンジョイさせてもらうよ』と返す。

ドアを粘着テープで封印する場面はマリアに聞いた以上に入念だった。サインを終えた後、ミネコはテープをドアの真ん中あたりの二箇所に張り、マオとシーナに『これを剝がしてから張り直してみ』と言うのだ。『ほらな』。いったん剝がすと粘着力が格段に落ちることは、映像を通してもよく判った。

彼女らが母屋に行ってからの映像はなく、場面は翌朝に飛ぶ。マオのスタジャンを除いて、女性陣のお召し物はそれぞれ変わっていた。みんな普段着はロックっぽくない。めいめいが封印を剝がしてから、まずミネコが『おはよう！』と呼び掛ける。シーナも、マオも。『おはよぉ』寝癖の髪で出てくる三津木の頰には、なるほど、猫に引っ掻かれたとも女性に引っ掻かれたとも取れる傷跡があった。

『三津木君、それ、どうしたん？』

シーナに言われて、『は？』となる詩人。マリアに聞いた話を再現ドラマにしたような騒動の始まりだ。猫が離れに迷い込んだのではないか、ということで、手分けしての捜索となる。猫探しの邪魔になるカメラがまたも整理棚の上に置かれ、その一部始終が映っていないのはやむを得ない。

それでも映像で観たおかげで、こういう現場ならば探し洩《も》れはないだろう、ということは判った。ベンチシートやソファの下、扉が付いた整理棚の中、トイレと洗面所、クロゼットの中。猫が隠れられる場所はそれぐらいしかない。

想像を超えていたのは、四人の間の空気がどんよりと重くなっていくことだ。誰かが三津木の許《もと》に忍んで行った、あるいは彼が誰かを招き入れたのではないか、という疑惑によるものだ。

三津木もそれを察知したのか、ひどく当惑した顔になる。蒼《あお》ざめてもいた。「下衆《げす》の勘繰りはやめろよ！」と怒ってみせることもできず、居たたまれない様子の貴公子。ザマミロという感情は神に誓って一片もなく、同情した。

マオがドアを開け、半身のまま剝がしたテープを検《あらた》めているようだ。『これ、おかしなとこなかったよね』という声。シーナがカメラを取り上げ、ドアのテープをアップで撮る。三人ともが、自分が書いたサインに間違いないことを再確認して――三十五分間の映像は尽きた。

何も映らなくなった画面を見たまま、部長が言う。

「残念なビデオやな。ワンカットぐらい可愛い猫が見られると思うてたのに」

そっちも期待していたのか。

6

判らない。このビデオのどこから江神さんが謎を解いたのか。これを見て真相を見抜いたのなら、ラウンジでマリアの話を聞いた時点で見当がついていたのではないか。

三津木の頰に傷をつけたのはミネコかマオ、あるいはどこからか入り込んだ猫である、というのが前提だからミネコとマオには特に注目していたのに不審な動きはなかったし、猫は鳴き声が聞こえただけだった。

「鳴き声はしたけど、猫の姿は映ってない。ということは……」

マリアが僕の顔を覗き込むので、生煮えの仮説を言ってみることにした。

「猫の鳴き声がした後、三津木君がすぐに窓を開けた。外で鳴いたように聞こえたんやろうな。他の三人のリアクションからしても。しかし、みんな勘違いをしていたとしたら？　猫は、コンパの支度で彼らが出入りしている隙《すき》にもう離れに侵入していて、屋内で鳴いた。その後もずっとソファの下だか整理棚の扉の奥だかに身を潜《ひそ》めていたんやったら、夜中に犯行に及ぶことが可能や。犯行後、どうやって脱出したかは依然として謎やけど」

謎の半分は解けたのではないか、と思ったが、甘かった。マリアはまったく納得してくれない。

「屋内の鳴き声が、屋外からのものだ、と四人が揃って間違えるのは不自然すぎる」

「思い込みというやつや。メタルをやってる彼女らは、日常的に大音量に包まれてるのが原因で聴力が落ちてるのかも」

「聴力が落ちてるようではないし、たまにバンドの練習に立ち会うだけの三津木君については当たらない。映像を見ていて、私も外で鳴いたように思ったし、思い込みで済ますのは無理よ。コンパの前に何度かドアが開閉したとしても、ストーブの暖気が逃げないようにドアを開けっぱなしにしていた時間帯はないから、猫は入れなかった」

思いつきをもう一つ。

「封印の後、誰かが窓から猫を入れたということは？　猫は体が柔らかい。成猫やなかったら面格子の間を余裕で通れるやろう。三津木君は、錠を開けて受け取ったんや。猫を中に入れた理由？　退屈しのぎの遊び相手にするため……やったりして」

「しないって。してたら二人とも後で言うって」

僕がこのやりとりを聞いている第三者だったら、ほんまやそのとおり、と声を飛ばしただろう。

マリアは、座布団の上で体ごと江神さんに向き直って言う。

「答えを聞かせてもらえますか？　もう気になって」

僕からも頼んだ。

「歯が立ちそうにないので江神さんの推理をお願いします」

謎を解いた人は、片膝を突いたまま話し始める。

「このビデオを観て閃《ひらめ》いたのは、推理というほどのものでもない。俺が見つけたのは一つの可能性にすぎんことをあらかじめ承知しておいてくれ」

「煙草を吸いながらでかまいませんよ」

マリアが言ったが、部長は手にしていたキャビンのパッケージを弄《もてあそ》ぶだけで、吸おうとはしない。

「ビデオの映像や彼女らの証言からすると、あの封印には破られた形跡がないらしい。としたら怪しいのは猫やな。アリスが言うたように、彼女らの隙を見て離れに侵入したんやろう。いつ？　八時半に外で鳴いてたから、それ以降でありドアが封印される前や。その間にドアは開いている。食事の片づけをした時に」

だが、彼女らが食器やゴミ袋を母屋に運ぶ際、離れのドアを開けっぱなしにはしていない。出入りでドアが開いている間に猫が忍び込もうとしたら、四人の全員が見逃したりはしないだろう。江神さんの話がそこに及ぶ。

「食べ物の匂いに誘われて、暖を求めて、あるいは好奇心を刺激されて猫が飛び込んできたんやったら、誰かが気づいたはず——と思うやろ？」

同時に頷くマリアと僕。

「ほんの数秒、隙があった。猫が侵入したのはその間や。三津木君が食器を運び出す時。離れを最後に出たのは彼やから、後ろにいた誰かが『猫が入ってきた』と気づくこともない。猫は、ドアのそばのデッキで中に入る機会を窺《うかご》うてたんやろう」

僕は異を唱える。

「敷地内をうろついていたのは黒猫やそうですから、夜は目につきにくかったでしょうね。けど、猫が足許をすり抜けたら三津木君にはしっかり見えたんやないですか？　少し前にその猫が話題に出てたんやし」

「リモコンを」

言われるまま江神さんに手渡すと、猫が侵入する瞬間が映っているわけもないのに部長はビデオを巻き戻す。そして、三津木が離れを出るところで画面を止めた。

「この時、黒くて小さくて敏捷《びんしょう》な動物が彼の足許をすり抜けた。なんで見逃したのか？　彼の視界を遮《さえぎ》るものがあったからや。これ。両手で持った大きなトレイ」

両腕をハの字に開いたままではドアを通れないので、三津木は体を横にして蟹《かに》歩きで外に出ようとしている。

「トレイの横幅の分、彼は自分の足許が見られない。しなやかで音もなく走れる小動物なら、このチャンスを活かせたんやないか？〈見えない猫〉になったんや。実際にそんなことが起きた証拠がないのは赦《ゆる》せ」

ないものねだりをしても仕方がないので、マリアも僕もそこは諒とする。

「ええんやな？　四人が戻ってきたら、猫は慌ててどこかに隠れてしまい、三津木が寝入ってから音もなく姿を現わしたんやろう。そして悲劇は起きた」

性別も不明のその黒猫は、何故、罪のない詩人の頰を引っ搔いたのか？

「想像するしかない。窓が開いた時に入ってきた羽虫が残ってたとしよう。猫は、それが彼の頰に止まったのを見て狩猟本能が刺激され、パンチを繰り出したのかもしれん。鋭い爪を出したまま」

そんなことは起きなかった、とは言えない。これもよしとしよう。残った謎は、どうやって猫は離れから消えたのか？

「翌朝、みんなで手分けして猫を探す様子がビデオにも記録されてたな。手分けして、というのが失敗や。そんなことをしたら、猫の発見者がこっそり逃がすことができる。仲間の目につかないようにことを為すには急ぐ必要がある。あの時、最初にドアを開けたのは？　生後四ヵ月ぐらいの猫を隠せるポケットがあるジャンパーを着ていたのは？　庄野茉央や。ドラマーとしてふだんから両腕を酷使してる彼女やったら、半身の姿勢で死角になったポケットから『おっとりした子』を取り出し、片手でそれなりに遠くへ投げられたやろう。解放された猫は、ニャアとも鳴かず逃げ去った」

えらい目に遭ったよ、と一目散に駈けていく黒猫。その幻を見せる力が江神さんの話にはあった。

「どうやって猫が入り込んだのか、どうやって出て行ったのか。それを解くために江神さんは不可能を分割して、一つずつ潰したんですね」

僕が言いかけたことを、先にマリアが口に出した。女か猫か、ではなかった。女も猫も犯人だったとは。

「これが真相だと証明できないだけでなく、一面識もない俺には彼女がそんなことをした動機も説明しかねる。思い当たることは？」

問われてマリアは考え込む。心当たりがあって、言葉を選んでいるようでもあった。選ばれたのはこんな言葉だ。

「三津木君の頰の爪痕。整理棚に隠れていた猫。その二つからことの顚末《てんまつ》を知ったマオさんは、小さな事故を事件にしてしまおうとしたわけですよね。仲違いを誘発させてバンドを壊そうとした、とは思いません。アーカムハウスでドラムが叩けることを喜んでいましたから。シーナちゃんになびいている三津木君が憎らしくて意地悪をした、というのはあるかもしれません。好きだけど憎らしくもある彼が困っている顔をもうしばらく見ていたかった、ということも。それが正解に近い……かな。だとしても、あまり時間を置かず種明かしをするつもりだったんでしょう。ところが、思っていた以上に仲間内の雰囲気が悪くなって、どうしても言い出せなくなった……」

江神さんも僕もコメントできない。する必要もなかった。

「もしそうだったら、マオさん、困ってるでしょうね。きっと、みんなに事情を話して謝るきっかけを探してる」

「しんどいやろうな」とだけ部長は言った。

自分がどうするべきなのか逡巡《しゅんじゅん》しているようでもあったが、やがて彼女は吹っ切れた顔になる。

「答えが出ました。江神さんの推理が当たっていたらマオさんにどう言えばいいか、判った気がします。バンドの外にいて、シーナちゃんを通して少しだけつながっている私ならうまく言えそう。はずれていた場合のことも頭に置いて、慎重に接します」

「そうか」

江神さんの返答が短いので、マリアは物足りなそうだ。

「推理がはずれていた場合も想定しているんですよ。名探偵・江神二郎としてはいい気がしないんじゃないんですか？」

「想定しておくのが当然やろう。俺がしゃべったことには何の証拠もないんやから、物語みたいなもんや。事故から時間が経ちすぎてる。仮に警察が捜査してくれたとしても、実行犯の容疑がかかってる猫を捕まえて、爪に三津木君のＤＮＡが残ってないか調べるには手遅れや」

物語でもない。あれは推理ですよ、と僕は思った。

「私の友だちのために考えてくれて、ありがとうございます」マリアはまず先輩に、次に僕に。「アリスもありがとう」

考えただけで役に立てなかったのは残念だが、彼女が笑った顔を見るのはいつだってうれしい。

ようやく緊張が解けてきたマリアは、積み上げられた本をしげしげと見ては、「これって小説ですか？」などと尋ね、雑談タイムとなった。つい長居をしてしまい、気がついたら七時を過ぎている。

「腹が減ってきたな。何か食べに行けへんか？」

後輩二人はすぐさま賛成する。この先輩と夕食を共にするのは久しぶりだった。

7

わが英都大学では、創立記念日である十一月二十五日の二日前から学祭が始まる。京都のみならず全国の大学の中でも、最も遅い時期にあたるだろう。キャンパス中に模擬店が並び、その中央に野外ステージが設けられる。

推理小説研究会はその存在があまりにも小さく、また構成員に積極性が欠けているせいもあり、今年もタコ焼きの一つさえ焼かない。毎年、人でごった返すキャンパスをぶらつき、お祭り気分を味わうだけだ。

ただ今年はほんの少し事情が異なり、「これだけは、ぜひ」という目標を持っていた。アーカムハウスのライブを観ること。

マリアがどのように庄野茉央と話したのか、いかにして関係者が和解したのか、詳細は聞いていない。確かなのは、あのバンドが今年も学祭のステージに立つこと。マリア経由で伝わった情報によると、三津木宗義の作詞による新曲が演奏されるという。

学祭最終日。僕たちは野外ステージの最前列——いつもシーナが立つ左寄り——に陣取り、アーカムハウスの出番を待った。

「シーナちゃんとマリアの下宿先が同じで、親しかったとはなぁ。京都も世間も狭い。マリアを通して彼女とつながってたか」

と驚喜していた織田は、一つ前のバンドがチューニングをしている時からそわそわしている。

「三津木っていう男子がリリックを書いてたんやてな。ええセンスしてるわ。ラヴクラフトやポーやマッケンが好きなんやったら、何かの気まぐれで推理研にふらっときてたら入部してたかもしれへん。え、なんやてマリア？　予定調和で怪奇幻想の描き方が生《なま》温《ぬる》いから三津木君はミステリが大嫌い？　大した男やないな」

と白《しら》けていた望月も、最前列を確保できたことを喜んでいた。

「江神さんの推理は、当たってたんやな？」

こっそり尋ねると、マリアは頷く。

「多分。あの推理をそのままマオさんにぶつけたわけじゃないから、はっきりしないところもあるんだけれど。こういう結果になったんだから、いいじゃない」

こういう結果の中には、バンドと作詞担当者の関係が修復されただけではなく、「はっきりしいや」とミネコに言われて、シーナが三津木と交際を深めたことも含まれるのだが、マリアはそれについては織田に話していなかった。熱心なファンへの思いやりというものだろう。

江神さんはというと、次々に現われるバンドの演奏に合わせて肩を揺すっている。晩秋の風に長髪がなびき、ステージの誰よりもミュージシャンらしく見えた。

いよいよアーカムハウスの登場となる。これまでのバンドで聴衆が温まっていることに加え、彼女らの学内外での人気もあってひときわ高い歓声と拍手が沸き起こった。

小さく跳ねながら両手を振ったところで、マリアはバランスを崩す。僕が支えると、よろけながら何かを見た彼女は「あそこに」と斜め後ろを指差した。

二列後ろの離れたところにダウンジャケットを着た三津木がいた。こちらに向けているのは右の頰。涼しい風が吹いているというのに、メタルの詩人はハンカチで額を拭《ぬぐ》っている。小春日和なのに厚着をしすぎたのか、彼女らの演奏が始まるので緊張しているのか。

アーカムハウスのメンバーのファッションは見事なまで統一感がない。スタンドマイクを握ったミネコは、ジャケットも細身のパンツも黒のレザー。シャツだけはピンク色。きつめのメイクで聴衆を見渡し、メタルの歌姫降臨の図だ。ツインバスに、シンバル六枚というドラムセットを前にしたマオは、ネイビーのシャツの袖をまくって、何か呟いているようだ。演奏前に気合を入れる呪文でも唱えているのか。

シーナは袖のふわりとした白いフリルブラウスにベストを羽織り、ボトムスは鶯色《うぐいす》のパンツという薄着で、かまえるのは今日も飴色《ハニーバースト》のギブソンレスポール。華奢ながら背が低いわけではないのに、謎の成分によって大学生のお姉さんのバンドに高校生の妹が紛れ込んだようにも見える。

挨拶もメンバー紹介もなく、ディストーションを利かせまくったシーナのギュイーン！　で演奏が始まった。おお、これだけで判る。学館ホールで聴いた『名もなき都市』。詩の元ネタはラヴクラフトの『無名都市』だ。16ビートで走る走る。シーナのすまし顔での速弾き。僕のすぐ後ろで、初見らしい女の子が「何、これ⁉」と感嘆していた。

二曲目は、ポーに捧げられた暗鬱《あんうつ》でブルージーな『ボルチモア』。これもまた聴きたかったナンバーだ。気合がすごいだけではなく、マオのフィルインはいちいち洒落ている。

三曲目の前にミネコの短いMCが入った。

「おおきに、英都大学。アーカムハウスです。——次は『爪痕』といって、できたての新しい曲です。ちょっと毛色が変わります」

ベースが弾く8ビートのリフに弱音のギターがかぶさり、だんだん主導権を奪っていく。ミネコの歌が始まると、僕は次第に顔がにやけるのを我慢できなかった。


本当のあたしが知りたいって？

その秘密を暴きたいって？

後悔すると言ったでしょう

〈あたし〉は人ではなく、名状しがたき魔性のものらしい。その女を愛した男に、本当の姿を見たら心が鋭い爪で引き裂かれ、正気ではいられなくなるわよ、興味本位の詮索《せんさく》はおよしなさい、と警告する歌。ミディアムテンポのサビは、リフレインが最高だ。

好奇心は猫をも殺す
好奇心は猫をも殺す

ちらりと両隣を見れば、江神さんもマリアも口許をほころばせている。女性三人に問い詰められて、三津木はよほど恐ろしかったのだろう。その戦慄と恐怖を再現すると同時に、爪を立てた猫をこらしめるため、成句を借りてロックで脅しているのだ。あの黒猫に悪気があったわけでなし、離れでおいしいものにありつけたわけでもなく、人間の言葉がしゃべれたら「こっちこそ被害者だ！」と抗議するかもしれない。代理で僕が詫びておこう。そして、この曲を生んでくれたことに感謝したい。

間奏でシーナのソロがきた。ミネコとマオは、リズムを刻みながらギターの泣きっぷりに聴き惚れているかのよう。

しかし、やばいぞ。見た目は高校生でも通用しそうなのに、この子、なんて官能的なフレーズを弾くんだ。興奮でどきどきする。ギャップがたまらん。

二分間は続いたソロの終わりに、シーナはこちらを見て微《かす》かに笑った。そして、ギターのネックを立ててウインクする。マリアに向けたものであるのは間違いないが、誤解した者が周囲にいたかもしれない。

ひゅっと投げられたピックも親愛なる友を狙ったはずなのに、風に流されたか、キャッチしたのは織田だった。名古屋出身でありながら関西弁に染まった男が、不意に尾張の言葉を思い出す。

「本気で惚れてまうがや」

好奇心は猫をも殺す

好奇心は猫をも殺す
好奇心は猫をも、殺すぅぅぅぅぅぅぅぅ
…………yeah

モニターアンプに右足を掛けたミネコが歌い上げ、シーナとマオが顔を見合わせながらアウトロなしで曲を断ち切った。大きな歓声と拍手がキャンパスに渦巻いてやまず、にっと笑ったミネコの「おおきに。あと一曲」を包む。

あの推理を聞いた後で江神さんやマリアと食べた焼き鮭定食の味とともに、僕は生涯このライブを忘れない。

繰り返し懐かしむだろうな、と思っていたら、もう懐かしい。まだ彼女らのステージは終わっていないのに。

推理研VSパズル研

1

ことの始まりは二日前の土曜日。

東西ベルリンを隔《へだ》てていた壁が崩れてから三週間ばかりが経った一九八九年十二月二日のこと。

経済学部三回生の凸凹コンビ、望月周平《もちづきしゅうへい》と織田光次郎《おだこうじろう》は書店に寄った後、「映画でも観るか？」「観たいのがない」などと言いつつ河原町《かわらまち》界隈をぶらついているうちに日が暮れ、「飯にするか」「まだちょっと早い」と言って、新京極《しんきょうごく》をそぞろ歩いた。世界史的大事件とはまるで無縁の日常だ。

「まだちょっと早い」と答えた凹の織田が、十五分もしないうちに「腹がへってきたな」と呟《つぶや》いたので、凸の望月が「なんや、それ」と笑ってから「あそこでええやろ」とチェーン店の居酒屋を顎《あご》で指す。大学生のコンパ御用達《ごようたし》のいたってエコノミーな店で、織田に異存はなかった。

生ビールで乾杯し、各種の揚げ物をぱくぱく食べながら、今後の就職活動について真剣な話もしたそうだが、三回生同士の秘密ということで詳しくは教えてくれなかった。望月は南紀、織田は名古屋の郷里にUターンする意向だけはかねてより聞いている。

時間が早かったためか六分ぐらいの客入りで、彼らが座ったのは四人掛けのテーブルだった。隣の六人掛けの席は空いていたが、ほどなく大学生らしい男女五人連れがやってきて埋まる。乾杯の際に、一人が「それでは皆さん、学祭、お疲れさまでした！」という声を上げていた。

それに釣られて望月は、ちらりと見たのだという。乾杯の発声をしたのは黒いレザーのベストを羽織ったシャープな顔立ちの男で、くりくりの巻き毛が特徴的だ。目が合ってしまったので、すっと視線を逸《そ》らした。どこかで見たことのある顔だな、と思いながら。

「最近、何か読んだか？」

織田に訊かれた望月は、眼鏡のレンズの曇りを拭《ぬぐ》いながら「『フォックス家の殺人』再読」と答える。

「またクイーンの再読か。よう飽きへんもんやな、お前」

「汲《く》めど尽きぬ面白さがあるからな。『フォックス家』はええぞ。初期作品ほどガチガチの論理性はないけど、それでも推理にキレがあるし、この時期になるとドラマが厚みを増してる」

相も変らぬ話をぼそぼそとする二人の隣のテーブルは盛り上がっていた。学園祭で出したタコ焼きの模擬店の反省会をしていて、聞くともなしに聞いているうちに自分たちと同じ英都《えいと》大学の学生であることが判った。

「隣、ちょくちょく学館で見掛ける連中やな」

織田も気づいて、声を低くして言った。望月は眼鏡を掛けて無言で頷《うなず》く。部室を持たず、学生会館のラウンジで集《つど》っているのだから、推理小説研究会と似たり寄ったりのささやかな研究会あるいは同好会なのだろうが、模擬店の話ばかりしているのでどういうサークルなのか見当がつきかねた。

「ところで会長、これ」

真っ赤なフレームの眼鏡を掛けたロングヘアの女の子が何やら金属製の品を手にして、テーブル越しに巻き毛の会長に差し出した。望月と織田は覗《のぞ》き込んだが、小さくて何なのかよく見えない。

「ははーん」会長はそれを受け取り、掌の上で転がす。「こいつは手強そう……でもない。僕にとっては物足りないね」

「本当ですか？」と眼鏡の女の子。

「うん、本当。これぐらいだったら五分も要らないよ。えーと」

忙《せわ》しなく指を動かし始めたところで、その品が知恵の輪であることが知れる。望月と織田は、串カツを食べながらさりげなく様子を窺《うかが》った。

「ほら」

複雑に絡まった輪はものの三分もしないうちにはずれ、得意げな会長を拍手が包んだ。

彼らが所属するサークルが何であるか、望月たちは思い出す。

「ああ……。パズル同好会や」

織田の声が届いたようで、会長がそれに快活に応えた。

「いいえ、同好会ではなく研究会。お宅と同じです。——推理小説研究会の人ですよね」

観察力と記憶力において、ここで優位性を示されてしまう。向こうは一瞥《いちべつ》しただけで望月たちの素性を認識していた。

飲食店で隣り合わせた者同士は、たいてい言葉を交わしたりしないものだが、こんなふうに些細《ささい》なきっかけから会話が生まれることもある。短いやりとりで終わる場合もあれば、流れによって話がどんどん弾む場合もなくはない。

ちょうど飲み物のお代りをするタイミングとなり、注文したものが運ばれてくると意味もなく七人で乾杯をやり直した。そして、二つのサークルの和やかな交流が始まる。

「パズルが好きな人って、ミステリはどうですか？　謎解きの面白さをメインにする本格ミステリのファンもいるようにも思うんですけれど」

本格愛好家の望月の問いに、パズル研の五人は揃って首を振った。天童賢介《てんどうけんすけ》と名乗った会長が申し訳なさそうに言う。

「どちらも好きだという人もいるでしょうけれど、あいにくうちには該当者がいないみたいです。僕もパズルを解くのが好きすぎて、小説まで手が回りません」

「まったく読まない？」と望月がしつこく訊くと、会長は苦笑いを浮かべた。

「いくつか有名どころを読んだことがあるんだけれど、鑑賞の仕方が判っていないせいなのか、正直なところあまり面白いとは思えなかったな。エラリー・クイーンの『Xの悲劇』とか『Yの悲劇』とかいう作品です」

選《よ》りによって望月にとって本格ミステリのカリスマ作家の名前と、その代表作が挙げられた。クイーン信者は子供ではないから怒りだしたりはせず、「どういうところが駄目でした？」と参考までに感想を求める。

「気を悪くしないでくださいね。僕がそれらを読んだのは、名探偵が数学的なまでのロジックによって犯人を指摘する小説だ、という評判を目にしたことがあるからなんだけど、そんなに鮮やかな推理には思えなかった。伏線として事前にバラ撒《ま》いてあった手掛かりを解決編でそれらしく組み立ててみせるだけのようで……。まずいことを言ってますよね、僕」

両手を合わせて「ごめんなさい」ときた。そして反問してくる。

「望月さんと織田さんこそ、パズルに興味はないんですか？　パズルといってもクロスワードから論理パズルまで色々ありますが。――こんなのも」

さっき彼が気持ちよさそうに解いた知恵の輪が差し出された。望月は少しいじっただけで難しい顔になる。子供の頃に遊んだおもちゃとは複雑さが桁《けた》違いなので、どこから手をつけたらいいのかさっぱり判らない。織田に渡そうとしたら、「結構」と拒絶された。知的玩具は天童会長の許《もと》へと返却される。

「ミステリとパズルは似て非なるもの、という結論が出ましたね。問題を解くのを楽しむ、という共通点はあるにしても」

コメントしながら、天童は再び知恵の輪を解いてみせた。今度は十五秒もかけずに。

ここで織田が口を開く。

「パズルにも色々あるように、ミステリにも色々ある。こいつが好きなのはエラリー・クイーンで──ああ、何回も謝ることはありませんよ。悪気なく言うたんやから。クイーンのようなタイプの作品は論理性たっぷりの推理が売り物です。本格ミステリというやつ。俺が好きなのはハードボイルドや警察小説。推理で謎を解く面白さを売りにする本格と違って、捜査で事件を解決するプロセスを楽しむ」

天童はチューハイのジョッキを傾けてから応える。

「うん、なんか聞いたことがありますよ。ミステリもいくつかのサブジャンルに分かれているんですよね。刑事ドラマは警察小説なんですか?『刑事コロンボ』なんかも?」

ミステリにおける警察の描かれ方の話がしばらく続いたそうだが省略。

「要するに」織田は言う。「俺は、推理より捜査を面白がるタイプのミステリファンなんです。パズルみたいな謎解きも面白がれるけど、パズルそのものは苦手かな。中学時代から数学も苦手。そんなミステリファンは多いと思いますよ。純粋な推理も大事やけど、それにも増して名探偵の巧みな弁舌や手掛かりの提示のスマートさが評価の対象として重視される」

ミステリとは何か、といった話はいつもなら一言居士《いちげんこじ》の望月が担当しているのだが、この時は織田が語り、クイーンファンは「そうやな」と相槌《あいづち》担当に回っていた。知恵の輪にまるで歯が立たなかったことで軽い精神的ダメージを受けていたからだそうだ。

「……あのぅ」

眼鏡の女の子——名前は北条博恵《ほうじょうひろえ》。副会長——が遠慮がちに発言する。どことなく雰囲気が古風で、パズルより競技カルタが似合いそう、というのが望月の印象だった。

「ミステリはあまり読んだことがないんですけれど、私が思うに、ミステリファンの人が好きなのは論理性というよりも機知とか頓智《とんち》やないでしょうか？　偏見かもしれませんけど、そういうのは数学が苦手な人がよく好む気がします」

望月周平の弁。

「そんなことを言われて慌てたわ。ミステリファンがみんな数学を苦手にしてるわけないからな。数学者でミステリ作家だった天城一《あまぎはじめ》の例を出しながら否定した。機知はええとして、頓智って言われるのはなぁ。なんか違うやろ。頓智と言うたら一休さんやけど、俺は子供の頃、一休さんが『端ではなく真ん中を通りました』とか『縛り上げますので虎を屛風《びょうぶ》から追い出してください』とか言うのにイラッときたのを覚えてる。へらず口が達者なだけやないか。それはええとして、謎解きを小説に溶け込ませる技巧や、必ずしも完璧な論理ではない推理を完璧であるかのように見せて成立させるレトリックと頓智はまた別やろ。そのへんを話すとひと晩かかりそうやから、自重したけどな」

北条博恵は感じたままを口にしただけで、数学的思考を必要とするパズルについて行けずに脱落した者たちが疑似パズルのミステリに楽しみを見出すのではないか、と言いたかったわけではないだろう。望月と織田は気分を害するでもなく、ミステリとパズルを巡る雑談が続く。

「さっき話に出した『Xの悲劇』や『Yの悲劇』ですけれど――」

天童がその不備を蒸し返すのか、と織田は警戒した。望月にとってセンシティヴな話題なので、できれば避けて欲しいと思ったのだ。

「よく考えてあるなぁ、とは思いましたよ。ただ、どうなんでしょう。実際にああいう事件が起きたとして、頭が切れる人間が立ち会っていたら割と簡単に真相を見抜くかもしれない。小説の中に手掛かりがうまく忍ばせてあるから、本で読むと判らなくなるんじゃないですか。それがミステリの面白さの鍵なのかも」

望月たちよりも先に北条が反応する。

「つまり、小説の中の名探偵は実は大したことがないってことですか？」

「ヒロちゃん、推理研の人たちの前でそんな挑発的な言い方はやめてよ。問題発言になるだろ。名探偵は小説の中の存在だから、現実の世界とは切り離されている。小説の中ですごいから、紛《まぎ》れもなくすごいんだよ。小説から現実の世界に飛び出してきたら、さらにすごい推理を披露《ひろう》するんじゃないかな。まぁ、実際はそんな人、いないんだけれど」

推理研の二人は、こっそり顔を見合わせずにいられなかった。唇は固く結んだまま。

織田光次郎の弁。

「どきっとしたな。ミステリに出てくる名探偵みたいな奴が実際にいてるわけない、というのは常識的な見解で、ミステリファンとしては『だからミステリを読むんですよ、ははは』と応えておいたらええ場面や。けど、俺らはそういう人物を身近に知ってる。『うちの部長はそんな人です』と言うても信用してもらえんやろうし、『嘘ではありません。うちのサークルはこれまで三回も連続殺人に巻き込まれて、三回とも部長が解決しました』やなんて明かしたら頭がおかしいと思われるのが落ちや。……事件のことを部外者に話したくもないしな」

望月たちから遠い席の三人は、声が届きにくいせいもあって天童たちとの会話に入ってこなくなり、何やら別の話に興じている。一人が提示したパズルを解いているらしい。「着眼点はええんやけど、それではあかんな」「待て。ここに補助線を引いたら——」というやりとりをしているから、図形を使ったパズルだろう。

「座興に僕も問題を出しましょうか」天童が言う。「推理小説研究会の人に面白がってもらえそうなのにしよう。こんなのはどうかな。紙とペンが要る」

天童がバッグからルーズリーフを出し、四角や三角を描いていくのを、望月と織田が醒《さ》めた目で眺めていたら、北条がストップを掛けた。

「天童さん、問題の選び方を間違《まちご》うてるんやないですか？」

北条博恵がやんわりと言い、会長は「じゃあ、どういうのが正しいの？」と問い返す。

「図形のパズルを出そうとしてますよね。謎に解き甲斐《がい》があったり解法に意外性があったりするのも大事ですけれど、ミステリファンは無機的な問題より謎そのものがミステリアスで刺激的なのが好きなんやないですか。ほんの少しだけでも問題にストーリー性があるものとか――」

まだしゃべっている途中で、望月が賛同を表明した。

「判ってるなぁ、北条さん。確かにそういうのに燃えます」

彼女は、にこりと笑った。

「じゃあ、面白がってもらえそうなのを出しますよ。答えを導くのに特殊な知識はまったく要らないし、変な引っ掛けもありません。純粋な論理だけで解けるので、チャレンジしてみてください」

推理研の二人に向けて、問題が繰り出された。

2

月曜日。

二講目のフランス語が休講なのは事前に聞いていたのに、うっかり大学にきてしまった。痛恨のミスだ。この次の授業は四講目の刑事訴訟法だから随分と間が空いてしまう。今日はゆっくりと大阪の家を出られたのに、と悔やんでも仕方がない。僕は居場所を求め、初冬の風に吹かれながら学生会館のラウンジに向かった。

奥のテーブルに望月と織田がいる。硬い木製のベンチに腰掛け、一人で文庫本を読みながら時間潰しをしなくてもよくなった。

「おー、アリス。待ってたぞ」

散髪をしたてで、いつもよりさらにすかっと短髪の織田が手を振りながら言う。先輩方から用事を言いつけられるのかと思った。

「知恵を貸してくれ。解かなあかん謎があるんや。推理研の名誉が懸《か》かってる」

「名誉に懸けてやなんて、朝っぱらから大袈裟《おおげさ》ですね。いったい何です？」

ショルダーバッグを肩から降ろして、僕・有栖川有栖《ありすがわありす》は織田の斜め向かい、望月の右隣に腰を下ろした。

「パズル研究会って、あるやろ」

織田は妙に声を低くして言う。

「ありますね。時々、僕らの近くのテーブルに座ってるやないですか。今朝は入口に近いテーブルにいてますよ」

そちらに目を向けながら言いかけたら、「見るな」と止められた。

「なんで見たらあかんのですか？」

「あかんことはないけど……いささかバツが悪い。今、推理研はパズル研と戦闘状態にある」

「は？」

弱小サークルの活動の拠点はラウンジのテーブルなのだが、その数が充分ではないから確保し損ねることもある。テーブルの取り合いで揉めでもしたのかと思った。今朝はまだ空いたテーブルがいくつもあるのだが。

「子供みたいに場所取りで喧嘩したわけやない。土曜日にモチと新京極の居酒屋に入ったら、たまたま隣の席にパズル研の連中が座ったんや」

何となく会話が始まり、ミステリとパズルの相違点などを話しているうちに、先方が問題を出してきた。それがどうしても解けなくて、「しばらく考えたいので、まだ正解を言わないでもらいたい」と頼み、月曜日を迎えても長考を続けているのだという。ことの次第は理解した。

「酔うて口論でもしたんかと思うたら、それだけのことですか。はあ。戦闘状態でも何でもないやないですか」

その場で正解を聞いていれば、心安らかに日曜日を過ごし、月曜日の朝を爽《さわ》やかに迎えられただろう。

「アリス、そこへ座って聴け」

織田があらたまった口調で言う。

「さっきから座ってます」

「居酒屋で口論があったわけやない。険悪な雰囲気になることもなかった。しかし、俺らと彼らの間で小さな火花が散ったのも事実や。俺はそうでもなかったんやけど、モチが向こうの会長に敵意を抱いた。いや、敵愾心《てきがいしん》か」

俯《うつむ》いていた望月が、勢いよく顔を上げた。

「敵意も敵愾心も抱いてないわ。おかしなことを言うな」

経済学部コンビの言い合いになる。

「俺は察知してた」

「勘弁してくれよ。ガキやあるまいし、『Xの悲劇』や『Yの悲劇』が面白くなかった、と言われたぐらいで腹を立てたりせんわ。あの会長、気を遣《つこ》うて後でフォローみたいなことをしてたし」

「フォローしたくなったのは、お前の不快感を敏感に嗅《か》ぎ取ったからやないのか？　それはええ。——お前、あの天童っていう会長が苦手やろ。全然悪い人やないけど、ああいうしゃべり方をお前が嫌うことを俺は知ってる」

「どういうしゃべり方や？　どこの出身なんか標準語っぽかったけど、うちの大学には日本各地から学生が集まってるんやから、そんなことで嫌《きろ》うたりせえへんぞ」

「収まり返った青年実業家みたいなしゃべり方、や。声が大きいのも癇《かん》に障《さわ》ったんやないか。適切な表現ではないかもしれんけど、要するに自信ありげでどことなく偉そうな話しぶり。単に表面上のことで、本人の実像とは関係がないとして」

「好きではないな」そこは素直に認めた。「せやけど敵意も敵愾心も言いすぎや。あくまでも、あんまり好きやないという程度のことで」

「天童賢介というのも偉そうな名前やと思うてるやろ。——もう一つ」織田が付け足す。「出題者のヒロちゃんは、お前の好みのタイプに入る。顔立ちやスタイルよりも、お前が弱いのはああいう風邪を引きかけている感じの声。だから、彼女が出してくれた問題にはきちんと正解を出したい」

「もうええ。全部はずれてる。俺はただ、知的な興味から解けない謎に挑むのを楽しんでるだけや。あくまでも遊び心」

これについては、決着をつけなくてもいいことに思えた。そんなことよりも早く肝心の問題がどんなものなのか教えてもらいたい。望月が「俺が話す」と言って織田を制した。

「まず設定から。ある村に百人ばかりの住民がいた。青い目をした者が十人。残りの者たちは緑色の目をしてる。その村には鏡がなく、澄んだ水や表面がよく磨かれた金属製の板など鏡の代わりになるものもなかったので、村人たちは自分の顔を見ることができない。しかも、お互いに相手の目の色について話すことが絶対のタブーになっていた」

奇妙な設定というしかないが、パズルにはよくあることなので、突っ込まずに黙って聴く。

「村にはこんな掟《おきて》があった。『自分が青い目をしていると判った者は、それを知った日のうちに自ら命を断て』。自分の目の色を知る手段がないから、みんな平穏に暮らしてたんやが、ある日、外の世界からの来訪者が言った。『この村には青い目の人間がいる』」

十人も該当者がいるのだから、村人たちは全員がその事実を知っていたわけで、新しい情報でもない。

「来訪者の言葉を聞いた後、村ではどんなことが起きたか？——以上」望月は歯切れよく言った。「これが問題や」

いかにもパズルですね、というのが第一印象だ。風邪を引きかけているような声の北条博恵は「ストーリー性があるもの」と思って出題したというが、パズルのためのパズルであり、とことん荒唐無稽《こうとうむけい》で、物語などあったものではない。青い目と緑色の目をした人たちの村に伝わる異様な掟や何者とも知れない来訪者の出現などに幻想的な味わいがあるとも言えるが。

「質問は？」

「いえ。今、モチさんが言うてくれたのがすべてで、他に注釈もないでしょう？」

「理解が早くてよろしい。そう、これが問題のすべてや」

「『村ではどんなことが起きたか？』という問い掛けはえらい漠然《ばくぜん》としていますね。掟が理不尽すぎるので村人たちは無視した、とかいうのはナシですよね」

僕は織田と同じ発想をしたそうで、短髪の先輩がうれしげに笑う。

「ナシ。確認のために、真っ先に俺が訊いたことや。ミステリファンやったら、そこは納得できるやろ」

納得しかない。

「ミステリファンでなくても、そんなしょーもない答えで満足する人はいてないでしょうね。としたら……何かが必然的に起きるはずなんや。論理をもってそれを指摘せよ、ということか」

「難問やろ。俺とモチが一日半ほど考えて歯が立たんのやから、君の叡智《えいち》をもってしても即答できるとは思わん。しばらく考えてくれ」

一つだけ確認しておきたいことがあった。自分の目の色が青と知った者は自殺せよ、という掟について。無茶なのはいいとして、自殺に意味があるのか否《いな》か。

「ああ、それな」望月が言う。「自殺に意味はない。出題しながらヒロちゃんが言うてた」

か？」

　インパクト重視——相手が推理研の二人だったからか？——であえて物騒な「自殺せよ」という設定を選んでしまったが、「村を去れ」など、より穏当なバージョンもあるらしい。何にせよ、該当者は非常に大きな行動を起こしてみせなくてはならないのだ。

「モチさん、もう一つだけ。青い目の人間が十人いることを、村人は知っているんですか？」

「いいや。知ってたら簡単すぎてパズルになれへんやないか」

　青い目の者がまわりを見て青い目が九人しかいなければ、十人目が自分だとすぐに理解して、みんな即座に村を立ち退《たちの》く。

「ですよね。判りました」

「がんばれ」

　僕が熟考できるように先輩たちは沈黙し、望月は読みかけの文庫本を開き、織田はバルコニーの向こうの空をぼけっと眺める。自分たちがこれだけ手こずっているのだから五分や十分で答えは出るまい、と思っているのだろう。

　僕は、村人の一人になったつもりで考えてみる。鏡として使えるものがない世界で自分の目を見るのは不可能だから、自分の顔以外にヒントを求めるしかない。推理の材料になるのは他の村人たちの目か。しかし、村に青い目をした者が何人いるかが判っていなければ情報として無意味だ。自分の目が青かったら「青い目の奴が九人いるな」、緑色だったら「青い目の奴が十人いるな」と思うだけで終わり。そこから何も導き出せない。

問題の中に手掛かりがないか探っても見つからず。十分ほど考えただけで解ける気がしなくなった。無言のままでいたら、先輩たちの期待——少しはあっただろう——が萎《しぼ》んでいくのを肌で感じる。

気分を変えるため、荷物でテーブルをキープして早めの昼食に行くことにした。まだ空いている食堂で定食を食べ、ラウンジに戻ってパズルへの挑戦を再開。

まわりのテーブルがすべて埋まってがやがやと騒がしくなり、考えるのに飽きた頃、有馬麻里亜《ありままりあ》がやってきた。錫《すず》色のパーカーと薄墨色のスカートのせいか、赤味を帯びたセミロングの髪がいつもより赤く映る。援軍が欲しいところだったせいで、普通に歩いてきただけなのに颯爽《さっそう》と登場したように思えた。

先輩たちに挨拶《あいさつ》をしてから、彼女は僕に言う。

「早いね、アリス。食堂のランチが目当てで出てきたの？」

今日の彼女は僕と同じで、二講目と四講目を履修している。

「そう言うマリアも早いやないか」

僕が言うと、小気味よい反応が返ってきた。

「午前中の授業だけ受けて帰る友だちに借りていたものを返そうと早めに出てきただけ。アリスは、フランス語が休講なのを忘れて出てきた……。そうでしょ？　ああ、図星《ネスパ》って顔。——ちょうどよかった。刑訴法のノートを見せてくれる？　有栖川流の書き方にもすっかり慣れてきた」経済学部の先輩たちに向かって「アリスのノートの取り方は独特なんです。画数が多い憲法の憲は、ウ冠《かんむり》にアルファベットのK。権利の権は、木偏に又。それぐらい法学部生はよくやりますけれど、損害賠償請求をSBSと書く人はなかなかいないと思います」

今日は元気がよくて結構だ。

彼女に最後まで言わせて「そうやな」と相槌を打ってから、織田がパズルの件を持ち出す。僕たちが格闘しているのがどんな問題なのかも一気に伝えた。刺激的な自殺バージョンを避け、村から立ち去れバージョンを採用して。

マリアは遠いテーブルを一瞥してから、「なるほど」と呟いた。

「何が『なるほど』なんや？」と望月。

「私がラウンジに入ってきた時、パズル研の人と目が合ったんです。たまたま視線がぶつかることもあるけれど、三人ぐらいが私を見ていたので、思わず服装が変なのかと確かめてしまいました」

土曜日の居酒屋にいた連中か。マリアが推理研の紅一点であることを認識しているらしい。望月は肩越しに振り返って、敵陣を窺った。

「ますます推理研VSパズル研の様相を呈してきたやないか」そうだろうか？「あんまり時間をかけるのも口惜しい。そろそろ正解をぶつけてやりたいな」

「部長がくるのを待ったらどうですか？」

マリアがあっさり言うと、望月が残念な報告をする。

「あの人、日雇いのバイトがあるって言うてた。倉庫で暖房器具の搬出やったかな。とにかく朝から夕方まで肉体労働に従事して、今日は大学にけえへんのやないかな。このメンバーで壁をぶち破るしかない。ドイツの民衆がハンマーでベルリンの壁を叩き壊したみたいに」

見当はずれのものを引き合いに出して焚《た》きつけようとするが、彼女は食いつかなかった。そして、また何事かを呟く。聴き取れなかったので、僕が「何?」と尋ねたら――

「パズル研、大したことない」

「どうして?」と重ねて訊かずにはおられなかった。

「オリジナルの問題じゃないから。その問題、私は聞いたことがある。パズルマニアだった祖父に」

「なんやて!」

望月と織田がユニゾンで叫ぶ。

こちらが勝手にオリジナルの問題だと勘違いしていただけなのだが、既成品だったのかよ。がっかりすると同時に、僕もパズル研を見くびりたくなったが、これでわが陣営の勝利が確定した――かに思えたのだけれど、そうでもなかった。

「答えを知ってるんやったら、はよ教えてくれ。すごく気になってるんや」

望月にせがまれて、マリアは哀しげな表情を作った。

「それが、その、ごめんなさい。問題は聞いたんだけど、答えは……」

「聞いてない？　それはないわ！　なんでやねん」

「深いわけがあって」

多感な中学二年生の時、片想いをしていた男子に相思相愛の相手がいるという噂を耳にして、煩悶《はんもん》していたせいなのだとか。お祖父《じい》さんは孫娘に元気がないので、パズルで楽しませようとしたらしいのだが、彼女の方はそれどころではなく、答えを聞くのさえ拒《こば》んだ。

「だって、『青い目の者は村を去れ』どころか、『自殺せよ』という掟があるって設定だったんです。あまりにも馬鹿げてるから、その時の精神状態では考える気にもなりませんでした」

心優しい織田が配慮するまでもなく、マリアは過激バージョンも知っていたのか。僕はつい、片想いをする中学生の乙女バージョンのマリアを想像してしまう。

「チャンスをもらったので、今度はしっかり考えます。祖父の供養のためにも。あの時、『ごめんよ。つまらないクイズを出してしまったね』と謝らせちゃったから」

ミニドラマの挿入でしんみりとした空気が漂い、織田が頭を掻《か》く。

「まぁ、そういうことで、亡きお祖父さんのためにも挑戦してもらおうか。三人寄っても文殊《もんじゅ》の知恵になれへんかったから、四人目の選手投入や」

「四講目が始まるまで、まだ二時間あります。余裕でしょう」

威勢よく言ったものの、十分も経たないうちに彼女は自分が楽観的すぎたことに気づいた。

「……どう考えたらいいのかも判らない。何なの、この問題？」音《ね》を上げるのが早い。

「私って、パズルを解くセンスがないみたい」

生真面目な一面が強く出てきているようだったので、僕がやんわりと宥《たしな》める。

「あんまり簡単に解けたらお祖父さんはがっかりするんやないか。もうしばらく頭を悩ませよう」

頷く彼女に、僕はあることを尋ねたくなった。

「お祖父さんから聞いたのは、パズル研が出してきた問題とまったく同じやった？　違う箇所があったら、それがヒントになるかもしれへん」

六年前の日常のひとコマなので、祖父が言ったとおり記憶しているわけもなかったのだが、彼女はかなりのところまで正確に覚えていた。といっても、長くない問題文だから差異は一点だけ。

「人数が違ってる。お祖父ちゃんの問題では、青い目は村に五人だったかな。村人が全部で何人いるとは言わなかったと思う」

せっかく思い出してもらったが、その違いはヒントになるまい。「他には？」と訊いたら首を振った。そして、望月と織田に顔を向けて尋ねる。

「パズル研は、この問題について何か言っていませんでしたか？　一瞬でぱっと解けるとか、紙と鉛筆があった方が解きやすいとか」

答えたのは織田だ。

「ヒントになるかどうかは判らんのやけど……俺とモチが唸《うな》ってる時に、ヒロちゃんがこんなことを言うたな。『このパズルがミステリファン向きだと思ったのは、登場人物がみんな利口だからです』」

ミステリに対して、北条副会長は天童会長よりは関心を持っていた。その理由として「登場人物が現実よりも賢いのが面白い」と語っていたそうだ。僕は意外に思った。

「賢い人物ばっかりでもないでしょう。探偵は頭脳明晰《めいせき》に描かれますけれど、愚かな人間が事件を混乱させたり、犯人がトリックを成立させるために馬鹿らしい行動に出ることも多々ありますよ」

「彼女は、論理的に『あなたがやった』と指摘された犯人が、法廷で通用する物的証拠もないのに敗北を認める潔《いさぎよ》さを指して言うたんや。『まだジタバタする余地があるのに抵抗しないのは、犯人の自尊心が許さないからですよ。賢い自分にそんな見苦しい真似はできない、ということでしょう』。さらに、『探偵の推理を聴いた関係者たちがすぐに理解するのも現実離れしています。実際は推理について行けず、ぽかんとする人が何人かいますよ』とも」

新鮮な見方だ。読み心地に配慮した様式にすぎないのだが、ミステリにどっぷり浸《つ》かっているせいで、そんなふうに感じなくなっていた。

「そんなことより」織田は向かいに座った相方に言う。「気になってるんやけど、お前、テンションが急に下がったみたいやな。知的肺活量が足らんぞ。ハードボイルドファンに言わすな」

望月には言い分があった。

「問題がアリモノやと知って失望した。それやったら頭を使わんでも、たまたま知ってたらすぐに正解を返せたわけや。こっちは真剣勝負がしたかったのに。気が抜けたから、ちょっと休憩させてくれ。その間にマリアが解いてしまうかな」

「私を当てにしないでください」

と言ったところで、彼女がラウンジの入口の方角を見て「あれ?」と高い声を発する。みんなが視線をやると、肩まで長髪を垂《た》らした五番目の選手が入場してくるところだった。古着屋で掘り出したという黒っぽいオータムジャケットの裾を揺らしながら。

3

現われないはずの人が現われたのは、何のことはない、望月が覚え違いをしていたのだ。江神《えがみ》さんが朝から夕方まで倉庫で暖房器具を運ぶのは明日だった。

「パズル研究会やから会長か。筋が通ってるな。推理小説研究会の長《おさ》を部長と呼ぶのは理屈に合わん」

僕たちの話を聞き終えた江神二郎《じろう》部長は、まずどうでもいいコメントをした。さすがは二十七歳といった落ち着きだ。文学部哲学科四回生。わけあって二年浪人し、三回留年しているのは伊達《だて》ではない。

そのプロフィールは癖《くせ》の強くて怠惰《たいだ》な変人を連想させかねないが、実態はかなり違う。癖が強いというのは打ち消せないかもしれないが、僕はこれほど暑苦しさから遠い涼やかな人を他に知らない。濁世《だくせ》からするりと抜けた物静かな若き仙人のよう、と評したら言いすぎになって難しいのだが。

江神さんについて間違いなく言えることは、無邪気にミステリを愛していることと、並外れた推理力を持っていることだ。ただし、それがパズルを解くのに発揮されるかどうかは保証の限りではない。戯《たわむ》れにジグソーパズルに取り組んでいる姿を見たことはあるが。

「それで、どんなもんでしょうね」

織田が医者の診断を仰《あお》ぐように感触を探ると――

「ちょっと待て。考える」

たったそれだけの言葉が頼もしい。自由人の部長は、推理研VSパズル研だなどと気負いもなく、自然体で問題に向かった。他の四人は部長の邪魔をしないように黙り、そこまでしなくていいのに身動《みじろ》ぎすることさえ控えた。

「村人たちは利口なんやな？」

数分したところで誰にともなく尋ねたので、僕たちは頷いた。だとしたら、どうなのだ？

「判ったわ。多分、これが正解や」

叫ぶ者あり、のけぞる者あり、息を呑む者あり。僕は、江神さんの顔をまじまじと見つめた。冗談を言っているのでないことを確かめるために。

絶句していたマリアが言葉を取り戻す。

「考え始めて五分ぐらいしか経っていませんよ。本当に解けたんだとしたら、すごすぎます。江神さんのＩＱって、百六十ぐらいですか？」

「……失礼ですけど、この問題を知ってました？」

望月の言に軽く笑って答えた。

「もしかしたら愛好家の間では有名な問題なのかしらんけど、俺はパズルに詳しくない。初めて聞いた問題や。答えを知ってるんやったら、もうしばらく真剣な顔で考え込むという演技を楽しんだやろう。そうしておいたら、今みたいにモチに疑われることもなかったし」

「疑いません」望月は宣誓した。「知ってたら『ああ、それは知ってる』って言いますもんね、江神さんは」

「謎解きタイム、お願いします。村では何が起きたんですか？」

マリアがせっつくと、部長は一語ずつ区切って答える。

「十日目に、青い目の人間が、全員、村を、出た」

声に出さずに復唱してみたが、どうしてそうなるのか理解が及ばない。是《ぜ》が非《ひ》でも解説してもらう必要があった。江神さんは頭の中で説明をまとめてから、おもむろに話しだす。

「鏡となるものが存在せず、他人に教えてもらうこともできない状況では自分の目の色を知る手段はないんやけど、来訪者が『この村には青い目の人間がいる』と言い放った途端《とたん》に、演繹《えんえき》的な推理で可能になる」

「なんで？」

僕はわれ知らず呟いていた。驚くべき新事実の暴露でもなく、村人にとって既知の事実ではないか。

「来訪者がくるまでの村人たちは、ここには青い目の奴がいるけれど他人の目の色を指摘するのはタブーだから口にできない、という状態だったけど、来訪者のひと言によって青い目の人間がいる事実が共有されることになり、スイッチが入る。最も判りやすいのは、青い目が一人の場合。該当者は『あっ、みんな緑色の目をしているから自分の目も緑色かと思っていたけれど、青だったのか。他に青い目がいないんだから』と知り、すぐに村を出て行くことになる」

そう。しかし、出された問題では該当者が十人もいるのだが。

「青い目が二人いたらどうなるか？」江神さんは淡々と続ける。「該当者AとBはお互いに『あいつの目は青い。あいつは村を出なくてはならない』と思って、相手が行動を起こすのを待つ。『どうした、早く出て行けよ』と焦《じ》れても、相手は動かない。何故、村を出ないのか？　そうこうしているうちに日付けが変わってしまう。両者の論理的思考力が対等だったら、AとBは同時にその理由を悟《さと》る。『自分たちは二人とも青い目をしているのだ！』と」

ここまではいいな、と念押しをするように、江神さんは僕たちを見回した。落伍者はいない。

「青い目をした人間がA、B、Cの三人の場合を考える。少しややこしくなるけど難しくはない。Aになったつもりで想像してみてくれるか、アリス」

いきなり指名されてしまった。やってみる。

「えーと、『BとCは村を出て行かなくてはならないのか。かわいそうに』と思うでしょうね。自分に関しては……『多分、俺の目は緑だよな。知らんけど』」

たどたどしく答えたら、江神さんはうれしそうに微笑する。

「ええな、その調子や。もう少し先まで想像してみてくれ。BとCを見守ってたら、何が起きるやろうな。時計の針が午前零《れい》時を回った直後に、二人は哀しげな顔をして村に別れを告げるか？」

「……しません。青い目が二人の時はそうなりましたけれど、三人目がいますから、BはAとCの動向を窺っていて、CはAとBの様子を観察しているでしょう。三人とも動きません」

話しながら、江神さんが言わんとすることが見えてきた。緑色の目をした者たちが行動を起こさないのは当然として、二日が経過しても青い目の二人が動かないということは、青い目をした第三の人物がいるのだ。二人の他には緑色の目をした者ばかり。ということは、第三の青い目は自分ということになる。

「ロジックを理解しました。青い目が三人いてたら、三日目にその全員が村を出て行くわけですね。三人やったら三日目——」

僕の言葉には続きがあったのに、マリアが黙っていられなくなる。

「三人なら三日目。四人なら四日目。十人だったら十日目に青い目の人たちが自分の目の色に気づいて村を去る、ということですか?……なんか変。三人の場合は判りましたけれど、いくら人数が増えてもそうなるんでしょうか?」

「四人で試してみるか? 青い目をしたAとBとCが村を出て行く、と思いながらDが眺めていたら、三日経っても三人は動かない。もう一人青い目がいるんや。まわりを見回したら緑色の目ばかり。四番目は自分だったのか、とDは知る。——村人たちは完全に同じ情報を持ってるからコピー人間みたいなものや。A、B、C、Dは置き換えが可能であり、一斉に同じ判断をして同じ行動に移る」

「青い目が百人いたら、百日目に結果が出るってことですね?」

「そのとおり。同じロジックが働くから、そうなる。ドミノ倒しみたいなもんや。千人やったら千日目に青い目の者たちは村を離れる」

江神さんが出した解答を咀嚼《そしゃく》するために、僕たちはしばらく時間をもらう必要があった。ロジック自体は理解できるが、どうにも現実味が乏《とぼ》しく、実際にそうなるとは思いにくい。しかし、パズルにとってロジックは唯一の神だから、これが揺るぎない正解なのだろう。

「なるほどな」織田が嘆息する。「ヒロちゃんの言葉は伏線になってたんや。ミステリは登場人物が現実よりも賢いのが面白い、という言葉」

——このパズルがミステリファン向きだと思ったのは、登場人物がみんな利口だからです。

非現実的なまでの利口さだが、ミステリファンはそれを容認して楽しむ。パズルがアリモノだったことに不満をかこっていた望月も、さっぱりした顔になっていた。

「彼女の言動には整合性があったわけやな。もう文句は言わんとこう。そのへんの評価も加えて、パズル研に答えをぶつけに行けるぞ。戦国時代やったら勝鬨《かちどき》を上げるところや。——それにしても、青い目問題にあれだけ苦しめられてたのに、江神さんが登場してから解決までは早かったなぁ。呆気《あっけ》ないぐらいや」

マリアも清々《すがすが》しげだ。

「江神さんがこなかったら解けた気がしません。延々とみんなで唸っていたでしょうね。早く解決したおかげで時間が余ってしまいました。四講目まで、まだ一時間半もある」

マリアと僕は時間潰しでここにいるようなものだが、望月と織田はどうなのだろう？　午前中からラウンジにきていたのに、いつまでも腰を上げようとしないのを不審に思って訊いてみたら、望月が言うに──

「三講目に出るためにきてたんやけど、パズルに夢中になっているうちに自主休講にした」

「えっ、二人ともそんな相談はしてなかったやないですか」

「『どうする？』『休もうか』てな相談はしてない。以心伝心、阿吽《あうん》の呼吸というやつかな」

見習ってはいけないコンビネーションが発揮されていたのか。

江神さんはジャケットのポケットから煙草《たばこ》を取り出し、テーブル上の灰皿を引き寄せてから火を点けた。愛飲しているキャビンを一服ふかしてから言う。

「モチ、俺が出した答えを持ってパズル研に報告に行くつもりか？」

「はい。あきませんか？」

「推理研としてはどうかな」

「推理研……としては？」

部長が何を言おうとしているのか、みんな判らない様子だ。僕にも察しがつかなかったが、何か予期せぬ面白いことが始まる気配を感じた。

江神さんは煙草の煙を頭上に吐いて、独白するように言う。

「青い目と緑色の目をした者たちの村。鏡になるものがなく、他人の目について語るのが禁じられているから、誰もが自分の目の色を知らない奇怪な状況。自分が青い目をしていると知ったらその日のうちに消えなくてはならないという不条理な鉄の掟。村に青い目をした者がいることを告げる謎の来訪者」

パズルの設定をおさらいしてから、僕たちを順に見た。

「いったい、この村は何なんや？　どこにある？　いつの時代の話やろう？　異様な掟は何を目的にしている？　正体不明の来訪者はどうしてあんなことを告げた？——わけの判らんことだらけや」

「パズルにはよくあることですけれど」とマリア。

江神さんは指に挟んだ煙草をピンと立て、後輩たちに問い掛けた。

「謎は解けてないやないか。いつ、どこで、どうしてこんなことが起きたのか。推理しよう」

4

天国と地獄の分かれ道に門番がいたり、狼と山羊をボートで対岸に運ばなくてはならなかったり、論理パズルの問題の設定はえてして妙なもので、そこに条理を求めようとする者はいないことを江神さんは承知しているはずだ。なのに、あえてパズルの問題文そのものを謎と捉えて、解いてみようと言う。僕はわくわくしたが、織田の態度は消極的だった。

「いやぁ、それは無茶でしょう。謎ではあるけど、そっちは解けるように作られてないんやから。レストランで料理を平らげた後、『次はこのメニューそのものが食べたい』と注文するようなもんです」

「うまいこと言うやないか。しかし――」望月は目を輝かせている。「無茶をするのが面白い。解けるかどうか、やってみよう。もし、すぱっと解決できたらパズル研の連中の鼻を明かせる」

マリアも興味を持ちだしていた。

「やってみましょうか。私たち、たっぷり時間があるし。モチさんが言うとおり、きれいに解けたらパズル研もびっくりしますよ」

「推理研恐るべし、と思うやろうな」と僕。

みんなが乗り気なのに水を差すのが憚《はばか》られたのか、織田も「ほな、やろか」となって、ゲームが始まる。

「江神さんはもう何か思いついているんですか？」

マリアに訊かれた部長は「いいや」と答えた。

「ない。何か思いついたら、どんどんテーブルの上に並べていくのがええやろう。お前から行け」

　唐突に指名された望月は、戸惑うどころかうれしそうだ。

「今までは冴《さ》えてなかったけど、ここからや。望月周平が切れのいい推理を披露しますよ。こっちの謎の方が面白いな。言い換えると、やっぱり俺はパズルには向いてないということやけど」

　織田が「ごちゃごちゃ言うてんと、早《はよ》やれ」

「やるわ。――平成元年の日本から懸《か》け離れたこのパズルの世界は、いつのどこなのか？　人権という概念がなかった中世以前と見るのが妥当や。青い目が禍《わざわい》をもたらすという迷信があって、該当者は共同体から排除するという野蛮が罷《まか》り通ってるんやからな。青い目と緑色の目しか出てこんということから、場所はヨーロッパ。青や緑の目が多いのは、どのあたりかな」

「そこまで特定するのは難しそう」マリアが言う。「異端審問をやってた中世より前のヨーロッパということで、先に進んでいいんじゃないですか？　私がイメージするのは中世よりずっと前。紀元前かもしれません」

　時代は中世以前ということにしておいて、望月は続ける。

「ここで確認しておこう。俺は今、『共同体から排除する』という表現を遣《つこ》うた。パズル研の出題では、『自分の目が青いと知ったら自殺せよ』という設定やったけど、『村から出て行け』やら他にも色んなバージョンがあるらしい。パズル研の出題に準拠するのを原則にしつつ、本質が変わらんかった細部の変更は可としたい。異議はないな？　よし」

鬱憤《うっぷん》が溜まっていたのか、エラリー・クイーンファンの口から言葉が迸《ほとばし》る。

「鉄の掟というのは、専制君主や独裁的な部族の長で、つまりは絶対的権力者が制定したルール。目の色で人間を選別するというのは、ある人種や部族に対する差別が根底にあると思うんやけど、単純な差別でもなさそうや。迫害や排斥をしたいのなら、『自分の目が青いと知ったら』やなんて微温的な条件をつけて、当人に自発的に消えるように命じるのはおかしい。謎を解くには、ここが難関になる」

彼もよくよく考えをまとめてからしゃべっているわけではないので、ここでひと区切りとなった。マリアが後を引き継ぐ。

「難関は他にもあります。村人たちが、他の人の目の色について決して語ってはならない、というタブーです。目の色云々はものの喩《たと》えで、人種や部族といった生まれつきの属性が問題になっているのなら、それについて口にしてはならない理由が判りません。差別を禁止している社会だったらそういうこともあるでしょうけれど、この世界はその反対みたいなので矛盾が生じます。——どう思う？」

僕に意見を求めてきた。それらしい仮説も浮かばず、おっしゃるとおり矛盾しますね、と言うしかない。

織田がパンと膝《ひざ》を叩き、「どうしたんや？」と望月を驚かせた。

「正解がないと知りながら、パズルのためにでっち上げられた設定を解読しようとするやなんてアホらしい、と思うてたけど、お前とマリアのやりとりを聞いてるうちにこのゲームの面白さが判ってきたわ。問題文に準拠しつつ、一言一句まで愚直に読み解くのではなく、本質的なところを捉えて解釈したらええんやな。この五人にふさわしい遊びやないか」

彼のエンジンが掛かったことを望月は喜ぶ。

議論が白熱する予感のせいもあり、僕は喉が渇《かわ》いてきた。場所を変えることを提案したら、次々に「賛成」の声が上がった。

ラウンジの隣にあるセルフサービスの喫茶室〈ケルン〉に移動して、めいめいが飲み物をテーブルに運ぶ。四講目までは、まだ一時間あった。

「盛り上げておいて悪いけど、ちゃぶ台をひっくり返すようなことを言うてもええか？これまで積み上げたものを崩してしまう仮説がある」

織田が申し訳なさそうに言い、「どうぞ」とマリアが促《うなが》した。

「支離滅裂な状況を、ひと言で説明してしまう仮説や。すべては暴君の気紛れな遊び。意味不明のことに従わせた上で、『自分が青い目だと気づいた者は村を去れ』という命令を下して、村人たちの知的能力を試した」

聞くなり、望月がテーブルをひっくり返す真似をした。

「ゲームに参入してくれたのはよかったけど、最低の仮説と言うしかない。ひたすら安直。知的作業を避けようと無精《ぶしよう》しただけや。何よりも答えとして面白くない。見てみい。アリスなんか怒髪《どはつ》天を衝《つ》いてるやないか」

「怒ってませんよ」

きっぱり打ち消してから、ここで僕は少し脱線したくなる。

「けど、推理の精密さも大事やけど、面白さも無視したくないですね。ほら、ミステリの粗探《あらさが》しをする時と同じですよ」

ミステリの粗探しについては、以前、話題になったことがあり、ここはおかしいという指摘はそれ自体が面白くなくてはならない、という結論が出ている。「犯人はあんなことをせず、こうすればよかった」と言う際、そちらの方が人間の行為として合理的で、かつ意外性があればその指摘は拍手に値するが、「こうする方が合理的」というだけで、実際に作者がそう書いていたら全然面白くないようではよろしくない。場合によっては、僕のような大阪人に「それ、面白いつもりで言うてんの?」と言われかねない。大阪人が軽蔑《けいべつ》を表明するフレーズとして、これと「お前、ほんまにアホやろ」は双璧だ。

「アリスには何かないの? 発言が少ないんだけど」

マリアがボールを投げてきたので、何か言わなくてはならない。

「ちゃぶ台を軽くひっくり返すことになりそうなんやけど」

僕が切り出すと、望月が苦笑する。

「ちゃぶ台というのは食事をしたりお茶を飲んだりするためのもので、ひっくり返すためにあるんやないぞ。せっかくやから聴こう。何が言いたいんや？」

「モチさんが、このパズルで表現されているのは中世以前のヨーロッパやと推測して、マリアが同意しましたよね。そうとは限らんのやないですか？　僕にはまるで違うイメージが浮かびます」

「もしかして、遠い昔じゃなくて現代だって言うの？　今の社会の何かの寓意《ぐうい》になっているとか」マリアは、僕の顔をまじまじと見つめる。「それはどうかな。私がお祖父ちゃんから聞いたのは六年前で、もっともっと前からあったパズルに思えるんだけれど」

早とちりしないで欲しい。現代が舞台だとは言っていない。

「掟か何か知らんけど、あまりにも理不尽やのに誰も逆らおうとしない。他人の目の色について語ることが禁止されたら唯々諾々《いいだくだく》と従う。そして、『この村に青い目の者がいる』と言われたらスイッチが入って、論理的に自分の目の色を知り、該当者たちは粛々と退場する。粛々やったかどうかは判らんけど、そんなイメージが湧く。何もかも非人間的や。この村人たちと称される者たちは、人間ではなくロボットなんやないか？　つまり、舞台となっているのは過去でも現代でもなく、未来なんや」

思いつきにすぎないのだが、みんなの反応が見たくてこんな一石を投じてみた。「それ、面白いつもりで言うてんの？」は飛んでこなかった。真っ先に応えてくれたのは織田だ。

「全員が非人間的なまでに従順で、スーパーロジカルに行動するのは、ロボットがプログラムどおりに動いているからと、いうことか。ふぅん、判らんでもないな。としたら、すべてを操ってるのは暴君ではなくエンジニアか研究者。あれこれ指示を出して、プログラムどおりにロボットが作動するか検査しているのである……。イケるな」

「……いや、あきませんね」

誰よりも早く僕が難じた。織田にとってはさぞ心外だっただろう。

「なんで言い出した当人のお前が駄目出しするんや。背中から斬りつけられた気分や」

「すみません」と詫《わ》びてから「かろうじて成立する仮説にも思えましたけれど、あんまり面白くないですね。一番まずいのは、『ロボットの検査だった』ということにしたら、どんなパズルのどんなシュールな設定でも説明がついてしまいます。これは推理というより万能の言い訳でしょう」

ずっと黙っていた江神さんが、コーヒーのカップを置いて裁定を下す。

「確かに万能の言い訳かな。他のパズルの設定についても説明できてしまう便利な仮説は却下しよう」

織田は異論を唱えず、合意が形成された。

未来の話ではないか、という仮説を僕はいったん引っ込めることにしたが、別に提起したいことがある。

「さっきモチさんやマリアが言うたように、青い目や緑色の目というのが何かの喩えで、人種や部族の違いを表わしてる、という考え方はアリでしょう。けれど、最初から寓意と決めつけずに、本当に目の色を問題にしているとして考えてみませんか？」

続けたまえ、とみんなの目が静かに促している。

「あのパズルの舞台は中世以前のヨーロッパで、鉄の掟で領民を支配している王様がいたとしましょう。その王様が青い目の人間を排除したくなった。理由は、青い目の何者かが罪を犯したからやないかな。犯人は、その罰として領外へ追放されるわけです」

「犯罪が絡んでくるのは推理研らしくていいんだけれど、それで筋の通った世界観が創《つく》れるかな」

マリアが疑わしげに言い、彼女と僕で検証する。

「『青い目の者は禍をもたらすから出て行け』というのは、王様からの婉曲《えんきょく》なメッセージや。『青い目の者が罪を犯したのは知っているぞ。犯人は反省して、自らこの地を去れ』という意味の」

「王様は犯人を知っているの？」

「青い目をしていることは知ってるんや」

「青い目の誰かまでは特定できていないわけね？」

「うん」

「それって、相当おかしな状況じゃない？　目の色しか摑んでいないというのはどうかしら。犯行現場を目撃した人がいて、『背が高かった』とか『青い服を着ていた』とか言うのなら判るけど、『目が青かったことだけは確かです』なんて証言、あり得る？」

「なくは、ない」

「どういうケース？」

少し間が空いてしまう。ミルクティーを飲みながら僕の返事を待つ彼女。

「たとえば……犯人が忍者のような黒装束に身を包んでいたとしよう。それやったら目の色だけが証人の印象に残ったとしてもおかしくないやろ」

「青い目の忍者ねぇ。で、その証人は他人の目の色について話してもよかったの？ タブーに抵触するけれど」

「犯罪に関係してるんやから、例外的に認められるやろう」

「例外を持ち出すのはずるいな。ひとまずその点は目をつぶるとして——証人は犯人が十人いたのを目撃したわけ？」

危ないぞ、と思いつつ「多分、そう」と答えた。

「犯人は十人のグループだった。そして村にいる青い目は十人。たまたま一致していたのね？」

「青い目の人間たちの、何か事情があって起こした犯罪なんやろうな」

「だから青い目の人は全員追放なんだ。じゃあ、王様が『自分が青い目をしていることが判ったら』という条件を付けたのは何故？ 青い目の村人が罪を犯したことが確定しているのなら、『目の青いお前とお前とお前とお前と……は出て行け』と命じたらいいのに」

「それができへんかったんや」

「どうして？」

「王様は……色覚に重度の異常があって、誰が青い目をしてるのかが判らんかったから」

「へえ。王様は色が識別できなかった、と。でも、信頼できる家臣に命じたらよさそうなものだけど」

「あかん。それは無理」

「ふふ。ど、う、し、て？」

僕を追い詰めた気になっているようだが、まだ逃げられる。

「それはやな、王様のプライバシーに深く関わることで、腹心の家臣にも相談しかねたからや。つらかったやろうなぁ、王様。自分の手で事件を処理せなあかんのに、容疑者たちの目の色が判らんかったんやから」

しゃべっているうちに自分の仮説が正しいのでは、と思えてきた。こんな口から出任《でまか》せが的中しているはずはなく、大きな錯覚なのだろうが。

「犯行現場を目撃した証人に犯人を指摘させる手もあるじゃない」

「それだけのことでも王様のプライバシーが危うくなるから、できへんかったんやろう。とにかく、極めてデリケートな性質の犯罪ということや」

「どんな犯罪なのかを——ストップ。モチさんが今、はっと何かに気づいたみたい。ですよね？」

マリアは、先輩たちの表情のわずかな変化も見逃さなかった。望月自身は、軽く狼狽《ろうばい》している。

「二人の応酬に聴き入ってたのに、いきなり発言の機会が回ってきたな。すまん、正直に言うと、別のことを考えてたんや。今晩は何を食べようか、ということやないねんけど、話を逸らすのは申し訳ない」

「このパズルに関することですよね。そういうのって、その場ですぐに吐き出さないと忘れてしまいますよ」

「マリアがそう言うんやったら話すけど、大したことやないぞ。この王様――そう呼んでおく――が本当に処罰したがってるのは、緑色の目の村人やないかなぁ」

「どういうことですか？」

「青い目の全員を村から出した後、緑色の目の人間に厳しい罰を下そうとしているのかも、と思うたんや。その罰が残酷なものやから、無垢《むく》で心優しい青い目の村人にはまったく知られないようにしとうて、迂遠《うえん》な方法を選んだ」

「ミステリ的などんでん返しではありますね」僕は認めた。「ただ、全体としては、まとまりのない変な話にしかならないような……」

先輩への遠慮から、語尾を濁《にご》さずにいられなかった。織田も否定的な態度を取る。

「目の色で善悪が決まるというのが納得しづらいな。アリスとマリアが言い合《お》うてたみたいに、ある色の目の人間が犯罪を犯したから、というのやったら判るんやけど」

　望月もその見解を受け容れ、マリアと僕のやりとりに戻っていく。

「青い目が悪いことをしたのか、本当は緑色の目が悪いのか、どっちかは棚上げしましょう」マリアは話を整理しようとする。「ことの核心にある悪いことって、何なの？　アリスに訊きます」

　王様のプライバシーに関わると言ってしまったから、その線で考えなくてはならない。解決するのに内密を要する犯罪。王様の隠し財産を宝物庫から盗み出したとか？　専横をほしいままにできる王様に隠し財産というのはしっくりこない。

　発想を転換しよう。王様自身が被害者なのではなく、王様にとって大切な人物が危害を加えられたのかもしれない。家族が酷《ひど》い目に遭《あ》ったのだ。たとえば、王妃や王女が犯人グループに不埒《ふらち》な暴行を受けた――というのなら処罰を下すにあたっても秘密にしたがりそうだが、ゲームの解答として愉快ではないので、王子に被害者になってもらおう。

「青い目の十人が、王子様をぼこぼこにしたんや。圧政を布《し》く王様への不満が爆発して、息子に矛先《ほこさき》が向いたんやろうな」

　マリアは虚を突かれたようで、僕の返答を反芻《はんすう》する。

「王子様をぼこぼこ……。忍者みたいな装束で闇討《やみう》ちにしたの？」

「そう。忍者スタイルの集団に襲われたから、犯人が青い目をしていたことしか判れへんかったんや。王子様はからくも逃れて、酷いことをされた、と王様に泣きついた」筋が通って行く。「王様は激怒。息子が一方的にやられたことを公《おおやけ》にするのが屈辱的やったから、自ら犯人たちを処罰しようとする。翌日に村人を集めて、青い目をした者たちの中から犯人を割り出そうとしたんやけど、自分は色覚異常だったので、できない。『息子よ、お前が不届きな者どもを指差せ』と言っても、ぼこぼこにされた王子様は恐怖のあまり犯人と対面するのを拒んだ」

「王子、だらしがなさすぎ」

「こうも考えられるぞ。王子様は『青い目にやられた』と言い残して、死んでしもうたんや」

話の成り行きで王子を殺してしまったことに一抹《いちまつ》の罪悪感を覚える。

「『犯人は十人いた』と人数も言い残したかもしれへんな。そこで王様は、息子のダイイングメッセージに基づいてこう命じたんや。『自分が青い目をしていると判った者は、その日のうちに村を出て行け！』」

……最後がおかしい。

5

「どこから突っ込みますか？」

マリアは先輩たちに問い掛け、望月がわざとらしく指を折る仕草をする。織田は一定の評価をしてくれた。

「アリスは健闘したんやないか？　王子様闇討ち事件というのは面白いし、王様が内々で事件を処理しようとする必然性もある。色覚異常も許容範囲としたい。村から追放という処罰は、専制君主にしては穏便な措置に思えるけど、自分や息子にも落ち度があったからやとしたら、物語としてのふくらみも出るやないか」

「弁護側の主張はそれで終わりか？」

望月が乗り出してきた。うれしそうに笑っている。

「アリスはがんばってくれたけど、説明がつかんところが多々ある。その穴をふさいでもらおうか。——村に伝わる鉄の掟が、いつのまにか王様の命令にすり替わってるけど、そこはええわ。伝説化され、パズルに仕立てられていく過程で変容したんやろう。説明してもらいたいのは、村に鏡やそれに類するものが存在せず、村人全員が自分の目が何色かを知らない、という奇妙な状況の理由や。他人の目の色について語ってはならない、というタブーの意味も教えてもらいたいな。フレイザーの『金枝篇《きんしへん》』にも載ってへんやろう、そんな風習。そのタブーさえなかったら、色覚異常の王様は『この中で青い目をした者は誰だ？』と村人たちに尋ねるだけでよかった。緑色の目の村人が『こいつです。こいつも』と答えてくれたんやから。顔が映るものが村にない理由。タブーの意味。この二つの謎について、どう答える？」

クリティカルなパンチが二発繰り出された。織田もかばい切れず、僕はダウンして立てなくなった。

マリアは、そこに幻の虹でも見たかのように喫茶室の片隅に視線をやって、うっとりした口調で言う。

「逆に言うと、モチさんが言った二点をクリアすれば正解が見えてくるんだわ。鏡がない理由。タブーの意味」

このへんで部長の推理が聞きたくなった。誰しも同じ想いだったらしく、望月が代表で尋ねる。

「江神さんの推理はまとまりましたか？　煙草をふかしながらの長い沈黙で貫禄は充分に示してもらいましたから、そろそろ真打のお言葉を」

請われた江神さんは煙草を灰皿で揉み消し、語りだす。真打の推理はまとまっていたのだ。

「マリアとアリスのやりとりは参考になった。おいしいところを使わせてもらう」

どこがどう参考になったのか判らないが、部分的にでも採用してもらえるのなら光栄だ。

「モチが言うた二つの謎については、ずっと考えてた。青やら緑やら目の色が物語の中心に据《す》えられてるようやけど、自分の目の色というのは、〈自分自身では絶対に感知できない何か〉の象徴なんやろう。〈感知できない何か〉であって、〈見られない何か〉とは限らん。村に鏡や澄んだ水がないという不思議な設定は、〈感知できない何か〉を〈見られない何か〉に変換する際に無理が生じただけや。鏡がないからすべての村人は自分の目の色を知らないというのは、われながら苦しい、と設定を考えた作者も思うた箇所やろうな」

自分の目の色とは、〈自分自身では絶対に感知できない何か〉の象徴——という見方は、しごくもっともに思えた。自分の目の色を知らないまま生きるなんて不可能で、そんな人間がいるわけはない。何かの象徴なのだ、象徴。

青い目だけを出す忍者スタイルの集団による闇討ちとは何だったのか?

「〈感知できない何か〉ですか。そんなふうに言われても、掴みどころがないんですけど」

その感情を表現するため、マリアは虚空《こくう》を両手でまさぐる。細い指が繊細な動きをしていた。江神さんは焦らす。

「さぁ、何なんやろうな。しかし、人間は自分のすべてを完璧に知っているわけではないやろう」

織田の表情は微妙だ。僕とは反対で、しっくりこないと見える。

「自分についても理解できんことがあるのは判ります。世の中には自分探しという言葉があるぐらいですからね。江神さんが言わんとしてるのは、そういう自分の真の姿みたいなもののことですか？　自分でも知ることができず、他人もつべこべ言えない精神的な領域」

部長にとって、これは予想外の反応だったらしい。

「自分の真の姿か。俺はそういう形而上《けいじじょう》的な話をするつもりはなかった。後でがっかりせんといてくれよ。——王様が統《す》べる村というのも妙やけど、今さら領主や王国という言葉を持ち出すのも違和感があるから、王様と村で物語を創ってみるか。アリスの仮説を土台にして」

青い目の忍者はお呼びでなくても、やはり僕の仮説が役に立つらしい。

「専制的な王様がいる村で、王子様がぼこぼこにされる事件が発生した。王様の暴政への抵抗か、あるいは王子の人格に問題があって起きたのか。どっちでもええな。王様はお怒りになったが、自分もしくは息子にも非があるために後ろめたく、ことを大っぴらにしたくなかったことにしよう。手掛かりがあったので、王様は自ら下手人を裁くことにした。手掛かりとは王子様のダイイングメッセージなんやが、それは目の色ではない」

目の色ではない、と言い切る根拠もないはずだが、目の色が手掛かりだと無理のありすぎる物語しか創れなかった。この難所を江神さんはどう突破するのか？

「ぼこぼこ王子が遺した手掛かりは犯人の顔や名前ではなく、『犯人は全員が××だった』ということ。暗所でぼこぼこにされたから、情報が乏しいのは仕方がない。この××に入るものこそ、さっき俺が言うた〈自分自身では絶対に感知できない何か〉ということになるんやけど、当然それは自分で計れる身長や体重ではない。歩き方や話し方など、自分の癖には無自覚であることが多いとはいえ、気づくことが可能だから、〈自分自身では絶対に感知できないもの〉の隠喩《メタファー》にならない。かといって、自分の真の姿といった概念でないのも明らかやろう。暗闇で殴られながら、こいつらみんな内向的で自己肯定感が低い、てなことを王子様が察知するはずもない。××が何かという謎を解く鍵は、お互いに目の色について話してはならない、という不可解なタブーや。××は社会通念に照らして口にしてはならないこと。社会通念と言うても、いつの時代のことか定かでないけど、常識に沿って普遍性のあるものを考えよう。『あなた、耳の裏に黒子《ほくろ》がありますね』という類《たぐい》の些事《さじ》は当て嵌《は》まらない」

正解の近くまで江神さんが導いてくれた気がする。〈自分自身では絶対に感知できない何か〉さえ判れば、壁を突き崩せそうだ。

「江神さん、答えを」

マリアが頼んだ。

「自分の真の姿という哲学的なものではなく、実に卑近《ひきん》な答えで気が引けるけど、聞いてもらおう。俺が考えたのは体臭や」

「タイシュウ……？　体の臭《にお》いということですね？」織田がご丁寧《ていねい》に腋の下に手をやって言う。「自分のものでありながら自分では気がつかず、他人のそれを指摘するのもマナーに反する。自分の体臭を絶対に感知できへんかどうかは議論の余地があるかもしれませんけど、一応、設問の要件を満たしてますね」

江神さんは推論を進める。

「食べるものや生活習慣によるものか、職業に付随するものなのか、色々と考えられるけれど、とにかく体から立ち上る臭いで、本人には非常に気づきにくいもの。遠い昔の異国でも、それを指摘するのは礼儀に反した。——ここ、ええな？」

その時代、その土地、その人々ならではの臭いがあったのだ、ということにした。そんなものはない、と断じることはできない。

「では、〈自分では絶対に感知できない何か〉は体臭だということにして、失われた物語を再構成してみる」

王子様が襲撃された。殴りかかってきた連中は顔を隠しており、声も出さなかったので何者なのかは判らなかったが、全員が体臭を発していた。翌朝、王子様は王様に事件について告げたものの、記憶にあるのと同じ体臭がする人物を突き止めるために村人たちの前に出ることはなかった。恐怖や羞恥《しゅうち》のためだったのかもしれないし、深手によって死んでしまったからかもしれない。王子様は表に出られなくなったので、王様だけが犯人探しにあたるが、困ったことがあった。

「王様の嗅覚には異常があった。無嗅覚症だったんや。そういうものがあるのは、知ってるな？」

僕たち全員にその知識があった。

「唯一の手掛かりである犯人たちの体臭を嗅ぎ分けられる王子様は出てこられない。自分は臭いが感知できない。さて、どうするか？」

マリアが、すっと手を挙げる。

「打つ手はあります。他人の体臭を指摘するのはマナー違反ですけれど、王様が適当な理由を作って村人たちに命令すればいいんじゃないですか？『王宮に泥棒が入った。犯人は体臭がする者だ。該当者を突き出せ』と言われたら、村人たちは従うと思います。泥棒の逮捕は日常生活を円滑にするためのマナーに優先するので」

「命令を下すことはできたとしても、村人たちが素直に従うという保証があるか？王様が信望を得てなかったら、『馬鹿正直に本当のことを言う必要はない。泥棒に入られてザマミロだ』となることも考えられる。平素の行ないは大事や」

特に王たる者には徳が必要ということか。

「困ってしまった王様はどうしたか？　ここで登場するのが来訪者や。この来訪者が何者なのかも謎であることを、俺はあらかじめ提示しておいたのに、誰も考えようとせんかったのは遺憾《いかん》と言うしかない」

――この村には青い目をした者がいることを告げる謎の来訪者。

確かに、江神さんは来訪者が謎の存在であることを指摘していた。僕たちは黙殺したわけではなく、議論がそこまでたどり着かなかったのだ。

望月の鼻息が荒くなった。

「来訪者の正体も江神さんは摑んでるんですか。すごいな。どう考えたらそんなことができるんです？」

「すごくもない。ここまで物語ができてきたら自明やろう。犯人探しに行き詰った王様が頼ったのは――探偵」

ミステリファンにとってあまりにも馴染《なじ》み深い言葉なのに、思わぬ文脈でいきなり出てきたものだから、背筋が微《かす》かに顫《ふる》えた。何の捜査も推理もせず、村人たち全員が口に出さずとも知っていたことを指摘しただけの人物が、まさか探偵だったとは。

「プライバシーを守りながら問題を解決するために、王様は信頼できる切れ者にこっそりと相談を持ち掛けた。探偵の役割を演じることになる切れ者が、村人たちと対面して鼻をくんくんやれば済みそうなものやけど、できない事情があったんやろうな。遠方にいて駈けつけられないとか、折悪《おりあ》しく病床にあって出歩けないとか。そこで探偵は、村に赴《おもむ》くことなく犯人を突き止める方策を講じる」

再び驚いた。ただの探偵ではなく、話を聞いただけで謎を解いてしまう安楽椅子探偵だったのか。

ここで江神さんはいつにない芝居っけを発揮し、探偵になり切っての再現が始まる。

「陛下を悩ませている問題は解決可能でございます。『自分に体臭があると判った者は、その日のうちにいったん村の外に出よ』とお命じください。体臭のある者が処罰されるのか褒美《ほうび》が与えられるのかが判らぬように、理由は伏せたまま。どう動くべきか村人たちは迷うでしょうが、偽《いつわ》りが後に判明して罰せられることを恐れ、命令に従うはずです。しかし、おのが体に染みついた臭いというのは自分では判らないもので、はたして自分はどうなのか、皆の者は困惑するでしょう。『お前は臭うぞ』と他者に指摘して、告げ口の怨《うら》みを買うのも怖い。そんな状況ができ上ったところで、こうお付け加えください。『この中に、体臭がする者がいることを余《よ》は知っている』とだけ」

それだけセッティングすれば、さっき江神さんが言ったドミノ倒しが始まり、該当者は村の外に出る、というわけか。なんと凄《すさ》まじい論理の罠《わな》。

江神さんは芝居をやめ、素《す》に戻る。

「自分には体臭があると気づいて村の外に出たのは十人。王子様の証言と人数が一致したのは幸運と言うしかないな。もしも十一人以上いたら、そこから無実の者を篩《ふる》い落とすために、探偵はもうひと手間かけなくてはならなかった。かくして犯人は明らかとなり、王子様の無念が晴らされることとなったのである。——閉幕《カーテン・フオール》」

最後は気取ってみせる部長であった。

かつて地上のどこかでそんなことがあったとは信じられない。その故事がシュールなパズルと化して今日にまで伝わったなんてよけいに考えにくいが、江神さんは一編のミステリとして完結させてしまった。ミステリは、この地上のものだ。

そして——でき上った物語に出てくる村人たちも探偵も、とても人間とは思えないほど論理的に動き、ロボットを想起させる。しかし、この物語を創った江神さんも、結末に歓声を挙げた僕たちも、紛れもなく生身の人間なのだ。

「解けた。あんな変な話がミステリになるとは」

織田が腕組みをして唸っている。

「江神さんがすごいけど、みんながんばった。団結力の勝利や。考え始めてから解けるまで一時間もかかってないぞ。濃い時間やったなぁ」

満面に笑みを浮かべる望月だったが、にわかに表情が強張《こわば》った。どうしたのかと視線の先をたどると、どこかで聞いたような風体《ふうてい》の男女が喫茶室に入ってくるところだった。このタイミングで天童賢介と北条博恵が登場したのだから、望月ならずとも驚く。

しかし、歓迎すべきハプニングだった。

「これはこれは。推理研の皆さん、お揃いでミーティング中ですか。学祭の反省会?」

巻き毛の会長が言う。嫌味と言われてみればどことなく嫌味だが、普通と言えば普通の話しぶりだ。

「うちは学祭には参加してないから、無駄話に花を咲かせてただけです」

まず織田が応え、望月が後を引き受ける。

「例のパズル、楽しませてもらいました。答えはすぐに出たんで、問題文から物語を創って遊んでたんです。コーヒーブレイクのいいおやつになった」

何のことか、と怪訝《けげん》そうな二人に、望月はでき上ったばかりの物語を機関銃のようにまくし立てた。パズル研の二人は圧倒された様子だ。何に圧倒されたのかはよく判らないが。

「あれはパズルで、本当にあった出来事をモデルにしているわけではないんだけれど……」

まさか、そんなことも判っていなかったのではあるまいな、と会長は言いたげだった。

「もちろん、それは承知の上での遊びですよ。僕らは、こんな粋狂《すいきょう》なことが好きなんです」

「やっぱり推理小説とパズルは違いますね。似て非なるもの。楽しんでもらえたのなら、よかった。——じゃあ」

天童は「あっちにしようか」と副会長に言って、空いた席に向かう。ヒロちゃんは、こっそり笑っていた。僕たちの遊びを面白がってくれたのだろう。

「われわれの勝利と言うことやな」

「勝った負けたは、どうでもええやないか。楽しんだんやから」

望月と織田が真顔で言い合う。江神さんは最後の一本をくわえ、パッケージを握り潰した。

「アリス、そろそろ」

「やな」

話に熱中しているうちに四講目が始まる時間が迫っていた。「勉強もしっかりな」という先輩たちの声を背に受け、喫茶室を出る。

学生会館を出て、キャンパスの西門前の信号を待つ間、マリアは何故か神妙な顔で黙っていた。ゲームの時間の余韻に浸《ひた》っているのではなく、心は別のところに飛んでいるようだ。信号は赤になったばかりで、なかなか変わらない。

「どうかした?」

うるさがられるかな、と思いながら訊いた。

「何でもない」

彼女はわずかに伏せていた顔を僕に向けてから、曇《くも》りがちの空を見上げた。

「お祖父ちゃんに報告していただけ」

ミステリ作家とその弟子

トートバッグから分厚い紙の束を取り出し、膝の上で広げた。若い作家のデビュー二作目の校正刷《ゲラ》りだ。

時には列車の揺れに邪魔されながら、西川明夏《にしかわあきな》は疑問点に鉛筆で書き込みを入れていく。面白いと思った箇所には〈いいですね〉とコメントを添えた。これを書くと作者が喜ぶのだ。

カリスマ的な人気を持つラッパーの歌をなぞるように奇怪な殺人が続く本格ミステリである。まだ三分の一しか読んでいないが、傑作の予感がしていてうれしい。新人賞を獲った前作は期待したほどは注目されなかったので、この新作で脚光を浴びてもらいたいものだ。

作業に没頭しているうちに横浜に着き、次に顔を上げたら戸塚あたり。このままどこまでも乗り続けて原稿の最後まで目を通したかったが、あと二十分もすれば目的地に着いてしまう。

横須賀線に入り、鎌倉を出たところでゲラをバッグにしまった。日によっては気難しいこともある刑部慶之助《おさかべけいのすけ》と会うのに備え、次の駅までに心の準備をしなくてはならない。今日は面倒な話になりそうもないので、さほど緊張はしていなかった。

ただ、このところ作品が低調なのが気にはなっている。ベテラン作家の〈勤続疲労〉らしいが、まだ老け込むには早い。次作で本来の調子を取り戻してもらうことを望んでいる。

逗子《ずし》駅で下車して、タクシーで海岸の方へと向かった。十分ほどで白壁の刑部邸の前に着き、門柱のドアホンを鳴らす。二時十分。約束どおりの時間に訪問したつもりだったのに——。

「西川さんがおいでになるのは聞いていたけれど、三時過ぎじゃなかった?」

出てきた萌子《もえこ》夫人に言われて、どきりとした。電話で確かに「二時過ぎにお伺いします。二時十分ぐらいになりそうです」と伝えたのに、作家が勘違いをしているらしい。夫人はすぐに察してくれた。

「ごめんなさい。あの人がうっかりしていたのね。そそっかしいから」

優しく言ってくれる萌子は、作家より五つ年下の五十四歳。明夏の母親と同い年である。向こうにすれば明夏が娘のように感じられるのか、いつも温かく接してくれた。夫妻に子供はいない。

「申し訳ないけれど、一時間ほど応接室で待ってもらえる?」

この界隈《かいわい》は静かな住宅地で、時間を潰せる喫茶店などない。応接室で一時間ほど待ったことは以前にもあったし、萌子夫人が「さあ、どうぞ」と笑顔で促《うなが》すので、「それでは」と靴を脱いだ。

「バッグにゲラが入っているみたいね。重たそう。お仕事を持ち歩いているんだったら、うちで済ませればいいわ。時間が無駄にならない」

おっとりとしていながら勘がいい夫人は、コーヒーとチーズケーキを出しながら言ってくれた。

「ありがとうございます。では、こちらの応接室を仕事場に使わせていただきます。あとはどうかお構いなく」

「ちょっと向こうに声を掛けておくから」

と言っていたらドアが開き、頭髪にも鬚《ひげ》にも白いものが混じる慶之助が現われた。ごつごつと骨張った顔は怒ると迫力があるが、今日の表情は穏やかである。黒くて大きなフレームの眼鏡が、いつもながら少し暑苦しい。

立ち上がって一礼すると、彼から詫びてきた。

「二時過ぎだったのを私が間違えたのか。二時と聞いた気もしてきた。すまんね」

「いえ、よく確認しなかったこちらが悪いんです」

早くきたのなら予定を繰り上げて打ち合わせを始めよう、とはならなかった。

「三時まで御堂《みどう》君と話がある。待っていてくれ」

「かしこまりました」と応えたら、「じゃ、あとで」と引っ込んでしまった。

「清雅《せいが》さんはずっと家にいるんだから、そっちを後回しにしたらいいのにね」萌子が苦笑する。「融通が利かないこと。今日の午後はレクチャーをすると決めていたみたいで、二時頃から向かいの部屋で話し込んでいるの。――ほら、聞こえるでしょう?」

廊下を挟んだ向かいは、慶之助の書斎兼書庫だ。ドアが薄っぺらなわけでもないのに、二人の声がはっきり聞こえていた。慶之助の地声が大きく、御堂清雅の声が妙に甲高いからだ。「君はどう考える?」「よく判りません」などやっている。

「先生のご指導はいつも厳しいんですか?」

そうではないかと想像したのだが、萌子の返事は「さあ」だった。

「私には創作のことは判らないから何とも言えない。猫撫で声で優しく指導しているのでもないけれど、怒鳴りちらすこともないわ。まだ清雅君が叱られる域に達していないせいかもね」

「御堂さんは、作品を添削してもらったりは?」

「やっているようね。自由に書いたものやら、出された課題に応じたものやら、色々と。刑部に『これでは駄目なんだ』とかやられている」

「御堂さんがよいものを書き上げたら拝読させてください、と先生にお伝えしてあります。編集部でも楽しみにしているんです」

「珍しいものね。今時、作家が弟子を取るだなんて。しかも内弟子」

御堂清雅は一年前にアポも取らずに刑部邸にやってきて、慶之助に弟子入りを嘆願したという。『漱石や百閒《ひやつけん》じゃあるまいし、作家が弟子を取るなんていつの時代の話だ』と鼻で嗤《わら》われても、『しつこいな、君は』と邪険に拒《こば》まれても、清雅はめげなかった。二週間ほども通いつめ、ついには慶之助をうんと言わせることに成功し、住み込みの弟子となる。

作家が根負けしたのではない。身体壮健で車の運転がうまく、デジタル機器——慶之助は苦手としていた——の扱いに長《た》け、庭いじりや料理も達者な二十五歳の男を家に置いたらどれほど便利か、徐々に理解したのだ。刑部夫妻は揃って小柄だ。「高いところの電球を替えてくれるだけでも大助かり」とは萌子の弁である。

慶之助はそれなりに稼いできたというのに吝嗇《りんしょく》なところがあるのか、妻を楽にするために金を使おうとしない。家事全般から車の運転まで萌子に任せてきたので、「萌子さんが大変そうだな」「あの奥さん、出来すぎだよ」と編集者のうちで囁《ささや》かれたりしていた。

夫婦仲については、明夏にはよく判らない。いかにも愛情豊かな暮らしではなさそうなのだが、こればかりは外部から窺《うかが》い知れないことも多く、二人きりになると仲睦《なかむつ》まじいのかもしれない。

ともあれ、清雅という住み込みの弟子がやってきたおかげで、萌子には自由な時間はできただろう。家政夫と庭師と運転手を兼務するのみならず、柔道が黒帯だという彼が家にきたことで、防犯の面でも安心感が増した。

清雅の頭髪は、真面目さを表現するような七三分け。たいてい白いワイシャツ姿に藍色のズボンという恰好《かっこう》。愛想のいいタイプでもなかったが、礼儀正しく人当たりは悪くない。刑部宅には二ヵ月に一度ぐらいのペースで出入りしているから、明夏は気安く話しかけたりするようになっていた。ミステリ作家志望の彼がどんな小説を書いているのか、まだ読んだことはないが。

「私は二階で片づけものをしてくるわ。ここでごゆっくり」

萌子が去ると、明夏はケーキをぱくぱくと平らげた。昼食が遅かったので腹が重くなるが、出されたものを食べてしまわなくてはテーブルの上にゲラを広げられないからだ。

窓の向こうには湘南の海があるはずなのに、塀に遮《さえぎ》られて望めない。残念だが、清雅が丹精する庭は目の保養になるほど美しく、金木犀《きんもくせい》がオレンジ色の花を咲かせていた。窓を開けたら甘い芳香が漂ってきそうである。

さて、と鉛筆を握ったところで、師弟のやりとりが聞こえてくる。注意を傾けずとも自然と耳に入ってくるのだ。

お小言《こごと》らしい。

「作中人物の言葉とはいえ、問題がある。ミステリは熱心なファンが多いジャンルだが、ライトに楽しむ読者も大勢いる。これはありがたいことだ。だから書き手は、そういう読者に誤解を与えないよう注意しなくてはならない」

清雅が「はい」と答えている。いったいどんな不手際をやらかしたのか、と思ったら

——

「『コンピュータで乗り継ぎが検索できる時代がやってきて、時刻表トリックは用済みになった』という台詞《せりふ》。書いた本人はどう思っているんだ?」

「……そういう側面はある、と」

「ああ」と大袈裟《おおげさ》な嘆息。慶之助が天井を仰《あお》ぐ仕草が思い浮かぶ。

「読者に誤解を与えるどころか、そもそも作者が誤解していたのか。まいったな。しかし、間違いを改める機会を得たわけだ」

「間違っていますか?」

「まず訊こう。君は、これまでどんな時刻表トリックを読んできたんだ?」

清雅はいくつかの作品の名を答える。明夏が読んだものも含まれていた。彼女は最年少ながら部内きってのミステリ通であり、「推理ものは君に任せたよ」と編集長に頼られている。

「君が挙げた作品には、確かに鉄道を利用したトリックが出てくる。よく思い出してみなさい。どの作品のトリックが、コンピュータの検索で解けるんだ?」

言葉に詰まる清雅。肩をすぼめて答えを考えているのか。

「解けやしないよ。警察に捜査協力を要請され、時刻表の使い方を熟知した鉄道員や時刻表の編集者がどれだけページを繰っても、答えが見つからないからトリックなんだ。鉄道というシステムが持つスペックの限界を超えた——かのように思える現象。断じてパソコンのキーを叩いただけで見つかるような乗り継ぎではない。ネット検索と時刻表トリックの退潮は無関係だ」

慶之助は時刻表ミステリを何編か書いたことがある。一家言を持つどころではないようで、口調が熱い。

「乗り継ぎのネット検索は九〇年代には無料でサービスが提供されていた。津村秀介《つむらしゅうすけ》さんなんか、浦上伸介《うらがみしんすけ》シリーズで逸早《いちはや》く登場させていたよ。捜査側が検索しても容疑者のアリバイが強固であることが確認されるだけ。そんな状況を描けるから、ミステリ作家としてはむしろ便利になったんだ」

専門家が時刻表を隈なく調べてもアリバイが崩せないのなら、どうやって犯人はアリバイを偽装できたのか？　そこに様々な詭計《きけい》があるわけで、慶之助はパターン別に例を挙げていく。明夏はすっかり聴き入ってしまい、ゲラをチェックするどころではなくなった。

「他には、意外な経路で乗り継ぐ、という手があるな。実のところ、このルートは時刻表を調べれば判る。……どうした？」

ここで清雅が挙手でもしたのか。

「質問です。先生はさっき、『どれだけページを繰っても、答えが見つからないからトリックなんだ』とおっしゃいました。『このルートは時刻表を調べれば判る』というのは矛盾していませんか？」

「意外な経路トリックについては、時刻表を調べれば判る。トリックの在り方が異なると理解したまえ」

「トリックの在り方とは？」

「意外な経路とはいえ時刻表を調べれば判るのなら、屑《くず》みたいなトリック、いやトリック未満だと思うだろう？　A地点からB地点に行くのに、Xという路線を使ったと思い込んで『容疑者はその列車に乗らなかった。アリバイがある』と思っていたら、実はYという路線を使っただなんて、面白くもおかしくもないようだが、違うんだ。作中の探偵役も読者も、犯人はXを利用したと思い込んでいるため、Yの可能性をまったく検討しない。何故か？　Xを利用したとしか思えないように何らかの工作をしているからで、そこがトリックなんだ。そんなもん、ネット検索で見破れるもんか！」

慶之助は、そういうトリックが堪能できる作品名を並べて、自分の蔵書にあるから未読なら読んでおくよう命じる。すかさず明夏もメモした。

「ご指導ありがとうございます。後学のために教えてください。ネット検索の影響ではないのなら、何が原因で時刻表ミステリは流行《はや》らなくなったんですか？」

「いくつか考えられる。交通網の発達と移動手段の多様化が大きいだろうね。昭和の半ばあたりだと、移動手段はもっぱら鉄道だ。高速道路網が整備されていなかったし、航空機の事情もはるかに貧弱。だから、A地点とB地点を移動するのに、最短区間を走る特急に乗っても間に合わないのなら他に手段はない、と読者に納得させやすかった。鉄道自体も未整備な部分があり、急行やら臨時列車やらが入り乱れていたため、ややこしいことが起きやすかったのも大きい」

慶之助は気持ちよさそうに語る。語って聞かせる快感に酔うため弟子を取ったのでは、と明夏は勘繰りそうになった。さすがにそれはないか。

「それとは別に、ミステリのトリックには流行がある。アリバイトリックが花形となったのは昭和三十年代に入ってからで、それ以前は密室が人気を独占していた。もちろん、今も密室ファンは多いけれどね。昭和の末からは叙述トリックが擡頭《たいとう》する。ファッションと同じで読者の好みは移ろうんだ。時代と人気トリックの関係を考察しようとすれば、それらしい仮説ができるかもしれない。ホラーの世界で、ゾンビをベトナム戦争のゲリラ戦と結びつけたり、吸血鬼ブームの再来を血液の病であるＨＩＶ感染症の流行と関連づけたりするように。私自身はトリックの流行を考察して意味を探すことにあまり意義が見いだせないでいるけれど、よほど斬新な説が出たら面白がらせてもらうよ」

明夏が時計を見たら二時四十分。三時に終わるのだろうか、と疑わしく思うほどの勢いで慶之助は言葉を吐く。

「あの、先生。……ところで、僕が考えたアリバイトリックはどうだったでしょうか？」

おずおずと訊く清雅。オリジナル作品を提出していたのだ。師は素っ気なく言う。

「そもそも、いくつか前例があるね。しかも、まずいことにトリックの使い方が先行作品に劣る」

　慶之助は「そもそも」をよく口にする。今日はこれが二度目。

「前例があると、やはり駄目ですか?」

「ミステリの歴史は約百八十年。これまでに書かれたどんなトリックにも似ていない真《ま》っ新《さら》なものは、もはや残っていないかもしれない。前例があると承知しながら、それを巧みに換骨奪胎《かんこつだったい》したり演出に工夫を凝《こ》らして再利用したりするのは禁じ手ではなく、新しい感じを読者に与えることができたら成功と言える」

　穏当な見方だな、と明夏は思う。

「それこそ意外な再利用をすればいいんだ。たとえば——古くからミステリで使われてきた小道具があるだろう。鏡とか磁石とか氷とか。今さら使うと小馬鹿にされそうだが、使い方次第では新しいトリックが創れる。鏡は、そこに存在するものをしないように見せかけたり、存在しないものがそこにあるように見せかけたり、あるいは存在するものの数を錯覚させるのに用いられる。が、鏡で証人に錯覚させることで乗り遅れた列車に飛び乗れたとしたら?」

「えっ、どうやって?」

「知らん。思いつきを言っただけだ。要するに、古臭い小道具も意外な使い方をすれば新しく感じられるトリックができる、という話だよ」

「はあ」

「特許や実用新案においても、同じことが言えるらしい。何かの汚れを落とすために開発された工業用の薬剤が、家庭での虫退治に極めて有効であることが判れば、それは一つの発明となる」

ミステリの勉強のつもりで聞いている明夏だが、雑談のネタを仕入れている気分にもなりかける。

清雅の作品は、トリック以外の部分の不備もちくちくと批評された。どんなものかもちろん明夏は知らないが、わざわざ難癖をつけているようでもなく、慶之助が言うことは正鵠《せいこく》を射ているのだろう。

「君のオリジナル作品については、そんなところだ。もう一本の方だが――」

そちらは、慶之助が与えたテーマに沿った課題作品らしい。

「昔話の『桃太郎』を再構築して、自分なりに小説化せよ、というのは難しかったかな？」

「三日ほど考えました。どうしたらいいのか困りましたが、あるアイディアが浮かんでからは『これはいける！』となって、一気に筆が進んだんですけれど……」

途中から弟子の声が弱々しくなった。目の前で師匠が渋い顔をしたのか。

「あるアイディアというのは、桃太郎の出生の秘密か？」

「はい。どんでん返しをラストで仕掛けたつもりです」

どんでん返しのある『桃太郎』とはいかなるものか？　編集者は興味をそそられた。

芥川龍之介も新解釈を交えた『桃太郎』を書いており、尾崎紅葉の作品には鬼が復讐する続編がある。

慶之助は滔々《とうとう》と語りだした。腕組みをしている様が目に見えるようだ。

「鬼ヶ島で死闘を繰り広げ、鬼の死骸の山を築く桃太郎。最後の一人にも致命傷を負わせて勝利を確信した彼に、瀕死の鬼が悲しげに言う。『お前はこんなことをするために帰ってきたのか』と。何のことだか判らず桃太郎が問うと、鬼は真実を告げる。ごくまれに角がない鬼が生まれることがある。その者は不吉なので、赤ん坊のうちに大きな桃に詰めて、人間の里に通じる川に流してしまうのだ、と」

つまり、桃太郎は鬼の子だったのだ。超人的な力を発揮できたのも、人間ではないが故《ゆえ》。そうとは知らず、お爺さんとお婆さんに人間として育てられたために鬼ヶ島へ鬼退治に乗り込むことになり、大量殺戮《さつりく》をやらかしてしまった。殺した鬼たちの中に、実の父母やきょうだいがいたのだ。桃太郎は鬼たちの財宝を村に持ち帰り、お爺さんとお婆さんに無事の帰還と手柄を祝福されるが、自分の運命の残酷さに慟哭《どうこく》する——。

幕切れが物足りないが、どんでん返しのある作品にはなっているな、と明夏は思ったのだが、慶之助はつれなく言った。

「そのどんでん返し、たまたまネットで読んだことがある」

「えっ！」奇声を発する清雅。「本当ですか？ 僕はパクりなんかせず、自分で考えたんですが」

「剽窃《ひょうせつ》を疑っているわけではない。思いつきが誰かのアイディアと一致したんだろうな」

「……先生、ネットの書き込みをよくご覧になるんですか？」

「いいや。たまたま、と言っただろう」

怪しいな、と明夏は思う。仕事の合間にあちらこちらのサイトを覗《のぞ》いているのではないか。

「オチがかぶるのは別にいいんだ。世の中には創作物があふれているから偶然の一致は避けられない。問題なのはそれを充分に活かしていないことだ」

「どのあたりが駄目ですか？」

「ラストが弱い。どうせならアイデンティティが崩壊した桃太郎が錯乱し、お爺さんやお婆さんを始めとする村人たちに襲いかかる、とか」

「嫌な結末ですね。正直なところ僕は、そういうダークな物語は苦手です」

「ダークに書けるところはそれ以外にもいっぱいあるんだが、ま、それは措《お》くとして、お爺さんが山へ柴刈りに、お婆さんが川へ洗濯に行くシーンから始まるのはどうにかならなかったのかね？」

「やはりお婆さんが桃を見つけて拾う場面を冒頭に出したかったので、そのようにしました」

「そもそも主人公が生まれるシーンから始まる物語なんて、幼児でも楽しめる昔話のままじゃないか。小さな子供は回想や凝った場面の切り替えや視点の移動が理解できないからストーリー＝プロットになっているんだ。君は幼児向けのプロットのまま書いている。どんでん返しでヒーローの残酷な運命を描きながら、対象読者は三歳児なのか？」

「……いえ」

「子供向けでもないのに主人公が生まれるシーンから始めるなんて、二度とやるな」

主人公誕生シーンを絶対禁止にしなくてもいいと思うが、慶之助は無茶苦茶なことは言っていない。

「もしも先生なら、どこから書き出しますか？」

「プロットは無数に創れる。桃太郎が鬼退治に出たところから始めてもいい。普通ではない生まれ方については、物語が進んでから読者に明かしてもいいだろう」

「鬼ヶ島に向かって行くシーンときたら、次はイヌ・サル・キジとの出会い？」

「まずイヌだな。君は、『腰につけているものは何ですか？』なんて言いながらイヌを登場させているね。何の創意もないし、またこのイヌがちっとも面白くない。勇敢で忠実なだけ」

「いい奴にしたつもりです」

「ただのいいイヌなんだよ。もっとキャラクターに鮮やかな個性を持たせてほしい。私なら、地獄の魔犬ケルベロスみたいな獰猛《どうもう》なイヌにする。飢えたそいつが山中で桃太郎を襲撃するんだ。黍団子《きびだんご》を奪うために。ところが桃太郎は強くて、長時間に及ぶ戦いの末、叩き伏せられてしまう。イヌは言う。『あんた、ただの人間じゃねえな』。桃太郎はつれなく答えて、『ただの人間だよ』」

「あ、『桃から生まれたのさ』とか言わないんですね」

「まだ早い。読者が焦《じ》れないよう加減しつつ、タメを作ろう。それに、こう言わせておくとクライマックスで明かされる桃太郎の数奇で悲劇的な秘密が際立つ」

「はあ……そうですね」

「イヌの次がサル、最後がキジとの邂逅《かいこう》だな。『七人の侍』で仲間を集めるシーンのように、それぞれに魅力的なエピソードを考えなさい。面倒だけれど甲斐《かい》があるぞ。キャラクターの造形も大事だ。サルは知恵者だが狡猾《こうかつ》で信用できない感じ、キジは家族を鬼に殺されたなどの恨みを持って暴走の懸念がある、とか。三匹の間に緊張関係を作るのもありだ。キャラクターは個々に特徴的に描くだけではなく、関係性こそが大事だろ。関係性とその変化が大事。いくらでも工夫できるのに、君は何もしていない」

「さらに勉強します。――参考までに、桃から生まれたという生い立ちについてはどこで出すのがよろしいでしょうか？」

「横着だな。師匠にアドリブで創作させるとは。……そうだな。桃太郎が水面に映った自分の顔を見るシーンをどこかに入れようか。イヌ、サル、キジが揃った後にするか。彼の額には、子供の頃にできた傷があるんだ」

「そういう外見的特徴はキャラクター造形にも関わりますね」

「もちろん。古傷を目にして、小さな子供だった時代を思い出す。『桃から生まれた変な奴』と年長の悪童にいじめられ、石をぶつけられた頃を。かばってくれた幼馴染《おさななじ》みや優しい女の子を出す」

「はあ、なるほど」

「成長すると桃太郎は強くなり、悪童たちに仕返しをするんだが、すると今度は先の幼馴染みだか優しい女の子だかが、『乱暴はいけない』と向こうの味方をする。『力を持っていたって、使い方を間違ったら値打ちがない』と言って。それを契機に桃太郎は精神的にも成長し、村の人たちを愛し、愛されるようになっていく」

「だから、みんなのために自分にしかできない鬼退治を決意するわけですか。つながるなぁ」

「この程度の初歩的な作劇で感心するんじゃない。しっかりしてくれよ。君には期待しているんだからな」

「がんばります」

このようなレクチャーは週に一度のペースで行なわれているらしい。ミステリの総論・各論からプロットやキャラクターの創り方まで、内容は幅広そうだ。清雅が便利な無給の使用人ではなく、ちゃんと弟子として扱われているのである。

清雅は覇気があって溌剌《はつらつ》とした男ではなかった。冗談の一つも言わず、暗い目の奥で青い炎が揺らいでいるような感じだ。小説への情熱を感じさせる炎ではあったが。

特段の好意は持っていない明夏は、彼の経歴などプライバシーについてはほとんど何も知らない。強引に弟子入りを求めてきた変な人ではある。どれだけの才能があるのか不明。それでも、甲斐甲斐《かいがい》しく師に仕えている努力は人情として報われてほしかった。

三時に萌子がお茶を運んできてくれて、「あっちはまだ終わらないの？　すみませんね」とあらためて謝った。自分としては有意義な時間を過ごしているのだが、夫人が気を使ってくれることに恐縮する。

ほどなくレクチャーは本日のまとめに入り、来週までにやっておくべき課題を慶之助が提示して、おしまいとなった。三時半近くになっていたが、明夏に不満はない。慶之助の熱弁から活力を感じられたことを喜んだ。このところの彼は「スランプ気味でね」と弱音を吐くことがあったし、精彩を欠く作品を雑誌に載せたりもしていたので、ひそかに案じていたのだ。

お元気そうで結構、と思いたかったが——まだ不安を完全に払拭《ふっしょく》するには至らない。スランプ気味だからこそ弟子を相手に得々と講釈を垂れ、心のバランスを取ろうとしているようにも思える。

今日、明夏がやってくる時間を勘違いしていたというのが嘘だとしたら？　先ほどまでのような状況を作り、清雅に歯切れよくレクチャーをしているのをわざと聞かせようとしたとも考えられなくはない。私はこんなに快調だ、というアピールのために。

相手をしている清雅もグルで、師の教えに感心する弟子を演じていたということも

——と疑いだしたらキリがない。明夏はあれこれ考えるのをやめた。

「待たせてしまったね、西川さん。ごめんごめん」

慶之助が頭を掻《か》きながらやってきた。風呂上がりのようにさっぱりした顔をしている。ドア越しに御堂さんへのレクチャーを興味深く拝聴していました、と言えば喜びそうだったが、勝手に聞くのは非礼だと気分を害されてはかなわないので黙っておく。

「新作の打ち合わせといこうか。アイディアはまだ浮かんでいないんだが、創作意欲は高まってきている」

「それは何よりです」

明夏はそう返したが、「まだ浮かんでいない」はこれまで何度も聞いたフレーズだ。前進していない。スランプ気味から本物のスランプに陥らないことを祈りたくなった。もしも書けなくなりかけているのなら、清雅の助けを借りてでも立ち直ってもらいたいが、弟子にはまだその力はなさそうだった。


西川明夏の訪問の一週間後。

師の書斎兼書庫では、また昼下がりのレクチャーが行なわれた。

「今日は作品の講評はない。君がふだん疑問に思っていることなど、自由に何でも訊いてくれたまえ。その前に、出していた課題について答えてもらおうか」

肘掛《ひじか》けに両手を置いて、慶之助はゆったりと切り出す。「はい」と応える清雅は、向かいの椅子で背筋をまっすぐ伸ばした。その右手にはボールペン、左手にはキャンパスノート。

「お題を聞いて、君は戸惑ったように見えたんだが」

「これまでにない課題でしたので、いささか」

小説でも映画でも何でもいい。有名な物語に創造的な突っ込みを入れよ、というものだった。目的は批評精神の涵養《かんよう》ではなく、発想力の刺激だ。慶之助自身、名作とされるミステリに納得がいかない点を見つけ、ねちねちと突っ込んでいるうちに上質のアイデアを物したことがある。

「思案しまして、三つ考えました。ただ、どれもあまり創造的には突っ込めていないのですが」

「聞かせてもらおう」

清雅は自信なげに話しだす。

「演劇や漫画まで含めて考えたのですが、思いついたのはすべて童話や昔話の類に関するものです。前回のレクチャーで桃太郎のことで頭がいっぱいになったせいかもしれません」

「フィクションなら何でもいいんだ。作劇について話せる」

「では」

一つ目は『浦島太郎』だった。人間界に帰る太郎に、「決して開けてはいけません」

と言いながら、乙姫が玉手箱を渡したのが解せない、と言う。

「好奇心に負けた太郎が箱を開けてしまうのは予想できたのに、どうして乙姫はそんなことをしたんでしょうか？　思慮が足りなかったせいか、自分の元から去る太郎を苦しめたかったのか。考えるべきはそこですが、面白い理由づけができませんでした。すみません」

「うまい理由づけができなかったと頭を下げなくてもいいんだが、そもそも突っ込みがありきたりだな」

慶之助には他にコメントが見つからなかった。期待値は低かったのに、これではそれを下回る。

「乙姫は不親切だ。意地が悪い。そんな感想を持つ小学生は大勢いるだろうね。幼い時は閑却《かんきやく》したとしても、いずれ合点がいかぬと考えるようになったりもする」

「僕は、課題について考えているうちに気づきました」

作家志望者にしては鈍い、と思わざるを得ない。

「先生なら、乙姫がしたことにどんな意味を見出しますか？」

「またか。すぐに私の見解を聞きたがる。どっちが創作の修練をしているんだか」

「あ、すみません」

慶之助も何も思いつかない。あまり考える気がしないのだ。

「君の突っ込み、というか問い掛けに対して、機知に富んだ答えを返すのは難しい。何故ならば、問い掛けが文学性を帯びているからだ。エンターテインメント小説の領域から答えがはみ出してしまう」

「乙姫の心理を深く掘り下げた答えになる、ということでしょうか？」

「愛慕の念が憎しみに転じたせいだ、とか。そうならざるを得ないだろう。太郎が竜宮城に招かれた経緯や、別天地で過ごした日々に伏線があるとは思えない。新たに伏線を敷くと原典との間に大きな距離ができかねないのが面白くない」

「判る気がします」

弟子は、大急ぎで何事かをノートに書いていた。

「『浦島太郎』の他には？」

「あ、はい。『裸の王様』です」

日本のお伽噺《とぎばなし》が続くのかと思ったら、アンデルセン童話に跳んだ。スペインに伝わる話が元ネタである。

「いたって素朴な寓話を持ち出したね。どこがおかしいと思う？」

「ペテン師がお城にやってきて、『これは愚か者には見えない不思議な布地です』と売り込みます。家来や大臣たちは、何もないのに見えているふりをして、王様も『何もないではないか』と言えずに、それで服を仕立てる。この時点ですでに無理があります。見えない布であろうと、手にした感触もなかったら嘘だとバレないのは変です」

慶之助は「ふむ」とだけ応えた。清雅は続ける。

「ましてや、それを服に仕立てたと偽っても、身にまとった感触がなければ王様は『これはおかしい』と気づくでしょう。『見えないだけなら、何故こんなに寒いのだ』とも思うはずです」

いかがですか、という顔になって、弟子は師の反応を窺う。慶之助は失望を顕《あら》わにした。

「……突っ込みになっていませんか？」

「あっさり説明がつくよ。家臣らも王様も、見えないだけでそれは存在する、という自己暗示のせいで騙されたんだろう。人間の感覚というのは頼りないものだ。熱くないという暗示に掛かったら、真っ赤に灼《や》けた火箸《ひばし》でも平気で摑《つか》めるという」

真偽のほどは知らないが、そんなふうに聞いた覚えがある。

「先生がおっしゃるとおりです。なるほど、暗示ですか。その説明は覆せません」

清雅は肩を落とした。いいところに目を付けたつもりだったのか。

「君は突っ込みを入れた上で、あの話をどう書き変えるつもりだったのかな？」

「思いつきませんでした。ただ突っ込むだけで……」

「揚げ足を取るだけではいけないな。私は辛口評論家を養成するつもりはないし、突っ込むだけでは精神が創作から遠ざかってしまうよ」

弟子は、青菜に塩という風情《ふぜい》でしょげる。これぐらいで落ち込まれてはやりにくいのだが。

「気を取り直して、三つ目を聞かせてもらおうか」

「はい。イソップ童話の『ウサギとカメ』です」

　さらに素朴な物語を出してきた。どこがおかしいと指摘するのか知らないが、慶之助には突っ込み甲斐があるとは思えない。

「先生はあのお話にどんな感想をお持ちですか？」

「驕《おご》ってはいけない。油断大敵。そんな教訓を判りやすく説いているだけで、大した感想はないね。御堂君には何か思うところがあったのかな？」

「僕は子供の頃から思っていました。救いのない話だな、と」

　師は微笑した。

「うん、いいね。気になる言い方だ。詳しく聞かずにいられない」

「初めて聞いたのは、幼稚園のお話の時間でした。なるほどね、と軽く納得した子が大半だったでしょう。僕はちょっと嫌な気持ちになりました。カメが勝てたのはウサギが相手をなめて競走の最中に昼寝をしたおかげで、本来だったら当然のように負けています。また同じ勝負をしたら、きっとウサギは昼寝をしてくれません」

「油断大敵の教訓を得たのはウサギの方だからね」

「カメは負けます。何度やっても、もう勝てっこありません。たまたま相手が油断をしてくれたから一度は勝てただけ。結局、持って生まれた力の差はどうしようもないのだ、ということになる。幼稚園児の時は使えなかった表現をするならば、現実は身も蓋《ふた》もない、というところです」

「幼稚園児にしてはシニカルだ。そんな子供だったんだね」

もっと才気煥発《かんぱつ》な者が言ったのなら、さすがに非凡な反応だ、と感心されるかもしれない。

「で、あの話のどこに突っ込むのかな？」

「カメが変です」

それだけで充分だと思ってのことか、清雅は言葉を切った。師匠を試したいつもりもないのだろうが、ならば、と慶之助は滑らかに後を続ける。

「『お前は、どうしてそんなに歩みがのろいの？』とウサギに挑発されたからといって、『何をおっしゃる。だったら向こうの山の麓《ふもと》まで駈け比べをしてみよう』とカメが勝負を挑むのはおかしい。負けるに決まっているのに、ということだね？」

「まさに、おっしゃるとおりです」

我が意を得たり、とばかりに清雅は顔を綻《ほころ》ばせた。これまでの二例よりは面白くなりそうではある。

「カメが無謀な提案をしたのには何か理由がある。君はそう考えるのかな？　創造性を発揮してもらおう」

「理由を考えました。なければおかしいからです。——カメには勝算があったのだと思います」

「いいね。ぜひ聞きたい。どうやってウサギに勝つつもりだったんだろう?」

慶之助が食いついてやったので、清雅の目が輝きだす。

「レースの最中に相手が昼寝をすれば鈍足のカメでも勝てます」

「ウサギが昼寝をしてくれたのは、たまたまだ。勝負を挑んだ時点ではそれを予想できないが」

「ですから、ウサギが昼寝をしたのはたまたまではなく必然だったんです。レース前もしくはレース中に、カメが睡眠薬を服《の》ませたのでしょう」

慶之助の頭脳が高速で回転を始めた。弟子が言わんとしていることを予測し、先回りをするために。

「『どっちが速いか勝負しよう』『やろう。じゃあ、スタートだ』となったのではなく、レースの開始までいくらか間があったわけだね? さもないと、カメは睡眠薬を用意できない」

「そうです。すぐに走りださないのはまずいですか?」

「いいや、かまわない。物語として自然な展開だ」

清雅は、ほっとしている。

「では、レースは翌日だったということで。睡眠薬を盛るタイミングは色々と考えられます。走る前に飲み物に入れて渡すと怪しまれそうだったら、コースの途中に設けた給水ポイントの水に仕込んでおくこともできそうです」

「できないとは思わないね。リアリティはある。それで？」

「カメの目論見《もくろみ》どおり、ウサギはレース中に睡魔に襲われて眠ってしまった。薬を盛られたことには気づかなかった。——これだとカメが勝ち目のない勝負を持ち掛けた無理が解消され、きれいに辻褄《つじつま》が合うのではないでしょうか？」

慶之助は腕を組み、小さく唸《うな》ってみせた。どういう評価を下されるのか判らず、清雅は不安げな表情になる。

「それもまた救いのない話ではないかな？」

「ずるいことをしないと勝てなかった、という話ですから、カメが誇らしくはなりません。でも、無礼なウサギにひと泡吹かせたのですから、読者はカタルシスを感じてくれるのではないでしょうか」

われ知らず声が出た。

「甘いよ」

「……どこが、ですか？」

ここは師匠然として、嚙んで含めるように言うしかない。

「カメが睡眠薬を投じる場面は、どこで描くんだ？　レース前にそんな場面を出すのはまずい。だろ？」

「後の展開が全部見えてしまいますから……つまらないですね」

「ああなって、こうなって、カメが勝っておしまい。判りきった展開があるだけで退屈だな。投薬の場面を出したらお楽しみはなくなってしまう。となると、レースが終わってから実はこうでした、と明かすしかないんだが、それでは完全な作者の後出しだ。ブーイングが待っているだろうな」

「だとしたら……投薬の場面はどこで出すのが正解なんですか？」

「どこで出しても面白くはならない」

清雅は、また悄然《しょうぜん》となってしまう。いくらか自信があったのだろう。慶之助は穏やかに語りかけた。

「ウサギとカメは、紀元前から伝わっている古い話だ。世界中でどれだけの人間が親しんできたことか。君と同じ疑問を抱いた人も、少なからずいただろう。それでも消えてしまわなかったのは、嫌なことを言ってきた奴が恥ずかしい負け方をするのが愉快だし、子供たちにも理解しやすい形で教訓が嵌《は》め込まれているからだろう。君が指摘したとおり、確かに無理はあるんだよ。だが、マイナスを帳消しにするだけのプラスがあるわけで、それができたら物語は成功なんだよ」

「……はい。大事なことですね。忘れないようにします」

話がまとまったが、これで終わりではない。慶之助にはまだウサギとカメについて語りたいことがあった。師匠面を楽しむのはここからである。

「御堂君。『ウサギとカメ』を俎上《そじょう》に載せるまではよかったんだ」

「はあ」

「やはり君の嗅覚は鋭い。あらためて認識したよ」

急にフォローされて、弟子は戸惑っている。どう鋭いのかは見当がついていないようではあるが。

「カメが駈け比べを挑んだのは無謀で、不合理である。そう指摘したね。惜しい。着眼点はよいが、問題の立て方が適切ではなかった」

「どういうことでしょうか？　呑み込みが悪くて、すみません」

「今回の課題は、有名作品に突っ込みを入れることだった。そもそも設定がおかしいのではないか、とか。そもそもストーリー展開や作中人物の言動に矛盾があるのではないか、とか。それをうまく摘出し、改善する方法を編み出せたら、自分のオリジナル作品にすることだってできる」

「はい。先生がお出しになった課題の趣旨はよく理解しているつもりです」

「うむ。君はね、カメだけでなく、ウサギの発言のおかしさにも目を向けるべきだったのだよ。そもそもおかしいのは、ウサギの方だ」

ピンとこないようだ。清雅は頭に霞《かすみ》が掛かったような顔になっている。

「童謡の歌い出しにもあるように、ことの始まりはウサギの挑発だ。どうしてお前はそんなに足が遅いんだ、という暴言。どう思う？」

「ウサギは嫌な奴です」

「そうかな？」

「まさか、実はいい奴だなんてことは——」

「いい奴と思わせる要素はない。嫌な奴には違いがないんだが、カメを挑発する必然性がないだろう。意味もなく周囲の者に不愉快な思いをさせる質《たち》の悪い奴だったとしても、この物言いはおかしい。ちょっとはそれらしい理由をつけて嫌がらせをしそうなものだ」

「はあ」

「だいたいカメが鈍足なのは周知の事実で、当のカメが一番よく知っている」

「自分で変えようのない属性ですね。でも、嫌な奴はそういう点こそからかいの材料にするものでは？ ウサギは典型的な差別主義者だと思われます」

「えらい言葉が飛び出したものだ。しかしだよ、そんな大きなテーマをこの話が持っているとは思えないだろう。持っていたなら、もっとあからさまにウサギの差別主義者ぶりを描いたはずだ。紀元前の物語がテーマにしたとも考えにくい。深読みのしすぎだ」

「はあ」

「昔話や童話の世界では動物たちが人語を話すんだから、動物学に則《のっと》ってはいない。それぞれの動物が持つイメージを様々なタイプの人間に重ねて語られるだけで、中身は人間そのもの。登場人物が動物のコスプレをしているみたいなものだ」

「言われてみれば、そんな感じです」

「だろ？ お前はどうして足が遅いんだ、なんて嫌味にもなっていないよ。お互いに異生物なんだから。たとえば、腕が六本ある宇宙人が現われて、『お前はどうして腕が二本しかないんだ?』と君に言ってきたら、怒る気にもならないだろう。心が傷つきもしない。『どうしてお前の腕は六本もあってそんなに細いんだ?』とか言い返したりできそうだし」

「確かに。甲羅《こうら》に守られたカメは、『どうしてお前はそんなに衝撃に弱いんだ?』とか色々言い返せそうです。言い返さず、何故かかけっこの勝負を挑みましたけれど」

「その挑戦をウサギが受けるのも変ではないかな? カメに駈け比べで勝ったところで自慢にもならない。時間と労力の無駄だ」

「確かに」

「ウサギもカメも妙なんだ。しかし、そもそもおかしな状況になったのはウサギが絡んだからで、ここに突っ込みを入れてもらいたかった」

「うまい説明を思いつきません」

「カメが駈け比べを提案した理由は判っているね?」

「いや、それも……」

「さっき君が言ったじゃないか。ウサギを睡眠薬で眠らせてやろうと企《たくら》んだんだろう」

自説が採用されることに驚いている。

「あれでよかったんですか?」

「合理的な説明だと思うよ」

「でも、睡眠薬を投じる場面はどこで描いても面白くない、と先生はおっしゃいました」

「言ったね。だけど、突破口が開けなくはない。――ウサギが挑発してみると、カメがそれに乗ってきた。ウサギがただ不真面目で間抜けな奴ではなく、逆にすばらしい洞察力を持った知恵者だとしたら、どうなる？」

清雅に考える時間を与えた。やがて彼は、慶之助が望んだ答えを見つける。

「もしかして……カメが睡眠薬を自分に盛ろうとするのを、ウサギは予想していたんですか？」

「そう。カメの性格を熟知しているウサギは強引に挑発し、それに対する相手のリアクションをよく観察して、駈け比べの勝負なんて言い出したのは睡眠薬を盛るつもりだから、と見抜いたんだ。そうなるように巧みに誘導したわけだ」

にわかにウサギのイメージが一変して、清雅は頭が混乱しかけているようだ。

「まるでカメはウサギの操り人形ですね。ですが、自分に睡眠薬を服ませるように仕向けただなんて、何が目的でウサギはそんなことを？」

「正解を発表する前に一つ言っておこう。こういうストーリーにすれば、カメが薬を投じる場面を書いても面白さは消えない。『カメはそういう魂胆だったのか。さて、それでうまくいくのかな？』と読者の興味は持続する。カメの無謀な提案を不自然だと思う者も出てこない」

そもそもウサギの挑発が不自然なのだが、それは元々気づかれにくい。ましてやカメが小細工をする場面が入ると、読者の注意はその計略の成否に注がれる。

「すると、どういう理由からか判りませんけれど、ウサギは睡眠薬を盛られていることを知りながらそれを服むんですね？」

「いいや」

「えっ？」

「服まない」

「……はあ」

「服んだら君の創ったプロットと同じで、後に何の展開もないじゃないか」

弟子は頭を抱えてしまった。慶之助は愉快でならない。

「ああ、じゃあウサギは何のためにカメを操ったんですか？」

「落ち着きなさい。これだけでは君がいくら考えても判らないよ。ウサギが昼寝をしてしまったためにカメが勝ちました、という結末の後ろに少しばかり付け足す必要がある」

「どんなことを足すんですか？」

「ちょうど両名が駈け比べをしていた時間に、レースのコースからはずれたところで事件が起きていた、という事実が明らかになるんだ。何らかの犯罪。殺人事件だったら最も刺激的だね。動物たちの世界だから、殺されたのはキツネでもタヌキでもかまわない。

いやいや、殺人は物騒でお子様たちには向かないから、倉庫のおやつが盗まれたぐらいが穏当か」

清雅の声は、一段と甲高くなる。

「先生、ちょっと待ってください。殺人事件だなんてあまりにも唐突です。ウサギとカメのレースにどうつながるんですか？」

「判らないか？　その事件の犯人はウサギなんだよ。奴はレースが始まるや猛ダッシュして一気にカメを引き離す。そして、素早くキツネ殺しだかおやつ泥棒だかの犯行を済ませた後はコースの中ほどへと走って——何をしたか、さすがに判るね？　そこでぐーぐー寝ているふりをしたんだ」

「……ふり。ウサギは眠っていなかったわけですか」

「眠るもんか。睡眠薬を服んでいないんだからね。やがてその傍《かたわ》らをカメがのろのろと通過していく。計略どおり首尾よくいったな、とほくそ笑みながら」

ようやく清雅にも物語の全容が理解できたらしく、「はあぁ」と長い溜め息をついた。

「そういうことですか。ウサギに容疑が掛かったとしても、カメが『ウサギはレース中に眠ってしまい、目が覚めてから大急ぎで私を追ってきました』と証言してくれるから、アリバイができる」

「うむ。しかもウサギとカメはあまり仲がよくなかったようだから、証言の信憑《しんぴょう》性は高い。カメには偽証する理由がない」

「あ、でも……」

「でも何だね?」

「ミステリではあるじゃないですか。『Aさんなら、ずっとここにいましたよ。私が見ていました』とAさんのアリバイを証言することで、実は自分のアリバイをアピールする、というケース。僕が刑事だったら、カメを全面的に信じないかもしれません」

「信じてやりたまえ。カメは自分のアリバイについて偽証する必要がない」

「どうしてですか?」

「向こうの山の麓までのレースが始まってからゴールインするまで、カメは懸命に走り続けたんだろ。途中でコースから逸《そ》れて悪さをし、またコースに戻ってくるなんて時間の余裕はなかった。作中ではっきり描かれてはいないけれど、スタート地点とゴール地点には、勝敗を見届けるための立会人的な者がいたと思われる。つまり、カメには明白なアリバイがある」

　今後こそ納得したようで、清雅がすっきりとした顔になったので、慶之助は満足した。

「僕が『ウサギとカメ』を持ち出し、見当違いの突っ込みをするのを聞いて、先生はたちまちそのような物語を即興でお創りになったんですね。感服いたしました。ウサギやカメの態度の不合理さがすべてなくなり、思いも寄らないミステリが物語の深海から引き揚げられました。ただ驚いています」

「座興みたいなものだよ。しかし、ただの遊びではなく、少しは創作のヒントにしてもらえるだろう」

「はい。今のお話を糧《かて》として、今後の創作に役立てます」

よくしゃべったので喉が渇いてしまった。慶之助は机上のペットボトルからグラスに緑茶を注いで呷《あお》る。

アドリブがうまくいった。われながら名調子で語ったから、名探偵による謎解きシーンのごとき迫力もあっただろう。

一週間前は、廊下を隔てた応接室に西川明夏がいた。清雅へのレクチャーはすべて聞こえていたに違いない。どうせなら今日の『新・ウサギとカメ』も聞いてもらいたかった。さすればこのベテラン作家がスランプから脱しつつあるのが判ってもらえたはずだ。少なくとも創作脳はまだ錆《さ》びついていない。

壁の時計に目をやったら三時が近い。

「ウサギとカメの話で残り時間がなくなってしまったね。色々と質問を受けるつもりだったのに」

「質問はまたの機会でかまいません。次回のレクチャーまでにしておくべき課題をお願いします」

まっすぐこちらを見据える弟子。その素直さを慶之助は愛しく思う。小遣いを渡す以外は無給なのに不平もこぼさず働き、家事その他が大いに助かっていることだし、何とか彼の希望をかなえてやりたいものだが、本人の実力が上がらなくては出版社への口添えもままならない。

それはそうと、次回の課題をどうするか考えていなかった。今、ふと思いついたことがある。

「課題の一環として、どうだろう、私の取材を手伝ってみるのは？」

彼の書くものは、土台が脆弱《ぜいじゃく》なきらいがあった。ここらで実践的な取材の方法を覚えてもらうのもよさそうに思う。

「やらせてください。どこへでも飛んで行って、何でも調べてきます」

弟子は力強く言った。

夜になっても雨がやまない。

予報では明日の朝まで降り続くらしい。

清雅は傘を畳んで水を切ると、玄関のドアを開けて体を中に滑り込ませた。静まり返った廊下に、リビングから微《かす》かにテレビの声が聞こえてくる。スポーツニュースだ。

スリッパを履き、廊下を進んだ。大仕事を前にして、自分が落ち着いていることが頼もしい。

「どうしたんだ、御堂君。びっくりするじゃないか」

人の気配にリビングから出てきた慶之助は、眼鏡の奥の目を丸くしている。妻も弟子も遠くに出掛けた今夜は、カウチに寝そべりながらテレビを観るなどして、のんびりする気でいたのだろう。夜がもっと更けてから仕事に励むつもりだったのかもしれないが。

「向こうでトラブルでもあったのか？　だったらいきなり帰ってきたりせず、事前に連絡をするものだぞ」

「申し訳ありません。これにはわけがあるんです。座ってもよろしいですか？」

困ったような顔を作って言いながら、リビングに入る。慶之助はリモコンを取り、テレビを消した。カウチの前のテーブルにはグラスが出ている。夜中に独りで寛《くつろ》ぐ際、ブランデーをロックで飲むのがこの作家は好きだった。

「そっちに掛けたまえ」

慶之助が一人掛けのソファを勧めた時、床で白いものが跳ね、弾みながら転がった。作家は屈《かが》んでそれを拾い上げる。白いピンポン玉だ。

「今、君が落としたのか？」

清雅は「はい」と答えた。

「なんでこんなものを持ち歩いているんだ？」

「僕が突然に帰ってきたこととも関係しています。何がどうなっているのか、発端からご説明します。——その前に、冷たいものを呑んでもよろしいですか？　何か冷蔵庫からいただいて」

「好きにしなさい」

清雅が缶コーラを手にしてリビングに戻ると、慶之助はブランデーのグラスを傾けていた。怒っているふうではなく、どういう事態が出来《しゅったい》したのか早く聞きたそうだ。

「うちの近くで車が停まる音がした。あれは君だね？」

「はい。ある駅から自分で運転してきました」

「ある駅とはどこだ？　レンタカーでも借りたのか？」

「順にご説明を」

コーラをごくごく飲む。

「こういうことが原因で帰ってきました、と短く言えるだろう。君、ちゃんと関西に行ったのか？　予定では今日は奈良に泊まることになっていたじゃないか」

「昨日は京都で取材を済ませ、今日の午後に奈良に移動しました。先生が希望なさった近鉄・京都駅構内の昼下がりの風景もちゃんと撮影しています」

清雅はスマートフォンを出して、その画像を見せた。慶之助はちらりと覗いて頷《うなず》く。

「ああ、行ってきたらしいな。奈良まで移動したと言いながら、どうして今ここにいるんだ？」

「ちゃんとチェックインしました。このとおり」

ホテルの名前が判るフロント前で自撮りした写真を見せられて、慶之助は顔をしかめる。

「そんなものを見せなくていいから、説明だ。手短に話せ」

語調を荒らげたところで思い直し、「もう一度見せなさい」と命じる。清雅がスマホの画面を突きつけると、今度は食い入るように見る。

「フロントの壁の時計が八時になっている。これが今日チェックインした時の写真だって？」

「はい」

「馬鹿なことを言うな。八時に奈良郊外のホテルにいた人間が、どうして十時半に逗子まで帰ってこられるんだ。奈良にも逗子にも新幹線は走っていないぞ」

「トリックです」

慶之助は、相手の正気を疑うような目になる。何も言わせず清雅は続けた。

「これだけで終わりではありません。僕はもう一度トリックを使い、午前二時頃にはホテルの部屋に戻ります。そして、フロントに電話で腹痛を訴えて胃薬を所望するんです」

「何のために？」

「言うまでもありません。今夜、僕があのホテルに宿泊したというアリバイを作るためですよ」

「アリバイトリックの実地検証など頼んでいないぞ。私が君に頼んだのは、京都と奈良での取材だ」

「先生の指示に背いていますね。ここで宣言させてください。今夜、僕は僕がしたいようにします」

「何がしたいと言うんだ?」

清雅は答えず、コーラをひと口飲んでから質問を返す。

「奥様から電話はありましたか?」

北海道の実家に里帰りした時、萌子はたいてい十時までに一度電話をしてくる。何か困っていることはないか、留守番の子供を気遣うような電話を。

「十時過ぎにあった。そ……それが……どうした?」

慶之助に肉体的な異変が生じた。呂律《ろれつ》が怪しくなり、両手の指先が顫《ふる》えだしている。すべてが計画どおりに進んでいることに清雅は満足する。

「古い手を使いました。ピンポン玉が転がるのに先生が気を取られた隙《すき》に、グラスに薬を投じたんです。死に至る毒物ではありませんが、ちょっと筋肉が痺《しび》れるなどして、催眠作用があります。先生と会話できるのは、せいぜいあと五分でしょう」

薬が効きかけているので、ここから説明を急ぐ。

「僕が頼み込んで内弟子にしてもらったのは、刑部慶之助という作家のことをよく知った上で、お伝えしたいことがあったからです。長い一年でしたが、先生のレクチャーは面白いこともありましたよ。うっかり楽しんでしまいました」

慶之助の口がもごもごと動く。

「『私に何を伝えようというのだ?』。そうお尋ねになっているんですね。もう腕が持ち上がらないみたいだから、抵抗するのも逃げるのも無理だな。単刀直入に言いましょう。あの人に成り代わってあなたを処罰します」

身に覚えがないらしいので、教えてやらなくてはならない。

ミステリ作家になることを夢見て学生時代から新人賞に投稿を繰り返しながら、落選の苦汁をなめてきたある女性のことを。自分の作風はコンテストでは認められにくいのではないか、と考えた彼女は、勇を鼓して慶之助の元に原稿を持ち込む。あるインタビューでデビューするまでの紆余曲折を語っていたのに共感し、苦戦している自分に救いの手を差し伸べてくれるのではないか、と甘い期待をしてしまったのだ。

「いくらでも長く語れるけれど、時間がないから早送りで言いますよ。あなたに酷評された彼女は、ショックのあまり心身の健康を損ねてしまいました。何を言われたのかは聞いていませんが、結果はそういうことです。のみならず、あなたは彼女の作品の一部を剽窃《ひょうせつ》しましたね。証拠は残っていないけれど、僕は事実を知っている。その女性は高校の文芸部の先輩で、ずっと僕の憧れの人でした」

動機が弱くありきたりだ、そのようなことを匂わせる場面はなかった、などと言いたげだが、勘違いも甚《はなは》だしい。オリジナリティの高い動機を用意する義理はないし、ましてやそれをターゲットに仄《ほの》めかすはずもない。

「同じ屋根の下で暮らしてみて、あなたの下衆《げす》ぶりはよく判りました。情けをかけて赦《ゆる》してやろうか、と思う瞬間すらなく、むしろあなたが死んだら奥様が解放されてほっとするだろう、と考えるようになりました。奥様が愛しているのはあなたではなく、この快適で美しい家ですよ。ご自慢らしい」

まだ言い足りない。

「あなた程度ならミステリ作家としてもいくらでも代わりがいて、困る人はいそうにない。二ヵ月に一度は東京から足を運んでくれた担当編集者の西川さんだって、嘆き悲しみはしないでしょう。このところの刑部慶之助、はっきり落ち目だったし」

慶之助は立とうとしたが、がくがくと膝が顫えて尻が上がらない。瞼《まぶた》も重くなってきているようだ。

「眠りが訪れた後、どうなるのか心配でしょう。詳しくは言いませんが、あなたは自殺したとしか思えない状態で発見されます。スランプに悩んだ挙句《あげく》の行為とみなされるでしょう。遺書だって用意してあります」

慶之助が色紙に添える言葉を思案し、コピー用紙に試し書きしていたものを取っておいた。結局は没にした〈死はわが友　死の中にわが人生あり〉というフレーズ。珍妙だが、そんなものがミステリ作家らしいと思ったのだろう。刑部慶之助というサインは素直な草書体なので、遺書として違和感はない。

「万一、他殺を疑われるようなことがあっても、奥様にも僕にも完全なアリバイがあります。計画に遺漏《いろう》はありません。駅からここまで乗ってきた車にしても、ナンバーを誰かに記憶されていたってかまわない。僕とのつながりは警察にも洗い出せません」

どうやってアリバイを偽装するのか、作家は知りたがっているに違いない。教える必要はないが、さらりと説明した。冥土《めいど》の土産というやつだ。

「顔を顰《しか》めてご不満そうですね。何ですって？」

耳の横に手をかざして訊き返す。かろうじて意味のある言葉が聴き取れた。

「……前例が、ある」

この期に及んで前例に拘《こだわ》っている。清雅は憐《あわ》れに思った。

「はい、既成のトリックの組み合わせです。先生、いいですか？　そもそもの話をします。そもそも犯人がトリックの前例を気にする必要はないんですよ。まったくない」

慶之助の両の瞼《まぶた》が落ちる。もう意識は混濁《こんだく》しているだろう。

弟子だった男は、かまわず続けた。

「絶好のタイミングだったので今夜を選びましたが、これまでにも決行できそうな日がなくはなかった。ずるずると延期してきたのは、怖気《おじけ》づいてためらったからではありません。僕は、下手なりに小説を書いてご覧いただいていましたよね。文芸部で創作に凝った頃の名残で、いくらか楽しんだことを告白します。そして、あなたのレクチャーが時には興味深かったことも」

慶之助はがっくりと首を垂れているが、死の間際において人間の感覚で最後まで残るのは聴覚だという。清雅の声が眠りゆく脳の一角に届いているかもしれない。

「もしもーし、聞こえていますか？」

返事はなかったが、独白になってもかまいはしない。

「一番好きだったのは『ウサギとカメ』をミステリに仕立て直した回かな。あなたがスランプなのはそばで見ていて明らかでしたが、あの即興創作をした時は頭脳がよく回転したみたいですね。燃え尽きる前の蠟燭《ろうそく》の輝き——にしては弱々しいとしても」

彼が言葉を切ると、雨の音だけがしめやかに聞こえる。夜の歌声のように。

「これまでレクチャーをありがとうございました、とお礼を述べておくべきなんでしょうね。でも、楽しませてもらっただけでもない。先生の話をもうしばらく聞きたい、と僕が思ったから、あなたは寿命が延びたんですよ。『千夜一夜物語』のシェヘラザードと同じ。物語を紡ぐことで自分の死を先送りにできたというのは作家冥利《みょうり》ではありませんか？——おっと、そろそろ」

腕時計を見てから、清雅は行動に移る。

夜はまだ長いとはいえ、なすべきことは多かった。

海より深い川

1

「仕事から帰ってきたのが、ちょうど十時。いつも観ているニュース番組が始まって、しばらくした頃だったから、十時十分頃か。隣の部屋から人が争う声が聞こえてきたんです。ええ、二〇二号室の松原《まつばら》さんの部屋。ちなみに二階は空き部屋ばかりで、人が入っているのは僕のとこと二〇二号室だけです。不景気なマンションでしょう。

まず、男の声がしました。『無理を承知で頼んでるんや』と何かを懇願しているようでした。このマンション、見かけよりは壁が厚くて、隣の物音はそんなに洩《も》れてこないんです。なのにしっかり聞こえたということは、かなり大声だったわけですよ。それに対して女が何か言い返しました。松原さんのものらしい声です。はっきりと覚えていませんが、『勝手なことを言わないでもらいたい』という意味のことを言ったんだったかな。彼女も怒っていましたよ。すると、男が『どうしても返してもらう』と——。

え？　はい、そうです。何かを返却してもらいたがっているようでした。かなりの剣幕だったから、貸した本を返せ、というようなもんじゃない。ははぁ、金の貸し借りでトラブってるな、と思いました。松原さんって人は、化粧は濃い目だけれど質素な身形《みなり》をした物静かな女性なんです。おとなしい感じでね。いえ、たまに廊下ですれ違った時に会釈《えしやく》するぐらいだから、詳しい人となりまでは知りませんよ。僕の印象です。その人が借金取りの夜討ちにあうなんて意外だな、と思ったものです。

また松原さんが何か言い、押し問答になったので、これは鬱陶《うつとう》しいことになった、と参りました。僕は、誰かが口論しているのを聞くのがすごく苦手なんです。大きな声を聞くのも嫌な質《たち》でして。テレビのボリュームを上げても隣の声を消せないので、うんざりしてしまって、近所のコンビニに避難することにしました。雑誌の立ち読みでもして、三十分ほど時間を潰《つぶ》してこよう、と。

諍《いさか》いの原因ですか？　それがよく判らないんです。金のことだと思っていましたが、男が『金を返せ』と言うのを聞いたわけではないので、刑事さんがおっしゃるとおり別の何かの貸し借りで揉《も》めていたのかもしれません。見当はつかないか、と訊《き》かれても……。『俺の恋人を返せ』とも『青春を返せ』とも聞いていませんから。

他の人間の声？　ああ、それはですね、上着を羽織《はお》って部屋を出ようとした時になって耳にしたんです。まず男の声で『海より深い川を渡る』とか『渡った』とか。ええ、最初の男とは明らかに別の人物です。あれれ、と思っていたら、今度は松原さんのものではない女の声がした。甲高《かんだか》い声で、『事情が変わったのよ』と。

その時になって、四人で話し合っていたんだ、と初めて判りました。男二人に女二人です。みんな冷静さを失っているようでした。狭い部屋で角《つの》突き合っているうちに、興奮が高まっていったんでしょう。想像するだけで息苦しい。

それぞれの年齢ですか？　松原さんと似たような感じでしたよ。みんな二十代じゃないかな。どんな声だったかと言われても……口ではうまく説明できません。全員がエキサイトしているようでしたから、よけいに。

四人で怒声を飛ばし合われてはかなわないので、僕はさっさと逃げ出しました。そして、コンビニできっかり三十分立ち読みをした後、レンタルビデオ店に寄ってさらに十五分ほど潰してから戻ったんです。部屋を出たのが十時半、帰ったのが十一時十五分というところでしょうか。

ええ、騒ぎは鎮《しず》まっていました。しーんとして、隣からは何の物音も聞こえてこない。あまりにも静かなので、四人でどこかに出掛けたんだな、と思いました。話がついて仲直りをしたのか、トラブルの処理をするために出たのか、どっちかだろう、と。やれやれ、と安心してからは、ビールを少し飲んで寝ました。なので、その後のことは何もお話しできません。

え？　いや、ですから繰り返し訊かれても、何のことで揉めていたのか確かなことは言えないんです。よく聞こえなかったし、聞きたくもなかったから。好奇心が乏しい男で、申し訳ありませんね。

男は松原さんにきつく詰め寄っていましたが、『ぶっ殺すぞ』だの『死ね』だの、そんな物騒な言葉は吐いていませんでした。ただ、非常に困っているみたいでしたよ。松原さんから何かを取り戻したくて、宥《なだ》めたりすかしたり怒鳴ったり、必死の様子でした。あ、思い出した！　一度だけ『金』という言葉が出てきたな。僕が部屋を出る直前に、松原さんでない方の女が言ったんだ。『お金で解決できないの？』とか何とか。よく考えてみると、借金の取り立てだとしたら、この言葉はおかしいですよね。そういう言い方は、金以外の問題を丸く収める時にするはずだもの。うーん、どういうことだろう。『海より深い川を渡る』とか『渡った』というのが、どういうブンミャクで出てきたのか？　ブンミャクって何です？　ああ、その前後のつながりですか。よく覚えていませんねぇ。二番目の男が急にしゃべり出して、いきなりそんなことを言ったような気が。最初の男を宥めるために口を挟んだ、という感じでした。相手はちっとも納得していませんでしたけれどね。それまで黙っていた女も怒りだすし。

ええ、その連中がいつ二〇二号室にやってきたのかは知りません。僕が十時に帰宅した時には、もう集合していたみたいですよ。お話しできることは、これぐらいです。あまりお役に立てなくてすみません。

それにしても……大阪湾で見つかった人は誰なんでしょうね。松原さん、どんな事件に巻き込まれたんだろう。ごく普通にOLをしていたと聞いているのに」

2

英都《えいと》大学社会学部で犯罪社会学の講座を持つ助教授にして、警察の要請に応《こた》えて捜査活動に加わる〈臨床犯罪学者〉の火村英生《ひむらひでお》。私、有栖川有栖《ありすがわありす》は彼と行動を共にし、これまで幾多の事件に遭遇してきた。火村の犀利《さいり》な推理に感嘆したこと、酸鼻《さんび》を極めた死体に震撼《しんかん》したこと、理解不能の異様な犯行現場に当惑したこと、数知れず。

それらの経験を通して私が理解したのは、犯罪行為において人間という生き物の想像力がどれだけ多様に発揮されるか、ということだった。どの事件をとっても、グロテスクなまでに複雑な人間の一面を照らしているがゆえ、忘れられそうにない。

もちろん、すべてが等分に記憶に焼きついているわけではなく、おのずと濃淡はある。奇妙に聞こえるだろうが、犯人像や犯罪の有り様《あよう》が私の好みに合うか否か、という区分すらできるのだ。

小柳旬一《こやなぎじゅんいち》。

初めてその名を聞いた時、彼はもうこの世を去っていた。実際の彼がどのような人間であったのかは知らない。だが、彼にまつわる悲劇的な事件は、私の胸に深く刻まれている。

その事件の解決にあたり、火村は大きな幸運に恵まれた上である直感を働かせたにすぎず、本件は彼の履歴においては、さほど輝かしい記録ではないだろう。それでも、私にとっては特別な事件であった。——小柳旬一が遺《のこ》したある言葉によって。

まさしくその言葉は、私の好みに合致したのだ。

＊

海より深い川。

そう洩らした途端に、ソファにだらしなく掛けて煙草《たばこ》をふかしていた火村の表情が変わった。口許《くちもと》がきっと引き締まり、組んでいた脚《あし》をほどいて座り直す。

「海より深い川って言ったよな。何かで流行っているのか、そのフレーズ？」

友人の意外な反応に、私の方も戸惑いつつ首を振った。キッチンの窓から星のない夜空を見ていて、昼間耳にしたフレーズがふと頭に浮かんで呟《つぶや》いたのだが。

「あるところで聞いただけや。ほら、例の白兎《しろうさぎ》」

その表現で、東方《とうほう》新聞社会部の因幡丈一郎《いなばじょういちろう》のことだとすぐ伝わったようだ。火村助教授は、「ああ」と頷《うなず》く。

「色白で垂れ目の事件記者か」

白兎というのは、因幡という名から私がつけた綽名《あだな》だ。肩幅の広いがっちりタイプで、頭髪が薄くなった中年男には可愛らしすぎる呼び名ではあるが。

因幡は、犯罪の捜査現場に飛び込んで名探偵さながらのフィールドワークを行なう火村の存在を嗅《か》ぎつけ、取材をしたいと私にアプローチをしてきている。フィールドワークに同行することが多いこの推理作家が、火村のマネージャーか秘書を兼務しているとでも誤解しているのか。

「因幡の白兎は、どういう状況でその言葉を口にしたんだ？」

「ゆっくり話すから、まあ待て。コーヒーが入る」

私がカップを運ぶまでの間に、火村はキャメルの新しいパッケージを開封した。たて続けに吸いそうだな、と思ってサッシ窓を細目に開く。五月半ばの心地よい夜風が吹き込んだ。

「腹はへってないか？　大したものはないけど——」

「泊めてもらっているだけで大助かりだ。それより、因幡の話を」

目下の火村は、女の他殺死体が大阪湾で発見された事件の捜査に加わっている。今日は十時過ぎまで捜査本部にいたものだから、京都の自宅まで帰るのが億劫《おっくう》になって私のマンションに転がり込んだのだ。

「今日の三時頃に、因幡さんから電話が入ってな。あの人のいつものやり方で、『ちょっと近くまできたので。今、お時間ありますか？　よろしければお茶でも』」

外の空気を吸いに出たかったし、人としゃべりたい気分だったので、ティータイムを一緒にすることにした。マンションを出た角《かど》にある〈地下鉄〉という風変わりな名前の喫茶店に入って、しばし雑談に興じた。

相手は、そのうち「ところで」と火村にインタビューしたい旨《むね》を切り出そうとしていたのだろう。私の方は、事件記者から小説のネタになりそうな情報は引き出せないものか、と考えていた。

混迷の度を増すイラク情勢についての話が一段落したところだったろうか。「海より深い川」という言葉を因幡がこぼした。私は最初、それが字義どおり並はずれて深い川のことなのか、絶望的な断絶を表わす詩的な比喩《ひゆ》なのか、いずれか判らなかった。

「で、何なんだ？」

火村はカップを両掌《りょうて》で包み込むようにしている。あの時の因幡も、そんなふうにティーカップを持っていた。

3

それは、海に身を投げたある男の口から出たものだと言う。

「一週間前に、南港《なんこう》から飛び込んで自殺したんです。新聞の市内版に小さく載りましたよ。小柳旬一という二十三歳の男性なんですけれど」

読んでも記憶に残らなかったのだろう。

「付近でガス管の工事をしていた複数の作業員が、ドボンという水音を聞いています。

深夜一時頃のことです。その時はまさか身投げだと思わなかったらしい。翌日になって水死体が見つかったことをニュースで知り、警察に届け出たんです」

彼らの証言によると現場から立ち去った者がおらず、遺体の状況にも不審な点がなかったため、警察は事件性なしと判断した。

「事故の線はなかったんですか?」

「水音がドボンとしただけです。過《あやま》って転落したのなら、悲鳴や助けを求める声がしたはずだし、もがき苦しんで水面を叩く音の一つもしたでしょう。そんなもの、工事の作業員らは聞いていません。それに、現場は夜間ともなると人影がまったくなくなる淋《さび》しい場所です。急に海が見たくなったんだとしても、わざわざドライブの車を停めたりしませんよ」

死んだ男は、現場まで自家用車で乗りつけていたのだそうだ。もちろん、その車は朝まで放置されていた。

いささか問題になったのは、小柳旬一が死ななければならない理由がはっきりしなかったことだそうだ。遺書は存在しない点は、衝動的な自殺の可能性を示唆《しさ》しているが。

「死の動機が謎ですか」

「ミステリーというほどでもないのかもしれません。情緒の安定した男性ではなかったようなので。『海より深い川』という言葉は、彼が死の前日に友人と酒を飲んでいて洩らしたものです。――有栖川さんは、長谷川《はせがわ》きよしが歌った『黒の舟唄』ってご存じですかね？」

三十四の私より数歳上らしい記者の口から、えらく古い歌のタイトルが出た。七〇年代のフォークソングではないか。

「〈男と女のあいだには　深くて暗い河がある〉というのでしょう？　ええ、知っています。渋ーい歌ですね」

虚無的《きよむ》でやるせない歌だが、最後は〈それでもやっぱり逢いたくて　エンヤコラ　今夜も舟を出す〉で結ばれる。

「昭和の名曲でしょう。小柳旬一は私たちよりまだ若いのに、この懐かしの曲を知っていました。友人に『こんな歌、知ってるか？』と教えてから、ぼそりと呟いたんです。『たしかに、海より深い川や』と」

そして、その翌日、夜の海に身を投じたのか。歌詞に導かれ、自己劇化して人生を閉じたかのようだ。

「友人は、小柳が塞《ふさ》ぎ込んでいるのに気づいていましたが、まさか死ぬとは思いもしなかったそうです。何か悩みを打ち明けようとしたのを聞き出せなかったのではないか、と悔やんでいます」

気持ちは判るが、そこまで責任を感じる義理はあるまい。

「しかし、小柳旬一はちゃんとヒントを遺しているやないですか。男と女の間に横たわった海より深い川が原因とみるのが自然でしょう。男女間の問題があったんですよ」

「私も警察も、それぐらいは連想しますよ。でもね、有栖川さん。その男女間の問題というのが見当らないんですよ。小柳の周辺に女性がいない」

「交際していた女性がいなくても、一方的に想いを寄せていた相手がいたのかもしれませんよ。あるいは過去の女性のことで苦しんでいたのかも」

「女性とは限らないんですけれどね」

因幡は、半分ほど飲んだ紅茶にいまさらのように砂糖を追加する。

「小柳はゲイの気《け》があったらしいので。男より女に生まれたかったんだそうです」

男を恋愛の対象としている男、という意味だけのゲイとは違うらしい。ちなみに、死の前日に彼と飲んだ相手は男性だが、二人の関係は同性の友人以上のものではないそうだ。

「ややこしくなる前に話を整理させてください。『黒の舟唄』って、男と女の間にあるいかんともしがたい断絶と、それでも互いに惹《ひ》かれ合わずにはいられない宿命を歌ったものですよね。彼はその歌詞に共感して、『たしかに、海より深い川や』と友人にこぼした。ゲイらしくありませんよ。少なくとも、その時は男女の関係で悩んでいたはずです」

「まあ……そういう理屈になりますね」

因幡の歯切れは悪かったが、私の理屈はただの屁理屈《へりくつ》ではない。もしも小柳が同性へ向けた想いが挫折して苦しんでいたのなら、脳裏《のうり》に浮かぶ歌は他にたくさんあったはず

いる。だ。よりによって『黒の舟唄』はないだろう。あれは徹頭徹尾《てっとうてつび》、男と女のことを歌って

「小柳旬一は、ゲイである以外にどういう男性だったんですか？」

「南船場《みなみせんば》の繊維問屋の一人息子で、本物の船場のぼんぼんです。写真で見ると、柔和な顔に泣き黒子《ぼくろ》があって、撫《な》で肩《がた》に柳腰《やなぎごし》という風情《ふぜい》でした。歌舞伎の女形《おやま》タイプですか。ハンサムではありますね。顔が見たければ、自殺記事に添えてありましたよ」

　ここで因幡は手帳を開く。

「十六歳で高校を中途退学。大検を受けて京都の大学に進みますが、これも半年で退学。その後、父親に命じられて家業を手伝うも、二十一歳の時に家を出てしまいます。尻の落ち着かない男のようですが、単に気まぐれなのではなく、人間関係をうまく作れなくて行く場所行く場所から逃げ出したのかもしれません」

「彼は、自分がゲイであることを周囲に明かしていたんですか？」

「語らずともやがて知れる、という様子だったそうです。ただ、彼が人間関係をうまく作れなかったらしいことと、ゲイであったことは直接は関係がないみたいですよ。そのことが原因で周囲から疎外されていたわけではない、という証言があります」

「本人がどう感じていたかは別でしょ」

「ええ、まあ。それでも、小柳がとっつきのよくない男だったことは事実のようです。情緒の安定に乏しく、人を寄せつけない質だった」

「自殺の前日に飲んだ友人は？」

「例外的に、彼が心を開いて話せた人間でした。小学校も同じで幼馴染《おさななじ》みなんです」

二十一歳で家を飛び出した彼が、どこでどんな暮らしをしていたのかは誰も知らない。幼馴染みには、東京で水商売をしていた、とだけ話している。

「そんな彼が、ふらりと実家に帰ってきたのが先月の二十七日です。家業を手伝うと言うので、両親はあれこれ詮索《せんさく》するのを控えて、空白の二年間については不問に付すことにしました。母親などは『どこかで悲しいことがあって帰ってきたのかもしれないから、尋ねるのがかわいそうだった』と私に言ってましたね、それがこんなことになって……」

戻ってきた一人息子は、黙々と働いた。が、仕事を積極的に覚えようという意欲は希薄で、義務感と時間潰しのために体を動かしているようだったという。遊びに出歩くこともなければ、声をあげて笑うこともなかったらしい。電話も、幼馴染みの友人からたまに掛かってくるだけだった。

「連休中もほとんど部屋にこもっていて、外出もせず、電話もかかってこず。ですから、トラブルに巻き込まれた形跡はありません。何かあったとすれば、東京にいたという空白の二年間でしょうね。そもそも、彼が本当に東京にいたのかどうかも怪しい」

その死に事件性が認められなかったのだから、警察が彼の東京での生活について調べるはずもない。

「これという理由もなく、厭世観《えんせいかん》に襲われて自殺したんですかね。でも、何かひっかかるじゃありませんか。『海より深い川』というひと言が。ここ三日間、このフレーズが耳について離れないんですよ。小柳旬一が見た暗い川は、どこにあるんでしょうか？　小説家の有栖川さんにご意見があれば拝聴したいものです」

私は、視線を遠くの壁に投げた。店のマスターが撮影したという世界各国の地下鉄――ロンドンとパリとニューヨークの三つだが――の写真が額に入れて飾ってある。

小説家としての意見を求められても、大して実《じつ》のあることは言えそうもなかった。

「彼は、女性的なタイプだったんですね。精神的に、女性に近かったのかもしれない。そうだとしたら、男と女の歌に惹かれるのも理解できませんか？　完全に女の視点から『黒の舟唄』に共感することもできるでしょう」

「それはどうかな」と、たちまち否定された。「想像するのが難しい領域ではありますが……彼が精神的に女性だったとしたら、よけい『黒の舟唄』はないんじゃないでしょうか。さっき有栖川さんがおっしゃったとおり、あれは徹頭徹尾、男と女のことを歌った曲です。もしも私が、精神と肉体の性別に乖離《かいり》がある人間だったとしたらあまり好きになれなかったんじゃないかな。男と女が理解し合うのは難しいね、というテーマなんて牧歌的に響くだけで」

なるほど。

「因幡さんが正しいような気がしてきました」

私は素直に認めた。

だとしたら、小柳の呟きの真意は奈辺《なへん》にあるのか？

「私以外の記者は、もうこの自殺のことなんか頭にないようです。有栖川さん、ご迷惑でしょうが一緒に悩んでくださいよ」

小柳旬一が死を選んだ理由は何か？

彼が見た暗い川はどこにあるのか？

「海より深い川……」

われ知らず、私は復唱していた。

4

聞き終えた火村は、煙草をくわえたまま動かなかった。ぽろりと灰が落ちたのを、からくも掌《てのひら》で受ける。

「ショックを受けたみたいな顔をしてるやないか。わけがありそうやな。今度はこっちが聞かせてもらおう」

私は促《うなが》した。〈海より深い川〉というフレーズを、彼がどこで知ったのかに興味がある。場合によっては、それで小柳の死の背後にあるものが見えてくるかもしれない。

「お前は今、遠く離れていた二つの死を一瞬で結びつけたんだ。もう一つも変死で、しかも殺人だ。それも俺がフィールドワーク中の」

わが耳を疑った。大阪湾に殺されて浮かんだ女と小柳旬一がどう結びつくというのか？　いや、立派につながっているか。彼が飛び込んだのは、女の死体が見つかったのと同じ海だ。

「どちらも大阪湾が棺桶《かんおけ》になった、という共通点も暗示的だけれど、それだけで言うんじゃない。俺が取り組んでいる殺人死体遺棄《いき》事件の捜査の過程で、その言葉を聞いたんだ。『海より深い川を渡る』とか何とか」

おお、それは偶然とは思えない。

「ここしばらくは仕事が忙しかったもんでな」だから、今回のフィールドワークには立ち合わなかった。「その事件のことは新聞で斜《なな》め読みをしたぐらいなんや。どこの誰が殺されたのかも知らん。そのへんから詳しく説明してくれよ」

火村はゆっくりと前髪を掻《か》き上げる。ちらほら混じった若白髪《しらが》が光った。

「じゃあ、一から話すか。北港《ほっこう》で死体が見つかったのは六日前の五月十日。朝日に輝く海を死体がゆらゆらと漂っているのを発見したのは、早朝から釣りにやってきていたご老人だ」

早起きの不運な釣り人は、すぐに携帯電話で警察に通報。駈けつけた警察官らは、護岸から二メートルほどの海に浮かんだ死体を引き上げた。その時点で頭蓋骨に亀裂があるのが確認されたが、法医学的に他殺と断定されたのは司法解剖の結果が出てからのことだ。海に転落した際、あるいは転落後についたものとは考えにくい創傷形態であった。

被害者は、頭部を二度にわたって鈍器《どんき》で強打されていたのだ。

「手足の皮膚が容易に剝《は》がれ落ち、手で軽く梳《す》くだけで頭髪が抜けるという死体状況だった」

「生々しい描写やな」

「頭髪に関しては、一つ補足しておこう。短く刈られた形跡があった。とても街を歩けないほど乱暴な刈り方で」

被害者が生きているうちにやったのなら、暴行ではないか。拷問じみたことが行なわれたのか？

「髪が刈られたのは被害者の生前なのか死後なのか、刈ったのは被害者自身なのか別の人物なのか。それについては、現状では判断できない」

別の人物のしわざなら、まず間違いなく殺人犯であろう。

「腐敗の進行具合などから、死体はおよそ二週間前に海に投げ捨てられたものと見られる。殺されたのも、その頃。殺害されてから、せいぜい一両日のうちに遺棄されたらしい。死体の両足首にロープが結《ゆ》わえつけてあった。それだけでは他殺なのか覚悟の入水《じゅすい》自殺なのか判別がつかないけれど、剖検が出たことによって、錘《おもり》をつけて沈められたとはっきりした」

被害者の名前をまだ聞いていない。

「松原布見子《ふみこ》、二十五歳。布見子は、布を見る子と書く。乳歯が四本も残っているという特徴的な歯から、何とか身元を突き止めることができた。——この被害者、秘密がありそうなんだ」

「何者や？」

「家族に連絡を取ろうとしたら、一人も健在じゃなかった。孤独な女性だったんだな。子供の頃に両親を亡くし、裕福な親戚の家に引き取られて伯母《おば》や従兄《いとこ》と一緒に二十歳《はたち》まで暮らしたんだけれど、『独立したい』と家を出たっきり、音信不通だった。伯母が可愛がっている従兄との折り合いが悪くなって、家に居づらくなったんだろう、という声もある」

「家族がいてへんのに、そんなことを誰に聞いたんや？」

「そりゃ、かつて松原布見子が暮らしていた伯母宅の近所で聞き込んだのさ。この伯母と従兄は、去年の十一月に揃って交通事故で死んでいる」

「ふぅん。彼女はそのことを知ってたんやろうか？」

「判らない。誰も連絡を取りようがなかったけれど、新聞やテレビで知ったかもしれない。知ったとしても、家に帰ってはこなかった」

「どこで何をしてたんやろうな」

　その答えは後回しにされた。

「彼女は同性愛者だった、と知人が証言している。子供の頃から、『本当は男に生まれたかった』と口癖のように話していたそうだから、性同一性障害の可能性もある」

小柳旬一と同じではないか。彼らの間で『海より深い川』という言い回しが流行《はや》っているのだろうか？　ともあれ、この一致は無視できない。

火村は続ける。

「昨日になって、ある事実を摑《つか》んだ。松原布見子という女性がいなくなった、として捜索願が出ていたんだ。大阪市城東区《じょうとう》にある金属加工会社から。松原布見子は、二ヵ月前からそこで事務員をして……」

語尾が曖昧《あいまい》だったので、「事務員をしてたんやな？」と質《ただ》すと、火村は首を振った。

「その会社は、松原布見子という女性を雇っていたけれど、照会してみると大阪湾に浮かんだ女性とは別の人間だった。首実検しようにも遺体の顔が損壊していたので、主に体形などの肉体的特徴を見てもらったところ、『似ても似つかない』という返事が返ってきたよ。遺体の身長は一メートル六十三センチ。事務員だった松原布見子は一メートル七十センチの長身だったというから、それだけで別人なのは明らかだろう」

「何者かが松原布見子を騙《かた》ってＯＬをしてたわけか。あるいは、同姓同名の別人なのかも……」

布見子という名前が、そうざらにあるとも思えないが。

「そっちの松原布見子に捜索願が出たのはいつや？」

「四月二十五日。その朝、会社を無断欠勤したので、不審に思った社長が自ら電話をかけてみた。こぢんまりとした家族的な会社なんだな。ところが、応答がない。取引先と同じ方向だったので、社長は彼女のマンションを訪ねてみる。そして、オーナーである管理人に事情を話したところ、『すぐに開けて室内を見てみましょう』ということになった。オーナーは、朝から彼女のことを気にしていたんだ」

「なんで？」

「隣に住む会社員から、前日の夜に彼女の部屋から男二人女二人が言い争う声が聞こえた、と聞いていたからだ。殴り合いの喧嘩《けんか》になって、張り倒された彼女が意識を失ったままだったらどうしよう、と心配していたらしい。そこへ彼女の勤め先の社長がやってきて、『中の様子を見た方がいい』と言うので、ようやく鍵を開ける決心がついて——」

ドアが開かれる。だが、室内には誰もいなかった。

「一瞬、社長もオーナーも拍子抜けしたが、よく見てみるとフローリングの床に血を拭き取ったような痕《あと》がついていた。やはりこの部屋で暴行事件があり、彼女は連れ去られてしまったんだ、と慌てた社長が、警察に捜索願を出す形で連絡したわけだ」

血の痕が遺っていたのなら、単なる捜索願とは事情が異《こと》なる。警察も現場を調べるなど、それなりの捜査をしたはずだ。

「床に遺っていたのが人血であることはすぐに確認された。しかし、ごく微量だったから、松原布見子がうっかり指を切るなどして流しただけのものかもしれず、部屋が荒された形跡もなかったので、傷害や拉致《らち》といった犯罪が行なわれたという確証はない。面倒な事件をたくさん抱えた所轄署は、それ以上の捜査をしなかった。そのうち元気で帰ってくるかもしれないので、しばらく様子を見ようというわけさ」

だが、部屋の主《あるじ》は現在も戻っていない。松原布見子の部屋に押し掛けた三人の正体は何なんやろうな」

「みんな煙のように消えたままか。松原布見子の部屋に押し掛けた三人の正体は何なんやろうな」

「警察は付近での聞き込みも行なわなかった。どこの誰で、どこからきて、どこへ去ったのか、今となって調べるのは難しい。松原布見子を名乗る女の交友関係について、勤務先の社長も同僚もほとんど何も知らなかったし、女の部屋に知人の電話番号を書いた手帳のたぐいは遺っていなかった」

電話の通話記録にも手掛かりはないという。

「家族への連絡もつかずか？」

「入社の際に申告した連絡先に社長が電話をしてみたところ、使われていない番号だったそうだ」

「杜撰《ずさん》やな。身元も定かでない女を雇ってたわけか」

「ノーチェックだったわけじゃない。ちゃんと松原布見子名義の住民票や健康保険証は持っていた」

「ということは……えー、どうなってんねや？」

松原布見子という名で暮らしていた女が消えた二週間ほど後、それとは別人の松原布見子という女が死体となって海に浮かんだ。それだけなら、二人は単に同姓同名の女だという可能性もゼロではないが……。

「ところで、『海より深い川』というのは、どこで出てくるんや？」

「隣の部屋の住人が聞いた言い争いの中に。彼の話によると、その夜の十時十分頃に松原布見子の部屋から男の声がして——」

その言葉がどのような状況で誰の口から放たれたのか、ようやく聞くことができた。なるほど、そういうことか。火村が衝撃を受けたのも無理はない。

「二〇二号室にいた第二の男というのは、小柳旬一か？」

「ああ。断定はできないけれど、『海より深い川』という言葉は、彼のオリジナルらしいからな」

ただ、彼が何故そこにいて、二〇二号室の女の失踪にどう関与しているのか理解に苦しむ。理解に苦しむと言えば——

「小柳は『黒の舟唄』にからめて『たしかに、海より深い川や』と呟いた。一方、松原布見子の部屋におった男は、何かを返すの返さないのという場面で『海より深い川を渡る』だのと言うてる。この二つの事実を重ね合わせると……」

私は、虚空《こくう》で掌をぱっと開いた。

「さっぱり判らん」

「そうか？」

火村は勢いよく立ち上がり、テーブルに置いてあった自分の携帯電話を取った。

「俺には少し見えてきた」

5

火村のナビに従って、私は車を走らせた。向かう先は、松原布見子なる女を雇っていた金属加工会社の社長宅。深夜にもかまわず火村が電話をしたところ、快く面会に応じてくれると言う。これから彼に会って何を確かめるのか、私はまだ助手席の男から説明を受けていない。

「少しは解説してくれ。火村先生には何が見えてきたんや？」

谷町筋《たにまちすじ》を北へ走りながら尋ねた。火村はまっすぐ前方を見据えている。行く手には青信号が続いていた。

「二〇二号室の松原布見子は、何のことで揉めてたんや？　金……ではないわな。『海より深い川』って何や？　どこにある？」

ふう、と友人は深呼吸した。

『海より深い川』は、俺とお前の間には存在しない」

またわけの判らないことを。

「ほお。それは喜ぶべきか、悲しむべきか――」

「その川は、男と女の間に流れているのさ。渡れない川だ」

重要な情報を忘れていた。小柳旬一と松原布見子は、ともに同性愛者であり、かつ自分のセクシャリティに強い違和感を抱《いだ》いていた。二人は同じ悩みを持つ者として、どこかで接点を持ったのではあるまいか。そして、さらに想像を逞《たくま》しくすると、互いに惹かれ合ったのかもしれない。

「こういうことは、ないのかな」私はおずおずと口にする。「小柳と松原は、精神と肉体の性別が乖離していたらしい。だとしたら、小柳が男性的な松原を愛し、松原が女性的な小柳を愛するという形での恋愛関係が成立したのかも。そんなふうに反転した男女の関係こそ、『黒の舟唄』に歌われた〈深くて暗い川〉を超越した〈海より深い川〉なんや。そこに、それぞれの恋人だか何だかがからんで、ややこしい四角関係に発展し、四人が二〇二号室でぶつかった時に何らかの事件が――」

「アリス、前を見ろ」

車がふらついて、センターラインに接近していた。私は慌《あわ》てて左に寄る。

「お前は複雑に考えすぎている。そんなに修羅場めいた四角関係を空想する必要はない」

「しかし、今の仮説を覆《くつがえ》す材料もないやろう。二〇二号室であった返すの返さないのというやりとりは、やはり恋人だか愛人をめぐっての口論ということで筋が通る」

「筋が通る説明なんて、他にいくらでもあるさ。――それに、有栖川有栖が原作のその愛憎劇では、松原布見子という女が二人いることの説明がつかないだろう」

「同姓同名とも思えんから、二〇二号室の女は他人の名前を騙ってたんやろう。やばい過去があるのかもしれん。それがある時、たまたま松原布見子の健康保険証を手に入れて——」

「どうやって?」

「たまたま、や」と私は突っぱる。

「そんなことで松原布見子に成りすましたとしても、ばれるのは時間の問題だろ。就職して腰を落ち着けるのは危険だ」

「しかし、二〇二号室の女は松原布見子の偽者《にせもの》なんやないのか?」

中央大通で右折した。ライトアップの時間も過ぎ、大阪城は闇にくるまれている。

「本物になろうとしていたんだ」

「どうして? どうやって?」

火村は、まっすぐ前を向いたままだ。

「なあ、アリス。お前が望むのなら、明日から火村英生になるのは可能だぜ。どこか遠い土地に行って、新しい名前で人生をやり直さないか?」

「その名前だけは勘弁してくれ。性根が盆栽《ぼんさい》みたいに曲がりそうや。——何が言いたいのか判らんな」

「俺とお前が合意に達すれば、簡単なことなんだ。戸籍を入れ替えるぐらい」

彼の言わんとするところが、ようよう見えてきた。私は「あ……」と声をあげる。

「つまり、こういうことか？ 小柳旬一と松原布見子は、自分の肉体的な性別に違和感を持つ者同士としてどこかで知り合い、戸籍を交換した？」

　助手席の男は、ゆっくり頷いた。

「彼らは性転換によって肉体を変えたがっていた。金さえあれば、それは医学的に可能だ。しかし、男から女へ、女から男へ生まれ変わるためには、なお大きな障害がある。国家が性の移行を法律的に認めていない*。同性間の婚姻も不可能だ。その壁を突破するには、女になりたい男と男になりたい女が戸籍を交換するしか道はない」

「小柳旬一と松原布見子は、それを実行したのか……」

「おそらく。小柳は女になりきって金属加工会社の事務員となり、松原もどこかで小柳旬一という名の男として暮らしていたんだ。やがて手術に必要なだけの金が貯まり、肉体を変えられる日を目標に」

「戸籍を交換するのは、性転換手術の後でもよかったんやないか？」

「善は急げ、だったんじゃないのか」

　それはいいとして――

「待ってくれよ。合意の上でそうしたんやとしたら、なんで松原布見子は殺されたんや？」

「犯人は、もちろん小柳だ。彼が松原布見子として暮らしていた二〇二号室に押し掛けた男とは、実は本物の松原布見子だった。訪問者は、何かを切実に返して欲しがっていたんだよな。それが何かは自明だろう。いったんは合意して交換した戸籍だよ。彼女は松原布見子に戻ることを希望したが、小柳はそれを拒絶した。せっかく〈海より深い川〉を渡ったのに、逆戻りできるものか、と」

海より深い川は、やはり男と女の間に横たわっていた。しかし、彼と彼女は、対岸にいる誰かに会いたいがために舟を出したのではない。ただ自分が向こう岸に渡ることに熱く焦《こ》がれたのだ。

頭が混乱する。また車をふらつかせてしまいそうだ。

「勝手なことを言うな、と小柳が拒《こば》むのも当然かな。しかし、何でまた松原は——」

「『事情が変わったのよ』だ。裕福な伯母が不慮の死を遂《と》げたことを知ったんだろう。ただ伯母が死んだだけじゃない。本来ならば、その遺産を一身に受け継ぐはずだったその息子も一緒にこの世を去っている。となると、彼女こそがただ一人の相続人だ。ただし、小柳旬一としては一銭ももらえるはずがなく、どうしても松原布見子に戻らなくてはならない。そこで、無理を承知で小柳に談判に出向いたのさ」

しかし、待っていたのは悲劇だ。交渉の途中で小柳が逆上し、手近にあった何かで松原を殴り殺してしまった。おそらく明確な殺意はなかったのに違いない。

「そうか、そんなことが……。しかし、現場にいたもう一組の男と女って、誰なんや？」

「まだ判らないのか。もう一組の男と女なんて存在しない。あの時、二〇二号室にいたのは、小柳と松原の二人きりだ。興奮して言い合っているうちについ地を出して、小柳は男に、松原は女に戻って相手を罵《ののし》ったんだろう」

　隣人も、さっきまでの私たちも、幻を見ていたわけか。その後の展開は想像できる。

「小柳は、死体を大阪湾に沈めた。……そうか。髪を短く刈ったのは、松原のヘアスタイルが男性そのものだったからやな」

　もしも錘がはずれて浮かび上がるようなことがあっても、被害者が男として暮らしていたことが発覚しては命取りになる。警察がその足取りをたどると、小柳旬一という名に行き着くのだから。

「死体の始末をすると、こわくなって出奔《しゅっぽん》した。その気持ちは判る。松原布見子という仮面を捨てて元の小柳旬一に戻れば、そ知らぬ顔で何事もなかったようにやり直せるような気がしたんやろうな。そんなわけはないのに」

　犯した罪の重さに耐えきれなかった彼は、自らを罰したのだ。

「ああ。とぼけたって自分自身を偽《いつわ》ることはできない。――そこで停めてくれ。社長さんの自宅だ」

　火村は、赤い瓦《かわら》屋根の家を指差す。

　玄関先に現われた人のよさそうな社長は、松原布見子は男だったのではないか、と訊かれて面食らっていた。何を馬鹿な、と笑いかけたところに、火村が三日前の新聞を差し出す。さっき私に探させた切り抜きだ。小柳旬一の自殺を報じる記事の傍《かたわ》らには、彼の写真も載っていた。

「この男性が女性に扮したら、松原布見子さんに似ているのではありませんか？」

社長は答えない。ただ絶句し、食い入るように写真を見つめたままだ。

「彼なんですね？」

社長は、こくりと頷く。

「はい。しかし、なんで女のふりなんかして……。ええ娘《こ》やったんですよ」

ドボンという水音——の幻聴。

そして、漆黒《しっこく》の波間に呑《の》まれ、どこまでも深く沈んでいく小舟を私は思い描いた。

＊特定の要件を満たせば戸籍上の性別の変更が可能となる性同一性障害特例法が二〇〇三年七月に成立し、その一年後に施行した。
なお、現在は性同一性障害という医学上の疾患名はなくなり、性別不合や性別違和と診断される。

砂男

たしかに一番よいのは、一晩じゅうぐっすり眠り通して、
明るい朝になって初めて目を覚ますことだ。
ヒルティ『眠られぬ夜のために』*

1

砂男について初めて耳にした日のことから始めよう。事件が起きる三日前のことだ。

その日の午後。私は天王寺《てんのうじ》の書店を梯子《はしご》して、目についた面白そうな本を十冊ほど買い込んだ。仮想現実が人間に及ぼす影響を考察した心理学関連書やら、中学生にも理解できるという触れ込みの最新宇宙論解説書、鉄道の廃線跡写真集、世界中のテーマパークを紹介したデータブック、鉱物採取の入門書、中世中国の魔術書、時計の歴史をまとめたエッセイ風読み物などなど。

小説のたぐいは省き、わざと雑多な本を選《はぶ》んだ。何か創作のヒントになる知識が得られはしないか、と思ってのことである。仕事はひと区切りついたところなのだが、次の長編のアイディアを今のうちからまとめかけておくに如《し》くはない。

いつものことながら立ち読みを楽しんでいるうちに時間はどんどん過ぎ、店から出る

と道ゆく人や車の波は夕焼けの色に染まっていた。それも、もう残照のようだ。ずしりと重い紙袋を携えて、夕陽丘《ゆうひがおか》のマンションまで散歩がてらにてくてく歩く。自転車なら早いのだが、運動不足の解消のために、このところ足を使うことにしているのだ。

うちに帰ったらまずどの本から開こうか、などと考えるのは楽しい。気分がよかった。十月終わりの風がさわやかで心地よいせいもあるし、珍しいことに自分の本が売れる現場を書店で目撃したせいもあるだろう。気がついたら鼻歌を歌っていた。三十四歳独身のまだ若手小説家がささやかな幸せを噛みしめる、という図だ。

と、突然、背中からどやしつけられた。大きな箱を荷台に積んだ自転車が近づいてきていたのだ。危ういところで身をかわしたが、バランスを失ってみっともなく尻餅をついてしまった。自転車のオヤジは通り過ぎざまに「しゃんとまっすぐ歩け」と罵声《ばせい》を浴びせてくる。ぼんやりしていて、斜めに歩いていたらしい。

こちらにも落ち度はあるのだろうが、よけて通れなかったわけでもないだろう、と思いつつ、尻をはたきながら起き上がった。紙袋が破れて本があたりに散乱するという悲惨なことにならなかったので、立ち直りは早い。暮れなずむ町の黄昏《たそがれ》の彼方に自転車が溶けていくのを見送った。

また鼻歌が出だしたところで、今度は左手から誰かが勢いよく駈けてくる足音がした。体当たりはごめんだぞ、と顔を向けると、サッカーボールを脇に抱えた少年と目が合った。その少し後ろには見慣れた顔が——。

「資料を買い込んでお帰りですか？」

紙袋に入った書店の名前を目ざとく見つけたのだろう。彼女はそう問いかけてきた。ふだんと違って長めの髪を後ろで束ね、ジーンズ姿なのがとても新鮮に映る。

「ほとんど楽しむための本ですよ。今夜は読書三昧《ざんまい》です」

「羨《うらや》ましいですねぇ。私はこのところ忙しくて、本を読む暇もないんですよ」

彼女——真野早織《まのさおり》は女子高の教諭だった。この時期は学校行事が多くて大変なのかもしれない。

「ねぇ」

サッカーボールの少年が引き返してきて彼女を見上げ、何か言いかける。こんなおっさんとどうして立ち話をするの、と思っているようだ。——ところで、七、八歳ぐらいに見えるこの子は彼女の何なのだろう？　彼女も私と同様に独身のはずなのだが……

「これ。姉の子どもです。二年生。第四土曜日で学校がお休みなんで、朝からうちに遊びにきていたんです」

よもや、私の子どもです、と言いはしまいか、と考えた私が馬鹿だった。

彼女は甥《おい》に向かって、私を紹介してくれる。マンションの隣りの部屋に住んでいる人で、お仕事は推理小説を書くことだ、と。聞き終えた彼は「こんにちは」と私に会釈《えしゃく》をしてくれた。

「こんにちは。――ちゃんと挨拶ができる。しっかりしたお子さんですね」

「サッカークラブのコーチが礼儀にも厳しいみたいなんです。挨拶はうちのたいていの生徒よりもしっかりしています。今も、こんなに暗くなるまで大江神社の境内でドリブルの練習をしてたんですよ」

「へぇ。サッカーやってるのか。将来の夢はJリーガーかな」

「うん、まあ……」

答えかけた彼の唇がきっと結ばれた。そして、刮目《かつもく》して私の右手をみる。どうかしたのか、と思ってみると、袖口に砂がついたままだった。さっき転んだ時に払いそこねたのだろう。

「どうかしたの、ユウ君？」

甥の不自然なそぶりを見逃さずに彼女が尋ねる。ユウ君は、か細い声で何か言った。

「何？」

「……砂が」

そう、砂がついている。街路樹の根元に手を突いたからだろう。そんなものに何故びっくりするのか判らない。

「ああ、砂ね。それでどきっとしたのか、ユウ君。そうかそうか。ちょうど逢《お》う魔の刻《とき》。魔物に逢いそうな時間やしねぇ」

彼女が納得する理由も不可解だった。砂とか魔物とか何のことですか、と訊かずにいられない。

「子どもたちの間で妙な噂《うわさ》がはやっているんですよ。──有栖川《ありすがわ》さん、砂男って聞いたことありませんか？」

知っている。

「『砂男』というと……ドイツのホフマンという作家が書いた有名なロマン派の小説がありましたね。でも、小学生がそんなものを噂にするはずがありませんから、アニメの新しいキャラクターか何かですか？」

ユウ君はボールを胸に抱いて、叔母の体の後ろに回り込む。そのキャラクターというのはよほど狂暴な悪人なのだろうか、と思う。

「いいえ、そんなんではありません。ちょっと前にはやったトイレの花子さんとか、もっと古い話でいうと口裂け女や人面犬みたいなものです」

「ああ、なるほど」

都市伝説というやつだ。マスメディアが高度に発達したこの時代に、いや、そんな情報化社会ゆえにその間隙《かんげき》を衝《つ》いて巷《ちまた》に流れる不気味な民間伝承。彼女が言ったようなヒット作が時おり誕生しては、子どもたちを楽しませたり顫《ふる》え上がらせたりする。

「砂男と間違われたわけか。ちょっと転んだだけなんやけどなぁ」

私は、いかにも柔和で人のよいおじさん、という笑みを浮かべる。そんな努力をせずとも、ユウ君の方では警戒を解いていたようで、少しバツが悪そうな表情になっている。

道端で立ったまま話すのも何ですから、と彼女は歩きだした。同じところに帰るのだから、その道々しゃべればいい。

「ところで、その砂男っていうのがどんな怪物なのか興味がありますね。職業柄、世間が話題にしてることについて、聞きかじっておく必要がありますから」

「他愛もないものです。夜、なかなか寝つけずにいると、砂男がやってきて、ぱらぱらと砂を振りかけるんです。もしもその砂をかけられたら、深いふかーい眠りに落ちてしまう」

「ええ、西洋の砂男の伝説というのはそんなもんですね。どうしてそれが日本の子どもに広まったのか、それだけのことがどうして恐ろしいのか判りませんけど」

「ただぐっすりと眠らせてもらえるだけなら睡眠薬がわりですから、こわくもないでしょうね。けれど、子どもたちの噂によると、砂をかけられて眠ったら最後、二度と目が覚めないんだそうです。つまり、死んでしまうというわけです。色々とバリエーションができているようですけど、基本形はそんな感じかな」

傍《かたわ》らでユウ君が頷《うなず》く。

「ははぁ……」

それなら子どもたちが恐怖するのも充分に理解できる。正体不明の男がどこからともなくやってきて枕許《まくらもと》に立つのも恐ろしいし、理不尽に命を奪われるのもこわいだろう。だが、それにも増してよく判るのは、夜眠ったまま死んでしまう、という死に方への恐れだ。実は私も小学生だった頃、このまま目が覚めなかったらどうしよう、と不安になり、眠ることを拒否したい気持ちになったことがあった。そして、それが決して特殊なものではなく、まったく同じ強迫観念を持つ子どもが大勢いるということも本で読んだことがある。

「面白いな。いや、そんな言い方を彼の前でするのはよくないか。――トイレの花子さんや口裂け女とはがらりと趣《おもむき》を異にした噂ですね。あれは陰惨なにおいがしたけれど、砂男はまだ上品やないですか。日本中に広まっているんですか、それとも大阪近辺だけ？」

「西日本のどこかから広まって、東京にも届いたみたいですよ。そろそろ新聞や雑誌がいっせいに書き立てる頃やと思います」

大阪市内の子どもたちが話題にしだしたのは夏休み前ぐらいからだというから、三ヵ月以上かかって東京へたどり着いたことになる。一日に五キロ程度という速度で伝播《でんぱ》したわけだ。

「ところで、いつも思うんですが、誰が最初にそんなことを言い触らすんでしょうね」

「さぁ。でも、噂を口にした最初の一人がいる、というのも不思議な気がしますね。かといって、どこからともなく湧いてくるんなら、もっと不思議ですけど」

「不思議なもんですねぇ」

二人で不思議を連発しているうちにマンションに着いた。一緒にエレベーターに乗り、七階まで上がる。ユウ君は叔母さんちに泊まり掛けで遊びにきているそうだ。

「このへんには砂男はいてないから、今晩は安心して眠れるよ」

あまり考えもせずそう言うと、隣人は私をにらむ真似をした。

「有栖川さん、困ります。そんなこと言うたら、この子の家の近くにはいてるみたいやないですか」

「あ、失礼」と頭を掻く。「砂男なんかどこを捜してもいてないのに。――ね？」

ユウ君は疑わしげに私を見上げていた。しかし、部屋の前で別れる時に「さようなら」を言うのは忘れなかった。

「砂男ね」

推理小説の題材ではない。ホラー小説向きだな、と思いながら、私は重たい紙袋をテーブルの上にどんと置いた。

西を向いた窓の外には、もう日の名残もない。そんな空を眺めながら夜の訪れにおびえている子どもたちもいるのかもしれない。

私は読書の宵《よい》だ。朝になっても目が覚めなかったらどうしようと心配したり、昼間に聞いた怪談を思い出して顫えて眠った夜は、もう遠い記憶になっていた。

2

どこかで電話が鳴っている。どこかで？　部屋の隅でに決まっている。早く出なくては、とソファから起き上がろうとしたのに、体はぴくりとも動かなかった。どうしたことか、と少し驚く。こんなことは初めてだ。

頭の上に誰かが立ち、私の顔を覗《のぞ》き込んでいる気配がする。何者だろう、と見返そうとしたら、眼球さえも随意にならないことに気がついた。まるで凍ってしまったように、頭のてっぺんから爪の先まで硬直してしまっているのだ。横になってうたた寝をしていたままの姿勢の私は、仕事部屋のドアあたりしか見ることがかなわない。

――これが金縛りというものか。

そう察しはしたものの、冷静でいるのは難しかった。ちょくちょく経験するよ、という身近な人間の話は聞いたことがあるが、私にすれば生まれて初めてのことなのだ。気味が悪くて仕方がない。声は出るだろうか、と試したが駄目だ。

私を見下ろしていた何者かは上体を起こし、キッチンの方に歩いていくようだった。スリッパを履いているらしく、ぱたり、ぱたり、と微かな足音がする。しばらくするとその足音と衣擦《きぬず》れの音がまたこちらに戻ってきて、リビング内を歩き回りだした。どんな奴なんだ、と私は目を凝らす。仕事部屋のドアの前を、身の丈二メートルはあろうかという大男の影がゆっくりと通り過ぎた。檻楼も同然のぼろぼろのコートをまとっている。ほら、みろ。やっぱり幻だ。こんな野郎が鍵のかかった私の部屋に侵入できるわけがない。そう考えながらも、背筋に悪寒が走った。

電話はしつこく鳴り続けている。まるで非常事態を告げる警報のように。これも幻聴なのか？

大男は今度は足許で立ち止まった。私を見下ろしている気配をひりひりと感じる。やがてその影が伸び上がったかと思うと、私の上にかぶさってきた。声にならない叫びをあげながら、私は両腕で防御の体勢をとった。体が動いた、と思った瞬間、目の前にきた男の顔をまともに見た。ねじれた唇、焦点の定まらない目をした浅黒い若い男。その鼻息が顔に吹きかかるのも感じた。

「うー」

唸《うな》り声を出したら不意に金縛りが解け、幻覚は消えた。

私は深い溜め息をついてから、起きてソファに座る。床にはルドルフ・シュタイナーの色彩論の本が落ちていた。これを拾い読みしているうちに、うとうとと眠ってしまったらしい。時計を見ると、午後三時だ。

電話の音は現実のものだった。えらくしつこい呼び出しだな、と思ったが、金縛りにあっていたのは実は短い時間だったのかもしれない。「お待たせしました」と出ると、火村《ひむら》だ。

「今、殺人事件の現場にいるんだ」

彼はいきなり言った。

「殺人現場にいてる？」

寝起きに——それも金縛りが解けて冷や汗を流している時に——耳にするには刺激が強い言葉だが、相手が火村であれば驚くことでもない。彼からの電話の何割かはこんな具合なのだから。

「そう。フィールドに出てるんだ」

「どこや？」と私は訊く。

「大阪にきてる。府警本部に用事があった。寄ったら、事件の通報が入ってな。初動捜査から立ち合うことができたんだ。というか、立ち合っているところだ。——帝塚山《てづかやま》だから、そこからなら車で十五分もあれば着くだろう。それとも仕事中だったか？」

札幌で生まれ、子供の頃から全国を転々とした彼は歯切れのよい標準語を話す。私が

「いや、昼寝をしてた」と正直に言うと、溜め息らしき音が微かに聞こえた。

「相変わらず不景気なんだな。それなら、詳しい住所を言うから飛んでこいよ。船曳《ふなびき》警部もお待ちかねだぜ。有栖川先生がとんでもない名推理を聞かせてくれそうな様子だからな」

「というと？」

「くれば判るさ。——いいか？」

火村が住所を伝える声の後ろには重い雰囲気のざわめきが聞こえており、「火村先生、そちらですか？」という船曳警部の呼び声がした。

「行く」と答えて、私は電話を切った。そして、床に落ちた本を拾い上げながら、さっきの自分の身に起きた異変について考える。火村の電話を受け、望んで殺人現場に赴《おもむ》くのではあるが、あの金縛りはまるで不吉な場所に招かれることの予兆のようだったな、と。意味ありげな偶然というのは、振り払おうとしても、しばし心にまとわりつく。

私は気を取り直して身仕度を調え、部屋を出た。ジャケットのポケットには車のキーがちゃんと入っていたが、現場付近が混乱していることも想定して、谷町《たにまち》筋でタクシーをつかまえた。火村に聞いたままの住所を運転手に伝え、シートに深くもたれる。はたして、自分はどんなところへ行こうとしているのだろうか？

火村英生《ひでお》と私は十四年来の付き合いで、お互い、もっとも昵懇《じっこん》にしている学生時代からの友人である。私は数年のサラリーマン生活を経て推理作家になり、彼は大学に残って研究を進め、現在は京都の母校、英都《えいと》大学で犯罪社会学の講座を持つ助教授となっている。形はまるで違うが、いずれも犯罪に関わる仕事に就いたわけだ。私の方はベストセラーにいまだ縁のない平凡な作家だが、犯罪社会学者の火村は知る人ぞ知る特異な方法論をもって研究にいそしんでいる。

彼は犯罪の現場をフィールドと呼ぶ。そして、その真っ只中に飛び込み、犯罪捜査そのものに加わって事件の全容に迫ることこそがフィールドワークであった。民間人でありながら彼は警察の捜査に参画することを許されているばかりか、当局はしばしば積極的に火村に協力を要請する。彼が犯罪捜査にその才能を発揮し、事件解決にめざましい功績をあげてきたからだ。火村はその成果を論文にまとめて発表することはあるが、自分が捜査に関与したことは伏せるのが常だ。したがって、当局としても彼の協力を拒《こば》む理由がないのである。

法医学、犯罪心理学にも通暁《つうぎょう》し、生々しい現場で犯罪と戦う。私は、そんな彼に「名探偵」ではなく〈犯罪社会学者〉という呼び名を進呈するとともに、自らは〈助手〉の名目で彼のフィールドワークに同行させてもらっていた。

推理小説の材料になる興味深い話を仕入れるためではない。あくまでもフィクションを編み上げる気概から、それは禁じ手にしている。それでは、どうして「助手」ぶってのこのこ出向いていくのかと問われたら——答えるのは簡単ではない。人間が極限的な状況で〈踏み込んではならない領域〉にダイブする様を目撃することに対して、作家として抑えがたい関心を抱いてしまう、ということもあるだろう。意識的に否定はしているものの、心の底では創作に直接役立つ情報が得られることを期待しているのかもしれない。しかし、それだけではない。自問に答えようとする私は、見えない壁か皮膜のようなものに当たって口ごもってしまう。

では。

自分への質問を変えよう。何故、火村は私がフィールドワークに立ち合うことを拒まないどころか、こちらの希望をかなえるために電話で呼び出す――「殺人現場にいるんだ」――ということをするのだろう？　私の職業上の便宜を慮《おもんぱか》ってなどいないはずだし、付き合いの一環などという馬鹿なことはもちろんない。

私は友人の何かを案じて、犯罪現場に呼ばれることを望むのかもしれない。そして、友人が私を呼び寄せる理由は、私が立ち合うことにどこかしら救われるところがあってのことではないか、と希望も含めて想像する。私の目に友人は、狼のように不敵で逞《たくま》しい男として映る。しかし、同時に浜辺の砂の城のようにもろく見える瞬間も、時々あるのだ。

犯罪の研究にあくなき情熱を燃やす理由について、彼は「人を殺したいと思ったことがあるから」と説明する。原因と結果がつながっていないではないか、と突っ込んでも、それ以上の回答はいつもない。

彼は何と格闘し、もがいているのか？　はたからは彼の親友に見えようとも、そんなことすら私には判っていないのだ。

「えーと、三丁目でしたな？」

ぼんやりと考えていると、運転手に訊かれた。われに返って「そうです」と答える。車は停車中の路面電車を追い抜くところだった。姫松《ひめまつ》駅だから、もう現場のすぐ近くまできている。

帝塚山三丁目駅の手前で車は左折し、ゆったりと建った住宅の間に分け入った。明治以来、大阪市内きってのこの高級住宅地も、近年は相続税の問題もあって切り売りされ、かつての趣が薄らいでいっているそうだが、それでもまだまだ独特のたたずまいを見せている。ただ豪勢なだけの邸宅なら郊外にいくらでも建っているだろうが、さすがにこのあたりの家は、風格があって実に〈家〉らしい、と思う。

じきに小さな島を三つ浮かべた池のほとりに出る。都会の中のオアシスという雰囲気の万代池《まんだいいけ》公園だ。ジェリービーンの形をした池の縁を少しなぞったところで、パトカーが駐まっているのが見えた。近所の住人だか通りすがりの人間だか、野次馬らしき者もちらほらといる。

私は「ここで結構です」と言って財布を取り出した。制服警官が出入りし、明らかに取り込み中の家の真ん前で停めてもらうのも不審に思われるだろうからと、一ブロック手前で停めてもらったのだが、運転手の視線は、ルームミラーの中の私と前方の家の間をせわしなく二度往復した。

道の真ん中に立って現場を遠巻きに覗いている中年女性たちの脇をすり抜けてみると、幸いなことに、すぐに火村が見つかった。黒い革のジャケットを着た彼はパトカーにもたれるように立って、船曳警部と何やら話し込んでいる様子だ。ジャケットと揃いのような革のネクタイを、いつものようにだらしなく首からぶらさげている。目つきが鋭いとか人相が悪いというわけではない。理知の光を宿した目をしていながら、同時に冷たく油断のならない気配を発散させていて、大学の助教授にも刑事にも見えやしない。本人の言によると、これまで雑誌記者・パチプロ・相場師・詩人・推理作家・ピアニスト・外科医・やくざと間違われたことがある、ということだが、どれとどれが事実なのか定かではない。

先に私に気がついたのは警部だった。

「有栖川さんがご到着や。ご苦労さまです」

そう挨拶をしていただいて恐縮する。名探偵の役割が務まる火村と違って、私はいつも見当はずれな意見を連発するぐらいしか能がないというのに。

「まだ手をつけたところで何とも言いようがないんですけど、今回の事件、どことのう嫌な予感がするんですわ。よろしくお願いしますよ」

船曳警部は、きれいに禿《は》げ上がった頭をなでながら言う。貫禄満点のでっぷりとした体軀《たいく》と、健康そうな光沢《こうたく》のある禿頭《とくとう》とから、部下は親愛の念をこめて「海坊主」という綽名《あだな》を彼につけている。ビール腹にそってカーブしたサスペンダー——警部自身はズボン吊りと呼んでいるが——は、本当によく似合っていた。

「警部の嫌な予感というのは当たるんでしたっけ?」

火村が真顔で訊くと、海坊主警部もいたって真面目な様子で「そこそこ」と答える。

私は低い煉瓦《れんが》塀をめぐらせた家を見渡してみた。二階の窓に、紺色の制服を着た鑑識課員の影がちらりと覗く。

「あそこは」警部はその窓を指して「書斎です。犯行現場はそちらではなく、階下のリビングですけれどね。書斎も立派ですよ。殺されたのは火村先生とご同業なんです。摂津《せっつ》大学の先生やったそうで」

「それも社会学部の助教授だとさ」と火村がつけ加える。「面識はなかったけれど、名前ぐらいは知っていた。専門は犯罪じゃなくて、もっとユニークで面白いテーマだったらしい」

郵便受けの上の表札には、小坂部《おさかべ》冬彦《ふゆひこ》とあった。新聞か雑誌でその名前に接したことがあるような気がする。

「もしかして、有名な先生か?」

火村に訊く。自分が知悉《ちしつ》していないものを「有名か」と問うのは間抜けではあるが、私にはしょっちゅうあることだ。

「めざましい成果をあげた研究者というわけじゃない。けれど、多少はマスコミに露出してもいるから、俺の百倍は有名だったろうな。本人も熱心に名前や顔を世間に売ろうとしていたらしいし、いわゆるタレント性も具備していたから、生きてれば三年ぐらい先にはクイズ番組やラーメンのコマーシャルに出演していたかもしれない。俺は揶揄《やゆ》して言ってるんじゃないぜ。学者仲間の一部で、そんなふうに言われているのを小耳にはさんだことがあるんだよ」

「で、その小坂部助教授はどんな研究をしてたんや?」

「噂やデマの伝わり方について考察した著書が何冊かある。最近は、都市伝説の調査研究をしていたそうだ」

都市伝説と聞いて、反射的に砂男のことを思い出した。社会学者や民俗学者なら、そんなものを研究対象にしてもおかしくはない。

警部がパンと手を叩いた。

「とりあえず有栖川さんに現場をご覧いただこうやないですか。そうしたら、根拠薄弱な私の嫌な予感を共有してもらえるかもしれませんし」

「そうですね。あんな人たちもやってきたし」

火村は私がやってきた方を顎で示して、くるりと振り向く。見ると、テレビ局の名前が入ったバンが、こちらに向かってきているところだった。

3

玄関を入るとすぐに吹き抜けになっていた。天井からは骨董品店《こっとうひんてん》で調達したとおぼしき年代もののシャンデリアがさがっており、いきなり豪華なムードが漂う。真鍮《しんちゅう》の手摺《てすり》がついた螺旋《らせん》階段が二階へと続いているのを見ながら、私立大学の助教授の平均的な住まいであるはずはないな、と私は考えていた。

「なかなかの豪邸でしょう」警部が言う。

「小坂部虎助《とらすけ》という人物をご存じですか、有栖川さん？」

知らない。

「被害者の父親なんですけどね。かつてはキタとミナミに大きなキャバレーをもっていて、水商売の世界では、ちょっとした有名人やったんです。もう八十歳をとうに過ぎていて、今は和歌山にある金持ち向けの老人ケア施設で悠々と暮らしているそうです」

「つまり、殺された小坂部冬彦助教授はお金持ちの息子やった、ということですね。それでこんな家に――」

警部は頷き、二重の顎が三重になる。

「ええ、こんな立派な家にひとり暮らしでした。二年前に二度目の離婚をしていて、現在は独身やったんです。しかも留守にすることが多かったということですから、もったいないような話です。――無駄口はやめておきましょうか。ホトケさんはこちらです」

廊下を奥に進み、リビングに案内された。臨床犯罪学者の助手を務める私も、いつも遺体が転がっている現場に足を踏み入れるわけではない。「ここに死体がありました」と示されることの方が多いのだ。

リビングは二十畳ほどもあるだろうか。天井が高いせいもあり、とても開放的で広々として見える。大きなサッシの窓の向こうには、バーベキュー・パーティができそうな芝生の庭が見えていた。一隅の飾り棚には、精緻《せいち》な細工を施《ほどこ》したガラス食器や西洋風の絵皿が並べられている。明かりは間接照明らしく、部屋の別の隅に高さが一メートルほどあるメタリックなデザインの電気スタンドが立っていた。

当家の主《あるじ》は、まるでだらしなく泥酔しているように、ソファに横たわっていた。表情は眠っているように穏やかだったが、そうではないことは、彼の胸にナイフが垂直に突き立てられていることで明らかだった。流れ出た血が白いポロシャツを染め、ソファを汚し、フローリングの床にどす黒い抽象画を描いて固まっていた。——遺体に対面して私は強い衝撃に打たれた。それが血腥《ちなまぐさ》い有様だったからではない。

「どうして、死体に砂が振りかけてあるんですか？」

掠《かす》れた声で訊くと、警部は黙って首を振った。

「判らないんですか？」

失礼なことに、私は詰問するような口調になってしまっていた。船曳警部は禿頭をなでて、再び頷く。

「現時点では不明です。まだ血が乾き切らないうちに砂が振りかけられていることは確認ずみです」

死亡推定時刻は昨夜の午後十一時から今朝の三時頃にかけてだという。殺して砂をかける。真夜中の奇怪な儀式のようだ。

「被害者と犯人が争ったような形跡はないな」

私は独白めかして感想を洩《も》らしてみる。被害者は泥酔かうたた寝をしているところを刺されたようにも見える。おそらく顔見知りの犯行で、小坂部冬彦自身が犯人をリビングに招き入れたのであろう。それも、犯行時間から推して、かなり親しい人物。被害者が激しく抵抗したふうでもないところからして、隙《すき》をつかれて殺されたのだ。とすると、これは冷静に遂行された計画的な犯行だ。

凶器のナイフも犯人があらかじめ用意していたと思われる。見たところ、ファミリー・キャンプにも持っていきそうなありふれたもので、まだ新しそうだ。犯行のために買い求めたのかもしれない。ソファの前のテーブルに飲食の跡がないから、犯人が訪問してすぐことに及んだと見られる。——もちろん、これしきの所見は犯罪捜査の素人が語るまでもなく、警部や火村はとっくに考えていただろう。

それにしても気になるのが、やはり例の砂だ。火村は電話で思わせぶりなことを言っていたっけ。「とんでもない名推理」云々。

「この砂について俺の名推理が期待されたわけか？」

訊くと、彼は皮肉っぽく笑った。

「まぁな。どういう意図があって犯人がこんなことをしたのか判らない。そもそも、死体に砂を振り撒いた人物と殺人犯とは別人だという可能性もなくはない。すべてはこれからだ。ただ、この砂が鳥取砂丘や甲子園球場のグラウンドから運び込まれたもんじゃないことは、はっきりしているみたいだ」

「あれです」と警部が指差したのは、ソファの裏側に落ちている品物である。首を伸ばして見たところ、どうやら——

「砂時計ですか？」

「そうです」

砂時計といっても、観光地で見かける土産物のアクセサリーや、鍋を火にかけておく時間を計るためにキッチンで用いるような可愛らしいものとは異なり、茶筒ぐらいの大きさがあった。いや、ずんぐりとしているので太さはそれ以上ありそうだ。焦茶色の木枠には葡萄《ぶどう》の実と蔓《つる》の精緻な彫刻がほどこされており、工芸品の趣もある。——ガラスが割れ、少量の砂が床にこぼれ出ていた。

警部が、こほんと咳払《せきばら》いをして、

「犯人が、いや、何者かが砂時計を壊して、中の砂をホトケさんの上に振りかけたということです。砂の粒の細かさが同じでしょう。念のため、鑑識で確認してもらってはいますけど」

「その何者かは、死体に砂をかけるためだけに砂時計を破損したんでしょうか？　被害者を殴るかどうかしたはずみで、ガラスが割れて砂が散乱したということも考えられるような気がするんですけど」

「それはないな」と火村が言った。「着衣を脱がせて検分しても、死体には殴打された痕跡がないんだ。それに、ガラスが偶然割れたのならば、砂はもっと広い範囲に飛散していなくてはおかしい。その何者かは、死体に振り撒く砂が必要だったからガラスを割ったんだろう」

その何者か、という言い回しがまだるっこしい。おそらくはそいつが犯人だろう。第三者が現場にいて、死体にそんな不埒《ふらち》なことをする事情など思い浮かばない。いや、それは砂をかけた人物が犯人自身だったとしても同じことか。死体に砂をかけることで、何者にどんなメリットが生じるのだろう、と私はしばし考えてみたが、結果は虚《むな》しかった。ただ、一つだけひっかかることがある。

「被害者の小坂部冬彦は都市伝説について調べてたって言うたな」

火村は私を見る。

「言った。それがどうかしたか？」

「砂男の話を聞いたことはないか？」

火村と警部は顔を見合わせた。やがて、イエスと答えたのは博識の助教授ではなく、警部の方だった。

「うちの下の娘がそんなことを言うてるのをちらりと聞いた覚えがあります。違《ちご》うてるかもしれませんが……最近、子どもの間ではやってる怪談のことやないですか？」

私が「そうです」と言うと、取り残された火村が説明を求める。私は三日前に仕入れたばかりの知識を披露した。途中からは、小学五年生のお嬢さん——彼女が母親に似ていることを祈る——を持つ警部が補足をしてくれる。

「有栖川さんがおっしゃったような話の他にも、色んなパターンがありますよ。『あと何分だけ待ってやる』と予告されて、それでも眠れんかったら砂男に連れていかれるとか、眠ったふりだけしてたら瞼《まぶた》をこじ開けられて針を刺されるとか」

「砂男ってのは嫌な奴だな」

と火村は真顔で言う。

「何々小学校の何組の子が砂男にさらわれて行方不明、というもっともらしいデマもあれば、砂男の弱点は水だから雨の日には現われない、てなことも言うてましたね。昔はやった口裂け女とやらを思い出します。嫁はんとそんな話をしてたら、娘が『その何とか女っていうのはどんなん?』と訊いてくるんで、『知らんでええ』と言うておきました。こわがる対象が増えたら面倒ですからね」

「ということは、五年生になるお嬢さんでも砂男をこわがってるんですか?」

意外に思って私は訊く。

「幼稚すぎるやないか、と思うんですけどね。寝付きが悪い時は、枕を持って嫁はんのところに逃げてきたことがあります。『気色が悪いから、私が眠るまで見といて』っていうわけです。塾の帰りやなんかで遅くなって、人通りが少ないところを歩く時もこわいみたいですよ。砂男は日暮れに町から町へ歩いて移動するんやそうで、それを見てしまったら必ず夜中に枕許にやってくる、という話もあるからです。誰が言い出したんか、人騒がせなことです」

さすがに身近に子どもがいると詳しい。火村の反応はと見ると、あまり興味をひかれたふうでもなく、軽く頷いてみせるだけだった。むしろ、警部が面白がってくれている。

「そうか、砂男ねぇ。それが今、一番流行している都市伝説ですから、小坂部先生はおそらく研究対象にしてたでしょう。砂を撒いた人物はそれを知っていて、あんなことをしたとも考えられますね。砂男のしわざに見立てたわけです。もちろん、そんなことを本気で信じる捜査官がいてないことは百も承知でしょうけれど、死者に対する冒瀆《ぼうとく》的な態度としては理解できます」

「死体玩弄《がんろう》というわけですね」私は納得する。「ところで、さっきから慎重な表現をしてきましたけれど、砂を撒いた人物こそが殺人犯人とみるのがやっぱり自然なんではありませんか？　もしそうだとすると、殺害の動機は怨恨《えんこん》ということになりますね」

「まぁ、そうです。二回の離婚を経験している被害者は、女性関係がなかなかお盛んやったそうです。ひょっとするとそっちのトラブルかもしれませんね。と、いうのは死体発見者の話ですが」

「その死体発見者に面会してもよろしいですね？」

火村もまだその重要な証人とは対面していなかったようだ。

「ええ、もう結構ですよ。調書の作成がすんだ、と森下《もりした》から聞いていますから。――とりあえず、ここはよろしいですか、有栖川さん？」

名目だけの助手にそんな言葉をかけてくれるのは、警部の思いやりというものだろう。

「では」

螺旋階段を上り、警部は私たちを二階へ導いた。階段脇の部屋をノックすると、すぐにドアが開き、気取ったデザインの眼鏡をかけた若い男が現われた。レンズの奥には、青味がかってどろりとした目がある。針金のように硬そうな頭髪が眉毛を覆い、眼鏡のフレームにかかっていた。黒いセーターが細身の体にぴったりと張りついている。視線がせかせかとよく動き、神経質そうだ。

「入れ代わり立ち代わりやってきて申し訳ありませんね。由利《ゆり》さん。もう一度だけお話を伺いたいんです」

警部の言葉に、男は抵抗する気力もない、というように吐息をついた。しかし、答える口調はしっかりとしている。

「捜査のためですから何度でもお話ししますよ。単なる事件の通報者じゃなくて、殺された小坂部の肉親でもありますし」

警部は感謝の意を表してから、私たちに彼を紹介する。

「こちら、由利卓矢《たくや》さんは小坂部先生の甥御さんです。そして、摂津大学のゼミで先生の指導を受けてもいらっしゃった」

犯人は被害者の顔見知りであろう、と私は現場を観察して推測した。さしあたり、この由利卓矢は疑ってかかっていいかもしれない。

続いて警部は、火村と私の素性を伝えてくれたのだが、ここでいつもと違う反応があった。相手が私たちを知っていたのである。

「英都大学で犯罪社会学を専攻してらっしゃる火村英生先生ですね。存じ上げています。犯罪現場で熱心にフィールドワークをなさっている、と伯父から聞いたことがあります。

まさかこんなところで、こんな形で拝顔の栄に浴するとは思ってもみませんでした。しかも、推理作家の有栖川有栖《ありす》さんとご一緒だなんて。――有栖川さんの御作はいくつか拝読しています」

つい「それはどうも」と呑気《のんき》に言いかけて口をつぐんだ。初対面の挨拶を交わす際、あんたの作品を読んだことがある、と言われることはごくまれなことだったので、驚いたのだ。こちらもこんな形で読者に会えるとは想像していなかった。

「しかし、びっくりしましたね。火村先生と有栖川さんが大学時代からのご友人で、しかも犯罪現場でご一緒に調査や取材をなさっていたとは」

由利卓矢は、何かの罠《わな》ではないか、と疑っているように警部の顔をじろりと見たりしていたが、「どうぞ」と私たちを部屋の中に招き入れてくれた。

私はきょろきょろと室内を見渡す。どうやら趣味で買い集めた骨董品のたぐいを陳列することを目的とした部屋らしかった。四隅にアンティークなキャビネットが配置され、それぞれに東西の飾り皿、花瓶やら壺、燭台やら様々なガラス製品が並べられていた。部屋の中央に小ぶりの応接セットが据えてあるところからすると、ここはただの私設ギャラリーではなく、客と応対するために使われているようだ。こんな場合でなかったら、

「いいご趣味ですね」とおべんちゃらの一つも出たかもしれない。

だが、火村の目は私がうっかり見逃したものをとらえたようだ。

「あそこの二段目に飾ってあるのは砂時計ですね？」

警部も私も、彼の視線の先を追う。言われて初めて気がついたが、アフリカか中東風の香水入れが並んだ段の下に、これまた大型の砂時計が鎮座していた。こちらは天地や柱が白い大理石でできており、砂はすべて下に落ちていた。

「あれは三、四年前にマドリッドで買ってきたものだったと思います」由利卓矢もそれを見て言う。「この部屋のあれやこれやは祖父が集めたものもあるし、別れた奥さんが買ったものもあるんですが、伯父の趣味の品です」

「小坂部先生は砂時計を収集なさっていたんですか?」

火村が訊く。

「コレクションをしていたと言うほどでもありませんけれど、気に入ったものがあったら迷わず買っていました。砂が落ちていくのを見ながら瞑想したりする、と言っていたのは冗談でしょうけれど。この家の中には、他に五つ六つ砂時計があったはずです。あの大きな奴の下の段にも、掌にのりそうなのが二つあります。あとは隣りの書斎に二つと、寝室にも一つ。それから……階下のリビングにあったものです」

「それに関する疑問もありますが、砂時計については後回しにして、まずは由利さんが遺体を発見した経緯について、火村先生方にお話し願うことにしましょうか」

「判りました。その前に私自身について、お話ししておきます。摂津大学社会学部の四回生。浪人をしていて二十二歳です。商社勤めをしている父の都合で両親はデュッセルドルフにいますので、守口《もりぐち》の家でひとり暮らしをしています」

由利の口調は歯切れがよく、話は要を得ている。ざっと観察したところでは、伯父であり恩師でもある小坂部冬彦の突然の死をさほど悲しみ悼《いた》んでいるふうではない。あまり深い肉親の情でつながっていなかったのか、感情をセーヴするのが巧みなのか。

「事件のことを、ご両親にはもう連絡しましたか？」

火村が尋ねると、由利は眼鏡の蔓《つる》に手をやって、わずかに沈痛な面持ちになった。

「ええ。電話には母が出て、とても驚いていました。伯父は、母の兄貴だったんです。あいにくなことに、父はミラノに出張中でした。ヨーロッパは真夜中ですけれど、すぐに母から電話が回ったはずです」

火村は、では本題を、と手ぶりで促《うなが》す。

由利卓矢は淡々と話しだした。

「まず、私がここへやってきたいきさつからお話しするのがいいですね。今日、伯父は講義をひとコマも持っていませんでした。火曜日は毎週そうで、必要があれば研究室に出る。出るか出ないかは、前日までに誰かに伝えていたんですが、昨日は『体調がよくないから家でゆっくりしたい』と言っていたそうです。助手やら講師の方が聞いているはずですから、どうぞご確認ください」

「助手や講師の方に小坂部先生がそう伝えているのを、聞いていたんですか？」

火村は細かなところを確認しようとする。

「いいえ、そうではありません。昨日の夜十時頃に伯父と電話で話したので知っているんです。『明日は大学に行かず、家で体を休める』と。それで『お大事にしてください』と言うと、『病気ではないから心配はいらない。ところで、君は明日は暇か？』と言うんです。大した授業はなかったので、暇だと答えると、『話があるから、午後にうちにきなさい』と言われました。詳しい用件までは聞きませんでしたけれど、晩飯を食わせてやるから研究しているテーマについて何か手伝え、とか頼まれるんだろうと見当をつけていました。そのテーマというのは、例の砂男です」

「そんな相談を受けることは、これまでにもあったんですか？」

「相談を受けるなんて、そんないいものではありません。雑用を頼まれる、というのが正確でしょう。他のゼミ生も手足のように使われることがありましたが、私はまた特別なんです。大学院に進みたいという希望を話してから、それならば、としごかれているわけです」

「その時、小坂部先生に変わった点はありませんでしたか？　何か気がついたことがあれば、些細《ささい》なことでも話してください」

「さぁ、そう言われても、電話で声を聞いただけですから……」

由利は語尾を濁《にご》したままですませるのかと思ったのだが、ふと、こめかみに人差し指を押し当てた。

「その声について、ちょっとだけ気がついたことがあります。体調がよくないと言っていたくせに、声はとても元気でした。気力体力とも充実していて、上機嫌という感じだ

ったなぁ。病気じゃないと言ってはいたし、大学に出ず、ゆっくりすることにしたから

そんなふうだったのかもしれませんけれども」

「機嫌の理由が推察できるような話題はなかったんですか？」

「……思い当りません」

「研究に関して、面白いアイディアが浮かんだとか、いい資料が得られたとかいうこと

は？」

火村のこの同業者らしい問いにも、由利は「いいえ」と答えた。判らないものは仕方

がないが、一応は記憶に留めておくべきことだろう。

「今日の話に移ってよろしいですか？——『午後二時頃に伺います』と言ってあった

ので、私はほぼ二時ちょうどに車でこちらにやってきました。呼び鈴を鳴らしても返事

がなかったのですけれど、昼寝をしているかトイレにでも入っているんだろう、と考え

て勝手に上がりました。その時には、ドアに錠が掛かっていないことを不審に思いもし

なかったんです。家に上がってリビングに向かう途中でも、何か様子が変だぞ、と感じ

ることもなかった。ですから、伯父の遺体を見た瞬間は、心臓が口から飛び出すかと思

うぐらい驚きました。有栖川さんの小説では、しょっちゅう登場するシーンですけれど」

推理小説を読んだことがなくても、胸にナイフが突き刺さっていたのだから、事故や

自殺でないことは一目瞭然《りょうぜん》だったろう。

「とても生きているようには見えなかったので、近寄って介抱しようとも思わなかった

し、救急車を呼ばなくっちゃ、とも考えませんでした」

現場のものに手を触れてはいけないという配慮からではなく、死体を横目にリビングの電話を使う気になれなかったという理由から、彼は自分の携帯電話で警察に通報をしたのだそうだ。そして、所轄署のパトカーが到着するまでの五分ほどの間、玄関先に出てじっと待っていたという。

「家の中にいるのがこわかったんです。伯父が死んだのは昨夜のうちだそうですけれど、そんなことは、ぱっと見ただけで判りませんからね。つい今しがた、ここで何かとんでもないことが起きたんだ、と思い込んだんでしょう。犯人がまだ邸内にひそんでいる、とまでは感じなかったけれど。でも、恐ろしかったから外に立っていたんです」

当然のこと、犯人はとうに去っていた。もしも、今日の午後二時まで死体とともに現場に留まる事情が犯人にあったとしても、そんなことはできなかったはずだ。由利の証言を信じるならば、玄関から出ていけなかったわけだし、裏口はちゃんと施錠されていた上、ドアチェーンが掛かっていたのだから。

「警察がきてからのことはお話しするまでもありませんよね。何人もの刑事さんから色々な質問をされて、ずっとそれにお答えしていただけです」

「犯罪学者のお相手までしていただいて恐縮です。これも、すでにお答えずみの質問でしょうけれど、辛抱してください。——小坂部先生は、誰かにひどく恨まれてたり、金銭上のトラブルを抱えてたりしていたんでしょうか?」

予期していた問いらしく、彼はすらすらと答える。

「私が知る範囲では、ありません。特に金銭上のトラブルっていうのは縁がなかったと思いますよ。伯父自身はこのとおり裕福でしたからね」

裕福だからトラブルも発生する、ということをこの学生は理解していないらしい。あくまでも、彼が知る範囲ではなかった、というだけかもしれない。

「では、恨まれていた可能性の方はどうですか？」

「答えにくいですね。それもなかったとは思うんですけど……別れた二番目の奥さんと、最近になってもまだもめていたようではありました。いえ、もめていたといっても、その人が伯父を殺したのではないか、と言っているんではありませんよ。刃傷沙汰《にんじょうざた》にまで発展するようなことじゃなくて、夫婦喧嘩の延長戦みたいなものだったと思います」

『別れた二番目の奥さん』の名前は、小坂部伶子《れいこ》。二年前に離婚してからも、旧姓に復さなかったらしい。現在はレザークラフト教室に勤めながら、昭和町《しょうわちょう》のマンションで暮らしているという。

ここで船曳警部が言葉を挟む。

「その女性の話を聞こうと思って、連絡をとってます。連絡をとってはいてるんですけど、まだつかまってないんです。自宅は留守番電話で、教室に電話をしたら今日は休みということでした。買物にでも出てるのかもしれません。留守電にメッセージを入れておきましたから、そのうち向こうから連絡があるでしょう」

彼女に大きな関心を抱いている、という口調だった。事件には関係ないだろうけどなぁ、と由利はもごもごと呟《つぶや》いている。本心なのか、告げ口をしたようで体裁悪がっているだけなのか、判りはしない。

「その伶子さんと離婚して二年もたつのに、まだもめているそうですけど、どういうことについてなのかな。何か話し合いがついていないことでもあるんですか？」

由利が伏し目がちになっているので、火村はその顔を覗き込むようにする。

「仄聞《そくぶん》したところでは、慰謝料のことみたいでした。離婚の原因が伯父の不貞にあったので、かなりの金額を要求されて、伯父はそれを呑《の》んだそうです。いくらだか知りませんけれどね。ところが、分割して払うという約束だったのに、そのとおりに履行されていなかったんじゃないでしょうか。今年の正月に帰国した私の両親が、そんなようなことを話しているのを耳にしました」

「ご両親の話のニュアンスでは、約束を守らない小坂部先生が非難されるべきなのか、伶子さんの要求に無理があったのか、どちらのようでしたか？」

「どっちもどっち、かな。でも、伯父がお金を出し渋っていることに対して、妹である母は批判的でした。払えるものを払わないのはケチなだけよ、と言ってました」

「伶子さんとしては、肚《はら》の虫が治まらん、ということか」

警部が納得したように言うと、由利は「それは知りませんよ」と、すかさず結論の留保を求めた。判った判った、と警部は頷く。

「そうですな。肚の虫が治まらん、というのは私の想像にすぎません。——ところで、離婚の原因になった不貞というのについて、何かご存じではありませんか？　伯父さんで恩師について、そんなことをしゃべるのは心苦しいかもしれませんけど」

「心苦しくはありませんけど……具体的なことは知らないんです。多分、つまらない浮気が原因だったんじゃないですか。率直なところ、伯父は女好きでしたから。だから、離婚はしたけれどそれっきりで、誰かと再婚するなんてそぶりはまったくありませんでした」

「最初の離婚はいつで、どんな様子だったんでしょうな。同じような理由で前の奥さんと別れたのなら、倫子さんも彼の性癖について多少は覚悟ができていたかもしれんでしょう？」

　由利は、質問した警部の方に軽く首を向ける。

「最初の離婚はたしか六年前で、原因はやはり伯父の女性問題だったようです。でも、だからといって倫子さんは特別な覚悟なんて持たなかったと思いますよ。どちらかというと倫子さんは焼き餅妬《や》きだって、伯父は言っていましたし」

「前の奥さんと別れた原因が、倫子さん自身にあるということはないんですか？」

　これは火村の質問。

「倫子さんが、前の奥さんから伯父を奪ったという意味ですか？　だったら違います。あまり褒められたことじゃありませんけど、その時の相手というのは、大学のゼミの学生だったらしいです。始末が悪いことに、伯父はあれで、若い娘になかなかもてるんです」

遺体を見ただけで、生きた小坂部冬彦と面識のない私ではあるが、判らないことでもなかった。年齢は四十半ばで、髪に白いものがかなり混じりだしてはいたが、安らかな死に顔をしていたので、生前は端正な顔立ちをしていたであろうと容易に想像がついた。太く撥《は》ね上がった男性的な眉は、それだけならば魅力に直結しないだろうが、きれいに通った鼻筋や口許の上品さがそこに加われば、ちょっとワイルドでかつ知性的な雰囲気になったかもしれない。そもそも、彼は実際の年齢よりも若い印象を与えただろう。

「大学の先生が女子学生にもてると、厄介なことになったりもするでしょうね、火村先生」

警部のお言葉ではあったが、女子学生に受けがよくても厄介な事態を引き起こしたことのない火村は黙ったままだった。もっとも、私の知るかぎりにおいて、ではあるが。

警部は口許を引き締めて、

「二度目の離婚の原因も教え子とどうにかなったから、ということなんですかな?」

「いいえ。出張先の東京で知り合った出版社勤めの女性だったそうです。でも、伯父にすれば遊びも同然だったから、離婚した時点でそちらとはもう切れていたみたいですよ。甥で教え子の私に詳しく話してくれたわけではありませんが、断片的に聞いています。それに、再婚する気配なんてありませんでしたからね」

「では」今度は火村が「六年前の離婚の原因になった女子学生とも、すぐに切れてしまっていたんですね？」

「はい、そうでしょう」

由利は、あっさりと答えた。そして、「あのぅ」と彼の方からこんなことを申し出る。

「伯父の住所録やら電話番号簿を見せていただいて、私が知っている人についてコメントさせてもらおうと思います。捜査にできるかぎりのお手伝いがしたいので」

警部は「お願いします」とあらたまって会釈などしていたが、私は少し妙な気がした。そんな提案は彼からなくても、刑事らから依頼されることは自明である。それを、わざわざ持ち出したのが、私には不自然に思えた。まるで、あまり気が進まない方に話題が向かいだしたので、さりげなく方向を転じたかのようだ。

が、警部だけでなく火村もその言動にひっかかりはしなかったらしい。由利卓矢からの事情聴取はそこでひと区切りがついてしまった。

「さっそくながら、住所録と電話番号簿を持ってきます」

警部が席を立った。バタンとドアが閉まると、瞬時、静寂が訪れる。火村はキャメルの箱を取り出し、休憩に一服つけた。私は腰を上げて、あれやこれやが飾ってある陳列台に歩み寄る。どうしても、目は砂時計に向いてしまった。どの時計の砂もすべて下に落ちていて、「作動」しているものはない。手に取って鑑賞するのも不躾《ぶしつけ》なので、すぐにそこから離れて窓辺に寄り、外を眺めてみた。まだテレビ局の中継車が停まっている。

その車が磁場になっているのか、結構な数の野次馬が集まっていた。万代池を一周している歩道にも、ジョギング中に足を止めているらしい人間がいる。

と——。

そのジョギングウェア姿の若い男の近く。木立の陰に立ってこちらを見上げていた大柄な男がいた。だっぷりとしたジャケットを着て、ぼさぼさの頭をした男。すでに日が落ちていて、顔の造作や齢の頃は判然としなかったのに、彼とまともに目が合ってしまった、と気配で感じた。その瞬間に、説明のつかない悪寒《おかん》のようなものが背筋に走る。そして、それが治まるよりも早く、男はくるりと振り向き、立ち去りだした。大きな肩を、ゆっくりと上下に揺らしながら。

——まさか。

「どうした、アリス?」

背後で、火村の声がした。

どうかしたのか、と訊かれても返答に詰まってしまう。ひどく漠然とした胸騒ぎに襲われただけなのだ。

いや、池の端《はた》の男と目が合ったような気がした瞬間に私が感じたのは馬鹿馬鹿しいことである。つまり——子どもたちを顫え上がらせている都市伝説の最新ヒーロー、砂男とはあのような風体《ふうてい》をしているのではないか、と思ったのだ。身長は一メートル八十近く。人並みはずれて肩幅が広く、ジャケットの下の胸板はとても厚そうに見えた。深夜、あんな男に枕許に立たれたら、そりゃ恐ろしいだろう。砂男が実在するなど、私はもちろんこれっぽっちも考えてはいない。考えてはいないが、妙にひっかかる。できることなら、後を追ってみたかったほどだ。

「男が立ってた」

私がぼそりと言うと、火村は首を傾げる。

「男がどうしたって？」

「野次馬から少しはずれたところに立って、こっちを見上げてた」

「そりゃ、そいつ自身が野次馬ってことじゃないのか？」

いや、そうではないのだ。反射的に抱いた印象にすぎないから、うまく説明できないのがもどかしい。

「俺と目が合《お》うたら、すっと消えたんや。もしかしたら、事件に関係がある人物かもしれへん。『犯人は現場に立ち戻る』。ほら、よう言うやないか。放火の現場で、警察が野次馬の間に不審者がいてないかと観察する、とか」

火村の賛同は得られなかった。

「どうかな。派手に火の手が上がって、野次馬が大騒ぎをしている現場を見物するために放火魔はふらふら戻ってくるんだろうけど、殺人現場を外から見るために犯人が立ち戻るかどうか。火災現場と違って野次馬だの報道関係者だのの数も少ないし、目立って危険なだけだぜ。そいつが臭うってお前が言うのなら、何か根拠があるんじゃないのか？」

それが思い当たらない。根拠がないから臭うというのではないか、と私は声に出さずに反問していた。

「どんな男だったんだ？」

私が見たままを話すと、火村は由利卓矢に向き直った。

「そんな風貌の男に心当たりはありますか？」

訊かれた方は困っているみたいだ。

「顔立ちも年恰好《かっこう》も判らないんでは、お答えのしようがありませんね。背が高くてがっちりしている、と聞いても程度が判りませんし、ピンとくる人物はいません。まさか……」

どんな名前が出てくるのか、と期待したのだが――

「まさか、砂男じゃありませんよね」

4

船曳警部が持ってきた小坂部冬彦の住所録、電話番号簿を見ながら、由利は、これとこれは大学の関係者、これは出版社の編集者、これは噂を聞いたことがある知人、などと知っている範囲で説明をしてくれた。もちろん、どんなつながりのある人間なのか彼にとんと見当がつかない名前もたくさんあった。

書斎に小坂部の日記のたぐいはなく、私的な郵便物もあまり残っていなかった。由利によると、日記をつける習慣はなかったようだし、手紙や葉書をもらっても読み捨てにしていたという。大学の研究室を調べても、業務日誌的なものしか見つからないかもしれない。

「伶子さんとはまだ連絡がつかないんですか？」

住所録からいくつかの名前をメモしながら火村が警部に訊く。

「ええ、ずっと留守で。もう七時が近いから、ぼちぼち帰ってくるでしょう。連絡がとれたら住吉《すみよし》署まできてもろうてから、現場も見てもらうつもりです」

住吉署は万代池を挟んだすぐ近くにある。

ドアが開き、馴染みのある顔が現われた。船曳班で一番の若手刑事の森下だ。アルマーニのスーツご愛用の彼は「どうも」と火村と私に短く挨拶をすると、携えてきた分厚い本のようなものを警部に渡す。

「この一冊だけです。未整理でバラけているものも、あまりないようです」

彼が持ってきたのは写真のアルバムだった。警部はテーブルの上にどんと置いて、太い指でページをめくっていく。若かりし日の小坂部冬彦の姿が次々に現われるのかと思ったら、そうではなかった。せいぜいここ十数年の写真らしく、大学の同僚や教え子らと一緒に写ったものばかりだった。コンパや旅行でのスナップ写真、集合写真がほとんどだ。

「最近のばかりですね」由利が言う。「昔のは、箱に詰めてどこか奥にしまい込んであるんでしょうね。伯父は、あまり写真が好きではありませんでしたから。『自分より不細工な奴の方がいつも二枚目に写る。あんなものは不愉快だ』と言ってました」

写真を撮られる際に、小坂部はカメラをにらみつける癖があったようだ。それでどれも表情が堅く、愛想はなかったものの、決して写りが悪いというほどではなかった。調《ととの》っている上、野生味のある男くさい顔は十人並み以上で、著者近影用のものを急いで選ぶことになっても、慌てることはないだろう。それでも気に食わなかったのだ、というのなら主観だからやむをえないが、ナルシストの気《け》があったのかもしれない。まぁ、男の何割かはナルシストだから、珍しくもないことではある。

年嵩《としかさ》の教授らしい人たちと上高地《かみこうち》の河童橋《かっぱばし》に立って微笑んでいる写真。能登《のと》の見附島《みつけじま》を背にして一人佇《たたず》んでいる写真。ゼミ旅行先の旅館のひとコマなのか、浴衣《ゆかた》を着て学生たちと座敷で並んでいる写真。女子学生の肩に手を回して顰蹙《ひんしゅく》を買う先生は大勢いるだろうが、小坂部助教授の場合は可愛い女の子に肩を抱かれて相好《そうごう》を崩していた。やはり、もてたようだ。

池の端にいた男に似た人物はないか、と私は注意しながら見ていた。これだ、というのは発見できない。

「別れた奥さんと写っているのがあらへんなぁ」

警部が不審そうに呟く。

「元々あまり写してなかったんでしょう」と由利。「多少は旅行に行って撮ったものがあったんでしょうけど、それは処分したんだと思います。——あ、でも、それがそうですよ」

季節は初夏の頃か。白いポロシャツ姿の小坂部はまぶしそうな目をして、腰に右手を当てて立っていた。その傍らに寄り添っているのは、豊かな髪を両肩にたらした色白の女性。年齢は三十をいくつか超えたぐらいか。ぱっちりとした目許がチャームポイントになっているなかなかの美人だが、唇の両端が吊り上がったようになっているのが気になる。写真用の笑顔をこしらえるのが苦手なのかもしれない。撮影場所がどこなのかは、容易に知れた。鳥取砂丘だろう。

「三、四年前の写真かな。処分し忘れたのか、伶子さんと写したのを一枚ぐらいとっておこうとしたのか、どっちかでしょうね」

由利は興味なさそうに言う。

「住所録にあった名前のうち、あなたが顔を知っている方がいらしたら教えてください」

警部に乞われ、彼は数人の大学関係者の顔と名前を一致させてみせた。中には、物故者もいた。アルバムが閉じられると、ふぅと溜め息をつく。

「お疲れになりましたか？　しばらく休んでいてください。まだ、帰らずにいて欲しいんですけど」

「かまいませんよ、警部さん。私しかいないんだから、ここを離れられません。——伯父の部屋にでも行って、横になってきます」

由利卓矢が出ていくのを見送ってから、私たちは警部とともに階下に下りた。現場だけでなく、邸内を一巡してみるためである。遺体はすでに運び去られていた。

家の中をぐるりと回ってから、庭に出てみる。椿《つばき》の植込みの陰やら、使われなくなって久しいと思われる糸瓜《へちま》の棚の下やらで、捜査員たちが懸命に証拠物件《ブツ》の収集を行なっていた。無言のまま、彼らの邪魔にならないように観て回っているうちに、火村がぼそりと口の中で何か言った。

「昼飯を食いそこねたんだ。近くで軽く食べないか？」

「腹がへっては探偵ができぬ、か。付き合おう」

近くにいた森下刑事にひと声かけておいて、裏手の木戸から外に出た。表に回ってみると、やはりまだ野次馬の姿がある。買物や勤め帰りに足を止めたような人たちだろう。

私は、さっきの男が立っていたあたりに行ってみたくなった。

池を巡る遊歩道の木陰。そこまで火村を導き、小坂部邸の二階を見上げてみる。どの窓にも明かりが灯っていたが、人影は見えていなかった。現場でどんな捜査が行なわれているのか、窺《うかが》えるような場所ではない。やはり、事件には無関係なただの通りすがりだったのだろう。もしかして、こっそり舞い戻ってきてはいまいか、ときょろきょろしてみたが、どこにもいない。

「行こうか」私は火村に言う。「腹はへってないけど、俺はコーヒーが飲みたなってきたし」

と、彼はあらぬ方を見つめていた。視線の先には、自転車を停めて現場を覗き込もうとしている出前持ちやら、ブレザーの制服を着た下校途中らしい女子学生などがいるだけだ。今度は私が尋ねる番だった。

「どうかしたか?」

火村は「ブーツの女」とだけ答える。どれだ、と捜しかけた時、一人の若い女が野次馬の群からすっと離れた。タイトな革のミニスカートからすらりと伸びた脚に、長めのブーツ。知恵の輪のような凝ったデザインのイヤリングが揺れるのが見えた。

「判らないか?」

とだけ言って、火村は彼女の後を追いかけだした。顔を拝んでいないから、誰なのか判るはずがない。説明を求めるのは後回しにして、とにかく彼に続いた。

私たちがついてきていることを知ってか知らずか、彼女は非常な速足で通りの方に向かった。人込みでもないので、見失う心配はまるでない。私たちをまこうとしても、簡単につかまえられるだろう。走ればすぐに追いつくのに火村がそうしようとしないのは、相手がわれわれを意識しているかどうか確かめるためなのだろう、と思った。

ブーツの女はさらに歩調を早めながらも駆け出そうとはしない。それだけはするまい、と懸命にこらえているかのような歩き方だ。ちらりと振り返って後方を窺ったりもしないから、尾行者の存在には気がついていないとみていい。角を左に曲がったところで、火村が小走りになった。現場から見通しがきかず、あまり人の目がない場所までくるのを待っていたのだ。

「すみません」と火村が呼びかける。彼女がかまわず歩いていくので、彼は追い抜いてその前方に回った。

「私に……何かご用ですか？」

彼女は火村を、次に私を見返した。長く垂らした前髪の奥の瞳が不安げなのは、若い女性の反応としてはごく自然だ。染めてあるのか生まれつきなのか微妙な栗色の前髪を、細い指がゆっくりと掻き上げる。顔色はひどく悪かった。

火村は自分の素性を明かし、私の紹介もしてから尋ねた。

「失礼ですが、あなたは小坂部先生のゼミの学生さんではありませんか？」

イエスかノーかしか答えはないのに、彼女は返事をためらった。やがて、そのどちらでもない言葉が返ってくる。

「どうしてそんなことをお訊きになるんですか？」

「五分ほど前にあなたの写真、正確に言うとあなたによく似た人が小坂部先生と一緒に写っている写真を見たからです。どうやらキャンパス内で撮られたもののようでした」

私は彼女の顔を間近で見ても、火村にそう聞くまでまるで気がつかないでいた。観察力の差といえば、それまでだが。

「榎本有希《えのもとゆうき》といいます」

彼女は投げ捨てるように名前を言った。相手が先に名乗ったので、最低限の礼儀は尽くさねばなるまい、と思ったらしい。イエス、ノーの返事はないままだが、肯定したということだろう。

「このご近所にお住まいなんですか？」

「いいえ」

「さっき、小坂部先生のお宅の前にいらっしゃいましたね？」

「はい。……そこからつけてらしたんですか？」

ややや非難がましい調子になる。

「ええ、そうです。小坂部先生のお宅の前を、ゼミの学生さんが偶然に通りかかったのか、何か用があって訪ねていらしたのか、それが知りたかったものですから」

「何故、そんなことを知りたがるんですか？　どうして私が呼び止められなくてはならないのか、まだ判らないいんですけれど」

怒るのはもっともだ。

「あのぅ」と私が口を挟む。「榎本さん。あなたは、小坂部先生がお亡くなりになったことをご存じですか？」

「え？」

腕に掛けていたハンドバッグが落ちて、路上で跳ねた。やはり彼女は知らなかったのだ。家の前に停まったパトカーや野次馬を見て、何か事件があったのだろうという認識しかしていなかった。

上体がふらついたので、私は肩に手を置いて「大丈夫ですか？」と耳許で言う。

「どこかこの近くでお話を伺いたいんです。よろしいですか？」

榎本有希は蒼い顔のまま、火村の問いに小さく頷いた。食事をするつもりだったのに、事情が変わった。私たちは通りに出て、目についた手近な店に入った。芳《かぐわ》しい香りが漂っていて、喫茶店というよりもコーヒーショップと呼ぶのがふさわしい店だ。長いカウンターやテーブルや椅子だけでなく、店内の空気までがコーヒー色をしている。メニューを開いてみると、サンドイッチなどの軽食はいっさい載っていない。

窓際の席に着いた榎本有希は堅い表情のままだったが、「あなたは何にしますか？」などと訊く前に、カウンターの中のマスターに注文を伝えた。私たちのペースに簡単に乗るまい、と思っているのかもしれない。

「小坂部先生が亡くなった、とおっしゃいましたね。どういうことなんでしょうか？」

オーダーしたものが運ばれてくるのを待たず、彼女の方から質問をしてきた。栗色の前髪の間から、黒い瞳がやや上目遣いにこちらを見上げている。

「パトカーや大勢の警察官の姿をご覧になったから、あなたにも見当はついているでしょう。普通ではない死に方をなさったんです。端的にいうと、先生は何者かに殺害されました」

火村は静かに告げた。彼女は眉間に深い皺《しわ》が寄るほどきつく目を閉じる。私たちは、そのまぶたがゆっくりと持ち上がるのを、数秒の間待った。

「殺された……。いつですか？」

「昨日の夜、遅くです。甥の由利卓矢さんが遺体を発見したのは、今日の午後二時。ナイフで胸を刺されていました。犯人はまだ判っていません。——由利さんをご存じですか？」

「はい、同じゼミですから。あまり口をきいたことがないので、どんな方なのかよく知りません」

有希は唇を噛んで聞いていた。もう私たちに視線を向けることはせず、テーブル上の灰皿をにらむようにしている。

「先ほど路上で自己紹介したとおり、私たちは警察の捜査に協力しているんですけれども、現時点でお話しできることはそれぐらいです。——今度はこちらからお訊きしますよ。榎本さんは何か用があって小坂部先生のお宅を訪問しようとしたんですね？」

はい、と唇が動いたが、かすれてほとんど声になっていなかった。どんな用件だったのか自分から語ろうとはしない。

コーヒーがくる。窓の向こうを、この街のシンボルでもある路面電車がごとごとと通り過ぎた。

「先生のゼミの学生さんだそうだから、研究課題について相談することがあっていらしたんですか？」

「そうです」という返事が、今度ははっきり聞こえた。

「近々、コレクティブ・ビヘイビュアについて個人発表をしなくてはならないんですが、思うようにまとめられなくて泣き言を洩らしたんです。そうしたら先生は、『個人発表の皮切りからつまずいては、それに続く学生のリポートの水準に悪い影響をきたす。反則だが、特別に手伝ってあげよう』とおっしゃって……。講義がない火曜日に、自宅にお伺いすることになったんです」

後で火村に聞いたところによると、コレクティブなんとかというのは集合行動と訳される社会学用語で、ある特殊な状況の下で集団に自然に発生する通常行為から逸脱した行動を意味するのだそうだ。何のことかよく判らないが、彼女はそんなテーマをすらりと述べてみせることで、本物のゼミ生であることを示したかったのかもしれない。

「講義がなくても、先生はたいてい大学の研究室に出ていらしたでしょう。それなのに自宅までやってこい、とおっしゃったんですか？」

女子学生をわざわざ家に呼びつけるのは不自然だ、と火村は感じたのだろう。彼女が真実を話しているのかどうか見極めるため、私は伏したままの目の動きに注目する。

「はい、そうです。適当な資料が自宅の書斎にあるから、ということで」

「何時にくるように言われたんですか？」

「八時です」

「遅い時間のように思いますが」

「私は阿倍野《あべの》のギフトショップで夕方の六時半までアルバイトをしています。それを先生に話したら、『じゃあ、余裕をみて八時頃にきてもらおうか。私もそれぐらいの時間が好都合だ』とおっしゃったんです」

小坂部は、今日の二時にくるよう由利に電話をしていた。甥は夕食をごちそうしてくれるのでは、と期待していたというが、本当に小坂部にそんな心づもりがあったのだとしたら、榎本有希とのアポイントメントを八時に設定したことに無理はない。

「なるほどね。しかし、まだ七時過ぎですよ」火村は壁の時計を指す。「ずいぶんと早く着いたんですね」

「お店が暇だったので、六時過ぎにあがっていいよ、と店長に言われたんです。それで、時間が余ってもいいと思って早めにこちらにきました。先生のお宅に伺うのは初めてですから、ぎりぎりに行ってまごつくのが嫌でしたし」

「それで、きてみたら家の前があんな有様だったわけですね。何が起きたと思いましたか？」

「判るわけがありません。それって、あまり意味がある質問だとも思えません。——あのぅ、そもそも私、質問にお答えする義務なんてないんですよね？」

有希の口調がきつくなった。火村は鼻の頭をぼりぼりと掻く。

「あなたに何ごとを強要する権利も私たちにはありません。質問を拒絶なさりたいのなら結構ですけど、せめてコーヒーぐらい飲んでいきませんか。冷めますよ」

火村はカップを口にするが、彼女は両手を膝の上に置いたままでいる。

「小坂部助教授はどんな方でした？」

私にだったら喜んで答えてくれるかも、と自惚《うぬぼ》れたわけでもないが、そんなことを訊いてみる。火村のように女子学生に日常的に接していないので、猫なで声のようになるのがわれながらおかしい。

「学生想いの熱心な先生です。二年の時にも講義をとっていましたけれど、まったく手抜きのない授業をなさいますし、真面目に聴講している学生のために教室での私語は許さない、という毅然たる態度をとっていることも、私は好きでした。研究テーマそのものよりも先生のファンだったから、三年になって小坂部ゼミを取ったんです。そういう学生は他にもたくさんいると思います」

「ファンというのは、比喩《ひゆ》ですね？」

「敬愛できる先生、というぐらいの意味です。不真面目に聞こえたのなら誤解です。

――火村先生のように素敵な、翳《かげ》のある二枚目の先生だったら、色んな意味でのファンがついてらっしゃるでしょうけれども」

どこまで本気で、どこからが皮肉なのか判らない言い方をする。

「いやしませんよ。教室での私語を許さない、というところだけは私も同じです」

「先生はよく休講なさる方でしたか？」

これは私の問いだ。返事は「いいえ」だった。そこは確実に火村と大きく違う。

「小坂部先生は女子学生にとても人気があったそうですね。その方面のゴシップを耳にすることはありませんでしたか？」

「下世話な質問ですね、火村先生」

「社会学を学んでいながら、下世話なことをほじくるのを厭《いと》ってはいけない」

冗談とも本気ともつかないことを言い返されて、彼女は鼻白んだようだった。

「ちょっとよろしいですか？」

有希はバッグに手を伸ばしながら、奥を指差す。化粧室はこちら、という矢印が出ていた。

「答えを考えるための時間稼ぎらしいな」

彼女の姿が衝立《ついた》ての向こうに消えてから私が言う。火村はキャメルをくわえた。

「考えなきゃならない嘘が彼女にあるなら、な」

「先生に呼ばれてお勉強にやってきた、という話は信用できると思うか？　まず、そこが疑わしい。それが本当やったとしても、先生の側に下心があったかもしれへんしな」

「大学助教授を色眼鏡で見るじゃないか」

「大学の先生一般や火村センセのことは知らん。小坂部冬彦は特別だろう。面識があったわけやないけど、由利卓矢から聞いた話から人物像を想像できる。自分の娘が八時に彼の家に行く、と言うたら止めるやろう？」

「お前、結婚の予定もないうちから、いもしない娘のことをしょっちゅう心配するなぁ。どこかに隠してんじゃねぇのか？」

「言うてくれるな、『翳のある二枚目』」

路面電車がすれ違う。テーブルの上でもその影が交錯した。

榎本有希は、なかなか戻ってこない。

「遅い。携帯でどこかに電話でもしてるのかな」

火村は立ち上がり、衝立ての向こうに様子を見にいった。喫《す》っている途中だった煙草は灰皿の縁にのせたままだ。

「ああ、お客さん」

隣のテーブルを片づけていたエプロン姿のマスターが私に声をかける。

「ブーツの彼女、裏口から出ていったかもしれませんよ」

「どういうことです？」

「裏口はあるかって、さっき衝立ての陰で訊かれたから教えてあげたんです。従業員の休憩室の奥にありますよ、と。怒らないでくださいね」

エプロンのポケットに両手を突っ込んで、彼はにやにやしている。怒るよりも、私は呆気《あっけ》にとられてしまった。そこへ火村が髪の毛を掻き回しながら戻ってくる。そして、マスターと私が何のやりとりをしているのか、と怪訝《けげん》そうにこちらを見る。

「なんでそんなことをしたんですか？　変な男にからまれているから、逃げさせてちょうだい、と頼まれでも？」

「いいえ、そうは言ってませんでした。『私を取り合って男性二人がもめているんです。どちらの面子《メンツ》もつぶしたくないので、こっそり抜けさせていただけませんか』と、可愛い声でお願いされただけで。本気で困っているみたいだったので、見るに見かねたんですよ。悪く思わないでください。彼女、お二人のことを大事に想ってそうしたんでしょうから」

「馬鹿言え」火村が舌打ちした。「あ、いや、失礼。あなたが馬鹿だと言ったんじゃありません。彼女の口実がふざけている、と思っただけです」

「コーヒーの代金は三人分いただいてます。ここはゆっくりと話し合ったらいかがですかね」

マスターは善根を積んだと信じているのか、満足そうな顔でカウンターの中に戻っていった。火村は、どさりと椅子に尻を落とした。名探偵にあるまじき不覚である。

「しくじったな。しかしまぁ、逃げられはしたけど、名前も小坂部ゼミの学生やということもはっきりしてるんやから、地団駄を踏むようなこともないやないか」

なぐさめると「そんなもん、踏んでねぇよ」と言い返された。

「それにしても嫌われたもんやな。意地の悪い質問で責め立てたつもりもないのに」

「嫌なら嫌と言えってんだ。今日はこれですんでも、刑事には通用しないぞ。心証が悪くなっただけさ。つつかれるのが嫌だってことは、それなりに理由があるはずだ」

灰皿で煙をあげているキャメルを忌々《いまいま》しげに揉み消す。そんなにかりかりしなくていいだろうに。

「それにしても、もっともらしい話をとっさにこしらえて裏口を聞き出した手際はなかなか鮮やかやったな。コーヒー代を精算していったのもスマートやし」

「お前、小娘に翻弄されて喜ぶクチか?」

私は黙って肩をすくめた。

「飯にしよう」

火村はレジに向かったが、勘定はすんでいることを思い出し、伝票をカウンターに軽く叩きつけて「ごちそうさま」とマスターにひと声かけた。「ありがとうございました」と言うマスターの口許にはまだ遠慮がちな笑みが浮かんでいる。私はつまらないことを彼に訊いてみたくなった。

「ねぇ、マスター。今度くる時、どっちが彼女と一緒やと思う?」

「さぁ、難しいですね」

エプロンの男はにやついていたが、火村はさっさと外に出ていった。

近くのレストランでようやく腹ごしらえをして、現場に戻る。船曳警部が廊下で由利卓矢と立ち話をしていた。最近の大学生がどうのこうの、と雑談していたようだ。「おかえりなさい」と警部が言う。

「由利さん。榎本有希さんという女性がゼミにいらっしゃいますね?」

火村は警部に言葉を返すのも省略して尋ねた。相手は「はい」と即答する。

「榎本さんに、さっきそこで会いました。少し話を伺ったところで逃げられてしまいましたけれどね。八時に小坂部先生を訪問する約束をしていたんだそうです。——彼女はどういう人ですか?」

「どうって……あまり話したことがないので判りません」

「先生と親密そうでしたか?」

「知りません。直接、本人に訊けばいいんじゃありませんか。——僕も近くに食事をしにいくところなので、失礼します」

由利は会釈した恰好のまま、私たちの前をすり抜けて出ていった。

その日は十時まで現場にいたが、めぼしい収穫はなく、前妻の伶子とも連絡がとれずじまいだった。住吉署での捜査会議のために引き上げる警部らとともに現場を後にする。

火村は私のマンションに泊まった。事件について話すこともなく、シャワーを浴びてから缶ビールを一本ずつ飲み、私はベッドで、彼はソファですやすやと眠った。金縛りにかかることもなく、砂男の世話になることもなく。

5

翌日、朝食をすませた火村と私は摂津大学に向かった。もちろん、小坂部冬彦助教授の研究室を調べ、学内の関係者から話を聞くためである。その私立大学については、北摂にあるというぐらいのことしか知らなかったが、火村は一度だけ行ったことがあるという。彼にナビゲーションを頼み、私は愛車――とりたてて大事にもしていないが――のブルーバードを走らせた。かの大学は、茨木《いばらき》市の万博記念公園からほど近いところだった。

エキスポタワーの影が霞んで見えてきたあたりで火村は携帯電話を取り、船曳警部を呼び出した。昨夜の捜査会議の模様を聞くためだったようだ。彼は質問をするでもなく、相槌《あいづち》もそこそこに電話に聴き入っていた。

「どんな様子や？」

通話を終えた彼に訊く。

「怨恨の線が濃いから、交友関係を徹底的に洗うという方針だ。別れた女房は、とうとう昨日は家に戻らずだとさ」

「ということは、犯人？」

「そうかもしれない。そうでないかもしれない。十時半に小坂部先生の研究室に行けば、新美《にいみ》泰嗣《やすし》って教授がわれわれを待っててくれるそうだ」

「お前も知ってる先生か？」

「名前だけな。――そろそろ左に曲がる準備をしてくれ」

ゆるやかな千里丘陵の一角に建つキャンパスが見えてきた。巨大な親指を立てたような形の時計台は有名なので、雑誌か何かの写真で見た覚えがあった。この付近のランドマークでもあるだろうその時計台の針は、十時を指そうとしていた。少し早く着きすぎたようである。

来客用の駐車場があったので、火村が管理人に英都大学の身分証明証を見せて、車を駐めた。降りてバタンとドアを閉めると、雲雀《ひばり》が長閑《のどか》に啼《な》いていた。その声を聞きながら、自転車にはきつそうな坂を登る。

道が二股に分かれたところに立つ地図によると、研究室のある棟は向かって右手、東の端だった。約束の時間にはまだ早いので、少し調節をするため左手に向かう。行く手に現われた校舎は、火村や私の母校に比べるとはるかに新しく、デザインも現代的だった。まだ創立二十年にならないそうだ。

スクールバスから降りてきた学生たちは掲示板の前で立ち止まって、休講などの報せはないか確認してから散り散りになっていく。私たちも、彼らの肩越しに掲示物を一覧した。

〈小坂部助教授の講義・ゼミを取っている皆さんへ〉という告知があった。突然の奇禍《きか》で彼が亡くなったこと、今週の講義とゼミはすべて休講になること、今後のことについては追って連絡するので掲示に注意すること、と事務的な文章が並んでいた。学生たちのほとんどは彼が殺害されたことを知っているようで、ひそひそと話していたが、中には「嘘ぉ！」と素《す》っ頓狂《とんきょう》な声を発する者もいた。

入れ代わり立ち代わりする人の固まりの中央あたりに、動かない後ろ姿が一つだけあった。「火村」と相棒を見ると、彼は黙って頷く。私たちは人の固まりを掻き分けて、その背中へと進んだ。

「榎本さん」

私の呼びかけにすぐにピンときたのか、肩が小さく跳ねた。彼女は観念したように、ゆっくりと振り向く。

「こんなところまで……捜査でいらしたんですか?」

「帝塚山からあなたをずっと尾行してきたんですよ」

私のつまらない冗談を受け流して、榎本有希はぺこりと頭を下げる。

「昨日は、大変失礼なことをしてしまいました。すみません」

火村が肩をすくめて、

「なかなか見事な消えっぷりでした。──日にちが変わって気分も新たになっているでしょう。十時半に小坂部先生の研究室で新美教授と会うので、それまで二十分ほど付き合っていただけますか? どこか座ってお話しできるところへ移動して」

彼女は掲示板の前を離れ、先に立って歩きだす。たどり着いたのは緑が豊かなキャンパスのはずれだった。擂《す》り鉢《ばち》状になった底のグラウンドで、陸上部の学生が数人走っているのが見下ろせる。私たちは、野球場の観覧席のように段々になった斜面に、榎本有希を真ん中にして腰掛けた。

口火を切るのは火村だ。

「無用の質問をしなくてはなりません。昨日、どうしてわれわれから逃げたんですか?」

栗色の前髪の目を伏し気味にしたまま、彼女はしっかりとした口調で答える。

「やましいことがあったからではありません。とにかく、頭が混乱していたんです。小坂部先生が亡くなったという事実を受け入れることさえできずにいるのに、先生の身辺について色々と尋ねられることが苦痛でたまりませんでした。それだけです」

「あなたが席を立った直前に私がした質問を覚えていますか? 記憶になければ、繰り返させてもらいますけれど」

彼女は覚えていた。

「その必要はありません。――先生は女子学生に人気がありました。『コンパの後で誘われたら、きっとついていく』とか公言している女の子もゼミに何人かいました。どこまで本気で言っているのかは知りませんけれども」

「野暮なことを訊きますが、あなたも誘われたらついていきたいと思いましたか?」

今朝の彼女には余裕があった。

「仮定の質問に答えるのは難しいですね。その時の気分やムードにもよるんじゃないですか? 絶対についていかない、とは言えません」

「先生と親密にしている、と噂になっているような女性をご存じありませんか?」

「知りませんね。最近は」

有希は無意識のうちにか、口許を押さえた。不用意にこぼれかけた言葉を喉の奥に押し込んだかのようだ。それを見逃しては、犯罪学者と推理作家がすたる。

「最近は、ということは、以前の噂については知っているみたいですね」と私。

火村は体を有希に向け、「話してください」と穏やかに頼んだ。

プラタナスの木立を風が渡り、葉擦れの音が耳を洗う。有希のブラウスの広い襟が、はばたくように翻《ひるがえ》った。彼女は、何かを断念する時のような溜め息をつく。

「その女性の名前は、榎本梨紗《りさ》といいました」

「というと」私はある想像をする。「もしかして……」

「はい、三つ違いの私の姉です。姉もこの大学で、小坂部先生のゼミを取っていました。当時、私は高校三年でしたけれど、姉が『先生が素敵なの』と言うのを聞いています。『危ないなぁ。奥さんがいる中年の助教授を好きになったりしたら救われないよ』ってからかっていたんですけれど……」

彼女は言葉を濁す。相手は女癖の悪さで有名だったらしい男。どうせ、ろくでもない結末に至ったりしたのだろう。

「交際なさっていたんですね？」

火村はキャメルをくわえる。

「はい。ちょくちょく外泊することがあったのは、先生と会っていたんでしょう。両親はサークルの友だちの下宿に遊びにいっていると信じていたようです」

「関係はどれぐらいの期間、続いたんでしょう？」

「さぁ。せいぜい二、三ヵ月のことだと思います」

有希は膝にのせたショルダーバッグの紐を子供のようにいじっている。

「お姉さんは今、何をなさっているんですか？」

「答えたくありません」

彼女はきっぱりと拒絶した。そして、火村に不愉快げに抗議する。

「先生が殺された事件と姉は、何の関係もないじゃありませんか。見当違いな質問はやめてください」

「どうしてそんなに興奮するんですか？」

敵意の矛先がこちらに転ずるのを心配しつつ、私は尋ねる。彼女はバッグを手に立ち上がった。

「失礼します。十時半に約束なさっているのなら、そろそろ研究室に向かった方がいいですよ。途中に坂がありますから。——姉についてそんなに興味がおありなら、新美先生にお訊きになるのもいいかと思います」

彼女は膝をぶつけながら火村の前を通り、きた方に去っていった。またして肘鉄《ひじてつ》をくらってしまった。どうしてそんなに苛立《いらだ》つのか、あるいは何を恐れているのか？

「ご忠告を容れて、研究室へ行くか」

私が腰を上げかけると、火村は「これだけ喫わせろ」とくわえ煙草のまま言った。

私たちは約束の時間ちょうどに研究室のドアをノックした。「どうぞ」とけだるそうな声が返ってくる。

「英都大学の火村先生と小説家の有栖川さんですね？　お待ちしていました」

机の向こうで起立して迎えてくれたのが新美泰嗣教授だった。五十代の半ばぐらいだろうか。もじゃもじゃの胡麻塩《ごましお》頭。腫《は》れぼったく、少し眠たそうな目。剃り残しの髭が目立つ顎。ワイシャツの襟は片方がめくれ上がっていて、あまり身だしなみに頓着しないタイプと見える。声にも張りがない。ただ、上背は一メートル八十はありそうで、恰幅はよかった。

「刑事さんが昨日、部屋中をひっかき回していった後ですから、大発見はないと思いますがね。気がすむまで調べてみてください。私に判ることならば、何でもお答えするつもりです。うちの学部は教員の出入りが多くてね。私が小坂部先生のことを比較的よく知っている、ということで、学部長からあなた方のお相手を拝命したというしだいで」

丁寧に礼を言いながら、私たちはまずは室内を見回した。傍らの友人の研究室よりもひと回り広くて、窓が大きいだけ採光もよい。天井が高い分、大きな書架が備えられるから、蔵書も豊富だ。社会学者にとって研究室の面積に多少の差があっても、さして意味はないだろうが。

「部屋を調べさせていただく前に、新美先生にお伺いしたいことがいくつか」

新美は椅子に掛け、私たちは、お説教をされる学生のようにその前に並んで立った。

「ふぅん。ああ、そう。いいですよ。何でもどうぞ。――噂に名高い英都大学の学者探偵、火村英生先生から取り調べを受けるとは光栄ですよ。話のタネになる」

話のタネになるぐらいで光栄とは言わないだろう。火村は苦笑している。

「怨恨の可能性が濃厚なんですが、小坂部先生の身辺にトラブルはありませんでしたか？」

「警察からさんざん訊かれましたけれど、誰の名前も言いませんでした」新美はおっとりと言う。「そりゃね、火村さん、めったなことは言えないでしょう」

「先生にご迷惑が及ばないよう警察は配慮しますよ。何かご存じなら、ぜひお話しください」

「ああ、しかしね、心当たりなんてないんですよ、火村さん。悪いね」

茫洋《ぼうよう》とした人だ。学生たちの間では、案外そんなところが面白い、と受けているかもしれない。

「学内の派閥争いだけについて伺っているんじゃありません。厳しい採点で逆恨みをしていた学生がいただとか、女性問題とか、お耳にしたことは？」

「いやぁ、聞いてないなぁ。昨日から今朝にかけて、色んな先生や職員と話をしたけれどね。『金を持ってたから、そっちが原因かな』『女じゃないか』といった会話はあったけど、具体的な話をするのはいなかったな」

「二回、離婚をなさっていますね」

「うん、まぁ、そのへんはプライベートなことだから、立ち入ったことを聞いたりはしませんでした」

「甥の由利卓失さんの面倒をみていらしたようですが」

「うん、可愛がってたみたいですよ」

あまり有益な情報を持っていないらしいと判り、私の期待はしぼんでいく。が、火村の次の質問には手応えがあった。

「ゼミに榎本有希という学生がいますね。彼女の姉の榎本梨紗さんについて何かお聞きになったことはありませんか?」

「え、榎本梨紗? そりゃあ……」

新美は口ごもり、意味もないだろうに、卓上カレンダーをぺらぺらとめくった。何か言いにくい事情があるらしい。

「うん、まぁ、知っていますけど、三年前に在籍していた学生のことが、今度の事件に関係しているとは考えられませんよ」

「参考までに伺いたいんです。榎本梨紗さんと小坂部先生の間で何かあったのか、なかったのか? そして、彼女は今、どこで何をしているのか?」

新美はほっぺたの裏を舌で突きながら、少し逡巡《しゅんじゅん》していた。

「まぁ、私がしゃべらなくても、他に知ってる人がいますからね。変なふうに伝わらないよう、お話ししておきましょう。榎本梨紗さんと彼がどんな間柄だったのか、詳しいことは当人同士にしか判りません。男女の付き合いがあったのかもしれない。でも、当人に質そうとしても無理ですよ。小坂部先生はお亡くなりになったし、榎本さんは病に伏したままですから」

「重病なんですか？」

「意識不明です。ここ三年間。——いわゆる植物状態です」

思わず、私は火村と顔を見合わせた。

「何が原因でそのような状態になってしまったんですか？」

火村の問いに、新美は覚悟を決めたように話しだす。

「鉄道事故です。といっても、乗っていた電車が脱線したというのではありません。真夜中の一時頃、ふらふらと線路の上を歩いていて、貨物列車にはねられたのです。夢遊病者のように覚束《おぼつか》ない足どりだった、と運転士は証言しています。警笛を鳴らしたら、ゆっくりと振り返って線路から出ようとしたらしいんですが、命の危険が迫っていることを自覚していると思えない緩慢な動きだったということですから、まともではなかったんですね。一応は列車をよけようとしたから、轢死《れきし》しなくてすんだんです。それでも、上半身がわずかに接触して、線路脇に数メートルも飛ばされましてね。右肩を骨折、全身打撲。頭部を強く打って……脳の損傷が大きかったそうで」

「榎本梨紗さんは、どうして線路の上なんかを歩いていたんでしょう？」

教授がその点を説明してくれないので、私が訊く。

「さぁ、それは余人には窺い知れないところです。自殺の意思があって彷徨《ほうこう》していたようでもありますけれど、警笛に反応して列車を避けようともしていますしね。事故の前に多少のアルコールを飲んではいました。しかし、酩酊《めいてい》するほどではなかったようです。――事故があったのは、小坂部先生のゼミのコンパの後なんですよ」

火村は俄然、強い関心を抱いた様子で、机に両手を突いて身を乗り出す。

「事故現場はどのあたりです？」

「ＪＲの山崎《やまざき》駅の近くです。大阪側に百メートルほどいったところですか」

山崎駅は大阪府と京都府をまたいでおり、構内に県境の表示がある。いわずと知れた山崎の合戦があった地。大阪と京都をつなぐ交通の要衝だが、駅のすぐ北側まで山が迫っており、深夜ともなれば付近はいたって淋《さび》しいだろう。まず、どうしてうら若い女性がそんな場所にいたのか、が疑問だ。

「コンパがあったのは、茨木駅の近くの居酒屋だったそうです。うちの学生のコンパは、たいていそのあたりです。時間はおそらく、七時から九時というところだったんじゃないですか。コンパの席では、何も変わった様子はなかったみたいですよ。その後、彼女は『用事があるから』と二次会をパスして、一人で帰っていったらしいんですが、それから事故に遭うまでの行動はいまだに不明です」

「一人で帰ったということは、同じ方角に帰る友だちと一緒でもなかったんですね？」

「ええ、そう聞いています。二次会に参加しなかった学生は他にもいたわけですけど、彼女はその連中と一緒に駅には行っていないんです。途中で、『じゃあね』と手を振って、みんなをやりすごしたといいます」

「駅の付近でボーイフレンドか誰かと待ち合わせていたのかもしれませんね」

私が言うと、新美は迷惑そうな顔をする。

「有栖川さん、私に意見を求めないでください。そうかもしれません、ぐらいの無意味な返事しかできないんですから」

失礼しました、と詫びた。気難しいところもある先生のようだ。

それにしても、榎本梨紗の当夜の行動は謎めいている。九時過ぎに茨木駅近くでゼミの仲間たちと別れた後、午前一時過ぎに貨物列車にはねられるまでの間、どこで何をしていたのだろうか? コンパの席では変わったことはなかったというのに、その数時間後には、夢遊病者のように線路の上を歩いていた。何か非常にショッキングな出来事が、榎本梨紗を襲ったのかもしれない。はたして、その出来事とは何なのか?

火村は、人差し指で下唇をゆっくりとなぞっている。

「さっき有栖川が言ってたように、彼女の用事とは、誰かと会うことだったようにも聞こえます。しかし、事故の後、彼女と会ったとか、会う予定だったとかいう人間は現われなかったんですね?」

「根拠のない噂は流れましたけれどね」

「どのような?」

「まぁ、そのぅ、つまり小坂部先生も二次会に出ていないんです。学生たちが腕をつかまんばかりにして誘ったのに、『今日は疲れてるから』と固辞したことを、後になって怪しむ声がありました。つまり、同じように抜けた榎本梨紗さんと合流したんではないか、とね。繰り返しておきますが、根拠なんてありませんし、先生ご自身は否定していましたよ」

それは承知した、というように火村は両掌を新美に向けて見せた。

「では、この件についてはこれまでです」

「あと一つだけ教えてください。榎本梨紗さんは今、どちらの病院に入院しているんですか？」

「えーと、どこだったかな。寝屋川《ねやがわ》の方でしたよ」

「よくご存じですね」

尋ねておいてその言い方は失礼に思ったが、教授は気にしなかった。

「うん、学生たちと見舞いに行ったことがありますから。彼女は二回生の時、私の演習を取っていたので、よく知っていたんです。優秀な生徒でね。周囲への心配りもできる、いい娘さんでした。可愛いお嬢さんだった。あんなことになって、本当にかわいそうなことです。――これでよろしいですね、火村先生？」

「ありがとうございました」

火村は殊勝な顔になり、丁寧に頭を下げた。面を上げながら「ところで」と言う。

「小坂部先生の遺体には砂が振りかけてありました。まるで、先生が研究なさっていた砂男と関連があることを犯人が示唆しているかのようなんですが、新美先生に何かお考えはありませんか?」

「ないない。ありゃしません。犯人の悪ふざけでしょう」

「被害者の研究を愚弄《ぐろう》する意図のようにもとれるんですが、小坂部先生の研究の評判はどうだったんでしょうか?」

「注目を集めてもいませんでしたね。私は、面白いね、と彼に感想を述べたことがありますけれど。実は、砂男の先輩の口裂け女というヴァリアントについて調べたことがあったもので。彼もそれを知っていましたから、コミュニケーション論めかして軽い議論をふき掛けてきたりしたものです」

教授の言うヴァリアントは、一つのまとまりを有した口承の物語という意味らしい。

「口裂け女の噂も関西から発信されたんでしたね?」

私が思い込みで言うと、教授は首を振る。

「断定できません。口裂け女の噂は一九七四年頃から関西周辺——泉大津《いずみおおつ》市や貝塚《かいづか》市など府下の南部——で囁《ささや》かれていたとも言いますけれど、その流行に火が点いたのは、一九七八年十二月初め。場所は岐阜県の美濃加茂《みのかも》市です」

日本中の子どもたちを顫え上がらせたあの怪談がはやったのは、もうそんなに昔のことになるのか。美濃加茂市から広まったとは知らなかった。それにしても——

「火が点いた時と場所が、ずいぶんとはっきり特定されているんですね」

新美は、いかにも、というように頷く。そして、にわかに饒舌《じょうぜつ》になって、口裂け女についての講義を始めた。

それによると——口裂け女がブレイクしたきっかけは、加茂郡八百津《やおつ》町の農家の老婆が口が耳まで裂けた女を目撃した、という噂に子どもたちが飛びついたことらしい。美濃加茂市の加茂警察署や加茂郡川辺町《かわべちょう》の教育委員会に「美濃太田《おおた》駅や多治見《たじみ》駅付近に口が耳まで裂けた女が現われた、と小中学生が騒いでいる」という報せが入ると、騒動が騒動を呼んで噂は広がっていった。

翌年の一月には岐阜市、大垣《おおがき》市へ飛び火。それから恐怖は西へ向かう。二月下旬に滋賀県へと進み、三月十日過ぎに京都へ進行。そして、どうしたことか大阪を素通りし、春になると兵庫から中国地方へ伝播。四国や九州にも上陸する。それと期を同じくして東へも広まり、福井から新潟へと北陸路をたどる。新潟での大流行は、関西にきた修学旅行生が噂を持ち帰ったためだともいう。関東ではまず六月初旬に宇都宮市に到達し、続いていよいよ首都圏を襲う。そして、一気に東北、北海道の子どもたちの知るところにもなったのだそうだ。六月五日、青森県の東奥《とうおう》日報に「八戸《はちのへ》を出た口裂け女が、昨夜、青森駅で降りたらしいけど、今度はどこに出るの?」と、留守番をしながらおびえている女の子からの電話が入ったという。大勢の子どもたちが、心から戦慄《せんりつ》したのだろう。

「口裂け女というヴァリアントには、当然ながら伝播の過程で様々な変種が生まれました。口承する人間の批評、メタ・フォークロアがくっつくからです。早い段階で固まったのは、その身体的特徴です。年齢は三十歳ぐらい。中肉中背。白いマスクをしている。マスクをはずすと口が耳まで裂けており、出会った人間にそれを見せて驚かせる、というのが行動の基本でした。それが、京都に伝わった時点で、『私、きれい？』と尋ねてくるようになっていた。『ブス』と答えたら怒ってマスクをはずして迫ってくるし、『きれい』と答えたら『これでも？』と言いながら、やはりマスクをはずしてみせる、というふうに話にふくらみが出てきています。

やがて、口が裂けた理由は美容整形の失敗だという説明が施されます。彼女は三人姉妹の末っ子で、三人揃って整形手術を受けたところ、みんな失敗して口が裂け、錯乱のあまり精神病院に入ってしまったのだが、末っ子だけが逃走した、とか。あるいは、一人がもともと口が裂けていたのを他の姉妹が同情し、自らの口を剃刀《かみそり》で裂いたり口紅で口を描いたのだけど、やはり精神病院に入院。うち一人が脱走したのだ、とか。あるいは、生まれた時、娘に口が二つあったので、母親が鎌で切開して一つにしたのだ、とか。このへんにくると物語は陰惨になり、ともすると無自覚な差別意識と接触した、と私は見ています。

しかし、力を増した物語はさらに恐怖の度合いを強め、ただ驚かされるだけではなく、彼女に襲われたら剃刀で同じように口を裂かれる、というふうにエスカレートしていきます。そこで、『ポマード！』と叫んだり、好物の鼈甲飴《べっこうあめ》を五つ与えると助かる、という意味不明の撃退法があわせて語られるようになるんですね。口裂け女がとうとうやってきた、という噂が札幌や室蘭《むろらん》で聞かれたのが六月上旬。そこで、彼女はいずこかへ去っていきました。――それが今回、どこかでこっそり砂男にバトンタッチをしたんです」

「なるほど。――ところで、小坂部先生が砂男に興味を持ったきっかけというのは、あるんでしょうか？」

火村は口裂け女の話をやんわりと退けたが、新美は首を傾げるだけだ。そこで、火村は「では」と、書架の空いた段にのった砂時計を示した。

「昨日拝見したお宅にも、いくつも砂時計が飾ってありました。私も気になっていたものだ。趣味で収集していらしたようです。そして、研究の対象にしていたのが都市伝説の砂男。小坂部先生にとって、砂というのは何か特別な意味を持っていたんでしょうか？」

「うーん、それも知りません。教室にも持ち込んだりしていたようですから、かなり好きだったんでしょうけれどね」

「教室で砂時計を使うことなんてあるんですか？」

「あの時計ね」と指差して「三十分、計れるんだそうです。課題を与えられた学生は、その時間いっぱい発表をしなくてはならないんだとか。まぁ、趣味ですよ、趣味。そんなことをしたがる深層心理の分析は、こちらが火村先生にお尋ねしたいですな」

「心理学者じゃありませんから、私も専門外です」

新美は、にやにやと笑った。

「そうですか？　そんなのもお得意だと聞いていますけれどね」そこで急に真顔になり
「私ぐらいの齢になると、どうも砂時計というのは好きになれないな。そろそろ残りの人生の長さを考えて、何と何をなしておくべきかを熟慮したりする齢に達しましたからね。そんなことを考える際に、どうも砂時計的なイメージは気持ちがよくありません。ほら、砂時計というのは、最初の頃は上の方の砂が減っていくのが目に見えないくせに、終わりが近づいてくると、あれよあれよという間になくなっていくでしょう。人間の命もまさしくあんな感じですね」

　教授は椅子を半回転させて、窓の外に目をやった。そして、顎《あご》のあたりをなでながら、しみじみと述懐するように続ける。

「誰もが口にすることですけれど、子どもの頃は、とてもゆったりと時間が流れていた。夏休みなんて、いつまでもいつまでも終わらないように思えましたね。それが、だんだんと時間がたつのが早くなっていく。かつてはあんなに胸がときめいたお正月なんかも、『また正月？　もうきたのか』です。火村先生や有栖川さんも同感でしょう？　でも、四十を超えたらますます加速しますよ。砂時計の砂だ。本当に減っているんだろうか、と訝《いぶか》った砂の落下が、今や猛烈な勢いであることが判る。最後の最後は、『あっ』といったら、もう終わっているんでしょうね」

　どこかで聞いたような台詞だった。私は、思い出して、

「ヴィスコンティの『ベニスに死す』の主人公が同じようなことを言っていました」

新美は、ちらりと私を見る。

「ばれたか。あの悲劇的な老教授の剽窃《ひょうせつ》ですよ。幸い、私はあの映画のように美青年に心を奪われたりしていませんけれどね。——ともあれ、砂時計なんか身のまわりに置くのはまっぴらごめんです。ごめんだ」

小坂部冬彦が研究していた砂男。寝つけずにいる子どもの枕許に現われ、二度と目覚めない眠りに落とすための砂を撒いていく都市伝説の怪物。

そうではない、もう一人の砂男を私はイメージした。のっそりと、長い影をひきずる大きな男。胸にはぽっかりと大きな穴が開き、そこに一個の砂時計が嵌め込まれている。そいつは、あらゆる人間たちにつきまとい、耳許で無言のまま囁く。「お前に残された時間は、どんどん少なくなっていく。すべてが終わり、砂に還る時がどんどん近づいてくる」と。

私は書架の砂時計を見る。止まった時計。

それは、主の死を封じ込めているかのようだった。

6

時間を割いてもらったことに礼を言い、新美教授の研究室を辞した。外に出るなり火村がジャケットの内に手を入れる。てっきり煙草を喫うのだろうと思ったのだが、取り出したのは電話だった。新美と話している最中に受信して顫えていたらしい。プラタナスの木陰にベンチがあったので、彼はそこに掛けてダイアルをする。相手は船曳警部だった。

「そうですか、やっと捕まりましたか」

火村は涼しい顔で言う。まさか犯人が逮捕されたのではあるまいな、とよく聴いてみると、前夜帰宅しなかった前妻の伶子とようやく会えた、ということのようだ。しばらくは、「ええ、ええ」と火村の相槌だけが繰り返される。

「何や。重大な発見があったわけではなし、か」

独白めかして、私は小声で呟いた。単調な相槌がなおしばらく続いていたのだが、それがふと途切れて、火村は「砂?」と短く訊き返した。その単語に反応して、私ははっと顔を上げる。

「それはどういうことですか? ……一周しているんですね。……ええ、それで?」

電話機を握る友人の眉間に皺が寄り、まぶしげな表情になった。事態が解決に向けて進展したという報せなら、こんな顔になるはずがない。死体に振りかけられていた砂時計の砂から、何かおかしなものが検出されでもしたのだろうか? あるいは、砂時計の砂の中に秘密めいた品が隠してあるのが発見されたとか?

「では、これからそちらに向かいます」

そう言って火村が通話を終えると、待ちかねていた私は「どうしたんや?」と尋ねた。

「一つは、別れた元妻が見つかった、ということ。小坂部氏を殺して逃走中では、と想像をたくましくしていた捜査員を失望させるようなことを話してくれたそうだ。昨夜、帰宅しなかったのは、親密にしている男性と一昨日から有馬《ありま》温泉に二泊の旅行に行っていたからだ、と。テレビのニュースも見ていなかったので、別れた元夫が殺されたと聞いて驚いているらしい。本当に有馬に行っていたのか、相手は何者なのか、についてはこれから確認することだ」

それはいい。気になるのは「砂」の方だ。

「そっちは奇妙なことなんだ。さっき、車の中から電話した時は、警部もまだ報告を受けていなかったことなんだそうだけれど——」

火村は小指で耳の穴をほじくって、顔をしかめる。奇妙なこと、という言葉に弱い私は、「何なんや？」と先を促した。

「今朝、現場に出向いた森下刑事がおかしなものを発見したんだ。昨日の夜、警察が現場を引き払う時にはなかったものなんだが——小坂部氏の家の周りをぐるりと一周して、白っぽい砂が撒かれているんだそうだ」

まったく予想もしていないことだった。

「砂？　家の周りを一周してって……どういうことなんや？」

「俺に訊かれても答えられない。警察が引き上げた後ということは、昨日の深夜から今朝にかけて、誰かが現場の敷地内にこっそりと侵入して、砂をこぼしながら家をぐるりと回ったらしい。何故、そんなことをしたのかは皆目判らない」

「由利卓矢が何か知らへんのか？　昨日、あの家で泊まるようなこと言うてたやろう」

「よく寝られるように、と酒をくらって熟睡したので、何も気づかなかったと話している。彼が魔除けの儀式を行なったわけじゃない」

近所のおせっかいが魔除けの砂――そんなものがあるのか？――を撒いた、ということもあるまい。呪術や巫術《ふじゅつ》でない合理的な意味はないか、と考えたが、何も浮かばない。非合理的な意味なら、とうに思いついていた。

「撒いたのが砂男やとしたら、筋が通る」

やはり小坂部冬彦の死には、彼が研究していた都市伝説の怪物、砂男が関与していたのだ。望みどおり獲物をしとめた砂男は、司法解剖のために遺体が運びだされた日の夜、いずことも知れぬ黄昏の彼方から這《は》い出してきた。そして、残忍で満足げな笑みを浮かべながら犠牲者の家の周りを一周したのだろう。その体から、蛾の鱗粉《りんぷん》のように砂がぽろぽろとこぼれ落ちる様を私は想像する。

「そんなもの、筋が通るって言うかよ」

火村に一喝された。私だってそんなことを信じたわけではない。

とにかく、帝塚山の現場に行ってみることにした。ベンチから立って下り坂道に向かおうとして、榎本有希の姿を見つけた。何本か離れたプラタナスの陰に立っていたのだ。私たちを待ち伏せしていたらしい。

「捕まえようとしたら逃げて、放っておいたら寄ってくる。うちの猫みたいだな、あなたは」

　火村は皮肉っぽく言った。

「先生から何かお聴きになれました？」

「ええ、色々と。あなたのお姉さんのことも伺いましたよ。お気の毒な事故に遭われたそうで」

　不安そうな翳が、彼女の顔をよぎった。

「小坂部先生の事件についてお調べなのに、どうして私の姉の話が出たんですか？　今度の事件と関係は――」

「あるかないかは、判りません」

「どうしてなんですか？　姉の事故と殺人事件が結びつくとしたら……姉があああいう状態になってしまった責任が先生にあると誤解した誰かが、先生を殺したようなケースしか考えられません」

　そこまでしゃべって、有希は不意に口をつぐんだ。彼女の視線が私たちの肩越しに遠くに投げられているのに気づき、振り返ると研究棟から新美が出てくるところだった。教授は私たちに会釈をして、坂道を下りていく。軽く右足を引きずっていた。

「先生は足がご不自由なんですか？」

　私が訊くと「いいえ。先週、夜道でチンピラみたいな若い男に襲われて、お金を盗られかけたんです。幸い、お巡りさんが通りかかって助かったんですが、足首をひねって痛めたそうです。逃げた犯人は逮捕されていて、今度の事件とは無関係ですよ」

そのチンピラが関係している、などと思うものか。彼女はそんなふうに話を掻き回して、小坂部殺害と梨紗の事故も無関係なのだ、という印象を振り撒きたいのかもしれない。

「歩きながら話しましょう」

火村は坂道を指差して、ゆっくり歩き始めた。私たちは緑のトンネルをくぐる。

「あなたに二つ、質問したい」火村は指を二本立てた。「まず、お姉さんの事故の責任が小坂部先生にあった、という認識は妥当なのか、誤解なのか、ということ。そして、真実がそのいずれであったかに関わらず、先生を恨んでいた人物が存在したのかどうか」

「第一の質問については、誰にも判らない、とお答えするしかありません。あの夜、姉が先生と一緒だったというのは噂にすぎませんから。第二の質問についても、私には判りません」

「少なくとも、あなたは小坂部先生を恨んだりはしていないわけだ」

彼女は「はい」と答えたきり、黙り込んでしまった。彼女は本当に小坂部を信頼し、慕っていたようだ。

「あなたの方から私たちに訊きたいことはありませんか？」

私が尋ねる。何か訊きたいことがあったから、あんなところに立っていたのだろう。

有希は、少しためらっていた。

「心配だったんです。新美先生が、姉の事故のことを持ち出すんじゃないか、と」

「心配が的中してしまったわけですね。そうなることが気掛かりだったのは、小坂部先生のスキャンダルが蒸し返されることが嫌だったから？」

「そういうことです。仮に、仮に」有希は自分自身に言い聞かせるように「あの夜、姉が先生と一緒だったとしても、電車に撥《は》ねられたことについて、先生に責任はありません」

小坂部が梨紗を突き飛ばしたのでないことははっきりしているから、もちろん直接の責任はない。だが、間接的に何らかの責任があったかもしれない。もしそうであれば、あの夜、コンパの後で彼女と再び落ち合ったことを隠しもするだろう。――果たして事実はどうだったのか？

それしきの会話を交わしているうちに、駐車場まできてしまった。有希が「失礼しました」と頭を下げて行こうとするのを、火村が引き止めた。

「この事件について、何か話したいことができるか、訊きたいことができたらいつでも連絡してください」

そして、名刺の裏に自宅と携帯の電話番号を書いて渡した。有希はもう一度ぺこりと一礼して、キャンパスへ足早に戻っていった。

帝塚山に向かう車中で、私はぼやく。

「彼女はこの事件に特別な関心を抱いてるみたいやな。目の前をちょろちょろするわりに、大した情報を提供してくれへんけど」

「身近な人間が真犯人ではないのか、と不安に思っていて、俺たちに探りを入れてきたようでもあるな」

「身近な人間というと？」

何か見当がついているのか、と訊いたのだが、火村は「さぁ」と首を振るだけだった。

小坂部邸に着いた私たちを出迎えてくれたのは、森下刑事だ。早速、家の周りを一周している砂とやらを見せてもらう。なるほど、幅数センチの砂の帯が、欠けたところなく家を囲んでいた。

「玄関先や芝生のところが一番目立っています。庭の土のところも、よく見ると色が違うので、判りますよ。白っぽいでしょ？」

確かに。どこかの浜辺から採ってきたように白い。

「二ブロックほど西に改築中の家がありまして、こんなような砂が盛ってあるんです。犯人はそこから採ってきたのかもしれません。殺人事件との関係は不明ですけど、目下、照合中です」

森下は「犯人」という言葉を使った。小坂部を殺したのと、砂を撒いたのが同一人物とはかぎらないだろう。

「近所の誰かの悪戯《いたずら》やないんですか？」私は言った。「被害者が砂男の研究をしてる大学助教授やと知っていて、趣味のよくない悪ふざけをしたのかもしれませんよ。殺人犯人が危険を顧《かえり》みずのこのこ舞い戻ってきて、こんなまじないをしたりはしないでしょう。一昨日の夜の犯行後に撒くことができたのに」

「常識的に考えるとそうですね。しかし、最近はわけの判らない事件が多いですからね。犯人にとって、これをやり残したことが痛恨の失策やったのかもしれません」

現場に戻ってきて、あることを思い出した。　万代池のほとりに立って小坂部邸を見上げていた不審な男のことだ。あの男のしわざではないのか？　そう考えることに何の根拠もない。私にとって、彼の風貌が都市伝説の砂男のイメージによく当て嵌まるというだけのことだ。根拠などありはしない、と思いつつ、あの男が体をゆすって砂をこぼしながら、真夜中にこの家を巡るところを頭に描いて、気味悪く感じたりした。

「砂なんか見てても仕方ありませんね。伶子さんと卓矢さんが揃って中にいますから、お訊きになりたいことがあれば今のうちにどうぞ」

「では、伶子さんに紹介していただきましょうか」火村は淡々とした口調で「ところで、有馬温泉二泊旅行というのは、裏づけが取れそうなんですか？」

「はっきりとした確認はまだですが、嘘ではなさそうです。旅行のお相手について、えらく言いにくそうにしていた理由も判りました。勤め先の同僚とかではなくて、つい最近、テレホンクラブで知り合った会社員なんやそうです。恋愛関係はないみたいですから、市内のホテルで楽しむかわりに、有馬まで行って不倫旅行ごっこをしていたんでしよう。鮫山《さめやま》警部補らが、相手の会社員に話を聞きに行っています」

森下は、私たちを応接間に案内し、そこに伶子を連れてきてくれた。色白の顔に、ぱっちりとした目。アルバムで見た時と印象は変わらなかったが、両耳が出るほど髪を短くしていた。森下は席をはずす。

「私はもう小坂部とは縁が切れている人間なんですけれど」

挨拶をすませた後の第一声はそれだった。こんなふうに私生活を詮索《せんさく》されて、迷惑をしていると言いたいのだ。

「小坂部の交遊関係については、知っている範囲のことをすべて刑事さんにお話ししました。接触がないので、最近の彼について語るのは適任ではありません」

「離婚の慰謝料について、話し合っておいでではなかったんですか？」

火村がずばりと尋ねる。伶子は面白くなさそうだった。

「電話で用件のみを話す、というやり方でした。法律上の問題ですから、詳しいことがお知りになりたいのなら、弁護士の先生にお問い合わせください」

「深刻なトラブルだったんですか？」

「私は自立していますから、お金を振り込んでもらわなくては生活が立ち行かない、ということはありません。ただ、不誠実な態度は容認いたしかねましたので」

「慰謝料の払いが約束どおり履行されていなかったわけですね。その背後に、何か事情があったんでしょうかね。小坂部先生が急に大金を必要とする事態が出来《しゅったい》したとか？」

「おそらく、そんなことはありません。あの人が吝嗇《りんしょく》なだけでしょう。昔から持っていた株が値を下げて、含み資産がへってきてるようですし。——私が小坂部を殺した、とお疑いなんですか？」はっきりとものを言うのが好みのようだ。「私にはアリバイがあります。知人と近場に旅行に行っておりました。知人というのは、私のために偽証罪を覚悟で嘘をついてくれるような人ではありません」

なるほど、それはそうかもしれない、と変に納得した。

「縁が切れてしまった人間を怪しむより、今もつながっている身内の方を優先させて欲しいものです」

「卓矢さんのことですか？」

「そうは言ってませんけど——彼、何を考えてるか判りにくい人ですね。小坂部とうまくいってたのかしら。かっとなると、われを忘れるタイプなので」

そう言って唇の両端を上げ、あのあまり感じのよくない笑みを浮かべた。

「卓矢さんを疑うのは、はっきりとした根拠があってのことですか？」

火村が静かに尋ねると、伶子は微かに苦笑した。そして、「いいえ」と正直に答える。

「そんなものはありません。ただ、あの子は虫が好かないだけで。——つまらないことをしゃべって、すみません」

由利卓矢という男自身が虫が好かないのだろうが、もしかするとそれは、憎んでいた小坂部冬彦の血縁者であるためかもしれない。そう想像したのだが、無遠慮にそこまで質《ただ》す気にはならなかった。

伶子にお引き取り願い、その由利にきてもらう。相変わらず、青味がかった目の眼球を神経質そうにせわしなく動かせていた。

「夜中に家の周りでおかしなことがあったんです」それが第一声だ。「気色が悪くて仕方ありません。近所でも噂になっているようなんですが、お聞きになりましたか、火村先生？」

「砂が撒かれていたことでしょ。ええ、聞きました。熟睡していて、不審な物音などは聞いていないそうですね。砂の他に何か異状に気がつきませんでしたか？」

「いいえ。それ以外に悪さをされた様子はありません。犯人のしわざだとしたら、私をこわがらせることが目的なのかもしれません。嫌なことをしてくれます」

「砂の一件が近所で噂になっているんですか？」

私はそのことに興味をそそられた。由利は、渋面になって頷く。

「さっき昼食に出た時、奥さんたちが角で立ち話をしているのが聞こえたんです。『まともな事件じゃないみたいね』『砂男なんて研究なさってたからかしら』という調子です。伯父の遺体の上に砂が振りかけてあったというだけで、砂男が自分の秘密に肉迫されるのを恐れて犯行に及んだのでは、と時期はずれの怪談に仕立てられたんでしょう。それに追い打ちで、今度は夜中に家の周りに砂が撒かれていた、ですからね。やっぱり砂男は実在する、なんて日本中の子どもたちがますます騒ぐかもしれません」

「伶子さんと話しましたか？」

火村が訊く。由利は、無表情で「いいえ」と答えてから、

「お前がやったんじゃないか、という目つきでした。第一発見者なので、色眼鏡で見られているのかもしれませんね。あるいは、慰謝料のことでもめていた自分に嫌疑がかかるのを承知しているから、甥の私が容疑者になってくれれば大助かり、と考えているのかもしれません。人情として、それも判ります」

由利の方では、伶子に敵意など抱いていないようだ。表面上は、いたって冷静である。

「榎本有希さんのお姉さんで、梨紗さんという女性について聞いたことはありませんか？」

火村がまた質問の方向を変える。由利は、梨紗の事故について知っていた。

「最近、小坂部先生が梨紗さんについて話したことはありませんでしたか？」

「いいえ。——どうしてそんなことをお尋ねになるんですか？」

火村は「さぁ、どうしてでしょう」という答え方をする。ふざけているのではなく、その顔は真剣だ。

「少しひっかかっただけです。榎本梨紗さんは事故で頭を強打して、現在も昏睡が続いているそうですね。いわゆる植物状態で、ずっと覚めない眠りの中にいる。まるで、砂男の呪いにかかったかのように」

「ええ。……でも、それが今度の殺人事件にどう関係しているというんですか？　榎本

梨紗さんが昏睡しているのは誰かに危害を加えられてそうなったんではなく、純然たる事故が原因ですよ。砂男の出番はありません。そもそも、事故のあった当時は、砂男の都市伝説は影も形もなかったことだし」

「事故の遠因は小坂部先生だったのでは、とも囁かれていたと聞きました」

「それこそ噂です。――もし仮に、伯父に責任があったんだとしたら、どういうことになるんでしょう。まさか、昏睡している彼女の魂が幽体離脱してやってきて、伯父に復讐を遂《と》げたとでも？　そして、呪いを返すために遺体に砂をかけたり、家の周りに砂を撒いたとでも？　それこそ怪談ですね」

「妹の有希さんは、お姉さんのことを話したりしませんか？」

「聞いたことがありません。少なくとも、彼女が伯父を恨んでいるということはありません。憧れたり尊敬したりしているかもしれませんが」

それは有希と話していて実感できた。まさか、演技をしていたわけではないだろう。

――いや、もしも演技だったとしたら？　実は、小坂部のゼミに入ったのは彼に憧れたからではなく、姉の仇を討つチャンスを窺うためだった、ということはあり得ないか？　遺体に砂を撒いたのは、復讐の徴《しるし》だったのかもしれない。

そこまで考えて、私はいやいやと自説を否定した。もしも、植物状態にされた姉の復讐のために小坂部を殺害したのならば、それを暗示するように砂を撒いたりはしないだろう。テロリストの犯行声明ではあるまいし。しかし、それならあの砂は、と混乱する

「あなたは、有希さんの心をとらえた先生に嫉妬を感じたことはありませんか？」

私を尻目に、火村はこんな問いかけで由利を絶句させた。

7

由利が退出した後、火村はキャメルをくわえ、悠然と一服ふかす。私は換気のために、窓を開けに立った。趣味のいい骨董品が並んだ窓際のキャビネットの砂時計が目についたので、手に取ってみる。天地や柱が大理石のそれは、さすがにずしりと重かった。逆さにし、砂が細い糸になって落ちるのを目の高さで見ながら、

「由利卓矢が有希に好意を持ってるんやないか、というお前の推測は当たってたみたいやな。彼は否定してたけど、図星を指されたことは反応で判った」

「推測と言えばまだ外聞がいい。ま、鎌をかけただけなんだけどな」

「それで」砂時計を棚に戻して「慕っている有希が伯父の招きに応じたのを知った彼が、嫉妬に狂って伯父を殺《あや》めたかもしれない、というわけか。そうやとしたら、いさかいになった挙げ句に逆上して、思わず刺してしまった、とみるのが自然かな。かっとすると、われを忘れるタイプやという伶子の証言を信じたら、そんなことが起きたのかも」

火村は無言のままだ。私は窓から池の方を眺めながら、関係者たちそれぞれの動機について整理してみようとする。と——

あるものを目にした私は、慌てて窓から飛びのいた。火村が驚いた様子で「どうした？」と顔を上げる。

「気になる奴がいる。木立の陰から、この家を観察してるみたいなんや」

「どう気になるんだ？」

うまく言えない。昨日の夕方の男だ、としか。だっぷりとしたジャケットをはおり、ぼさぼさの頭をして、肩幅がやけに広い長身の男。無気味な雰囲気を漂わせて、殺人現場になった家を見上げていた、あの男。昨日は私と視線がぶつかるなり、ぷいと去ってしまったが、今の彼は私に気づいていないであろう。彼を逃がさずつかまえ、話が聞きたい。何か知っているはずだ。

後になって考えるほど不思議なのだが、私はその時、半ばそう確信した。火村に「きてくれ」とだけ言って、大急ぎで階段を下りる。そして、森下刑事が怪訝そうな顔をしている傍らを過ぎて裏口から外へ出ると、二十メートルほど右手から大きく回り込み、そっと男の背後に近づいていった。

「ちょっと、すみません」

すぐ後ろまできてから呼びかける。なおも小坂部邸を見つめていた男は、ぴくりと肩を顫わせてから、ゆっくりと振り返った。遠くから見ただけでは年齢が判りにくかったのだが、どうやら五十歳代の前半のようだ。しかし、非常に老けて見えるだけで実際は四十前後のようにも見えなくもない。深い皺や荒れてざらついた肌のせいで、生活に疲れているように映るだけで、夕刻に見た時に感じた、どこか怪物めいた雰囲気などは漂わせていなかった。

「私に何か用ですか？」

厚い唇と乱杭歯《らんぐいば》の間から返事が返ってきた。抑揚のない口調だ。驚いたのは、突然に背中から声をかけられたからなのか、走って逃げるような素振りは見せない。そのことに、ひとまずほっとした。

「昨日の夕方も、このあたりに立って事件があった家を見上げていましたね。何か特別な関心がおありなんですか？」

「ええ、いささかわけがありまして。——あなた方は警察の人ですか？」

少し萎縮《いしゅく》した声で尋ねてくる。私たちが自己紹介をすると、男は、火村の身分に反応した。

「英都大学の社会学部の助教授ということは……小坂部先生と一緒に研究していたということか。それで、警察の捜査に協力しているわけですね？」

いいえ、と答えて説明するべきなのに、火村はそうしなかった。「フィールドワークをご一緒したことはありませんでしたが」などと、曖昧なことを言う。すると、男は大いに納得したらしかった。

「そうですか。だったら、火村先生が砂男の研究を引き継ぐんですね？　ああ、よかった」

口許がほころんだ。何を喜んでいるのか理解できず、私は尋ねる。

「砂男の研究を引き継ぐ人がいなかったら、あなたはお困りになるんですか？」

「ええ、まぁ。小坂部先生の調査は順調に進んでいましたから、もったいないなぁ、と思っていたんです。一緒に研究していた人がいるだろうから、その人がバトンタッチしてくれるかも、と期待してはいましたけれど。それが火村先生と有栖川さんなんですね」

まだバトンを受けたわけではない、火村はやんわり伝えてから、

「砂男の研究成果にどうしてご興味がおありなんですか？　そのぅ、あなた——」

「唐沢《からさわ》といいます」と自分の胸に手を置く。「若い時から株の売り買いで生活しています。そっちの才覚が多少ありましたので。景気が悪くて苦労していますが、生まれつき体が丈夫ではありませんし、今さら商売替えもできません」

株で生活しているという彼が、どうして砂男の研究成果を気にするのだろう？　砂男の噂が何か特定の銘柄の株価を動かす要因になるのか、と考えてみるが、思いつかない。

「私の仕事と砂男は関係がありません。こじつければ、どちらも人間を動かす力を持った情報だ、ということになるかもしれませんけれど。——実は、あの話を創作したのは、私なんです」

「創作？」

火村と私と同時に声をあげていた。

「はい。子どもたちの間に新しい都市伝説を仕掛けて、それが伝播していく様子を観察しよう、と小坂部先生は考えたんですね。いつどこからともなく生まれてくる伝説ではなく、自分が作った新作を追跡していくのなら、普通の調査では突き止めるのが困難な伝播の初期段階のことが判ります。いわば〈やらせ〉の伝説で調査が進んでいたんです。――皆さんは、そんなことも先生からお聞きになっていないんですね？」

「初耳です」火村は右のこめかみに手を当てて「その調査のための新作都市伝説が砂男なのはいいとして――どうして唐沢さんが創作に協力なさったんですか？」

「私が先生とお近づきになったきっかけをお話しするのが一番てっとり早いですね。先生と初めてお会いしたのは、ミナミのサウナ風呂です。何となく世間話を始めたんですけれど、そこで私が話のタネにとしゃべったことが、たいそう先生を面白がらせたんです。私、今は杉本町《すぎもとちょう》の方にいるんですが、二十年前までは貝塚に住んでいましてね。小遣い稼ぎに、塾の講師なんかもしておりました」どういう話になるのか、先が読めない。「季節が夏だったせいでしょうね。軽い冗談のつもりで、小学三年生のある男の子にこわい話をして聞かせたんです。口が耳まで裂けた女の話です」

唐沢は、一秒ほど口をつぐんだ。自分が放った言葉の威力を窺うためか、あるいはその力を強める演出のためか。

「彼は素直にこわがってくれた。私は少し愉快な気分になって、同じ話を別の何人かの子どもに真《まこと》しやかにして聞かせ、やがてそれは子どもたちの口から口へと伝わり、静かに広がっていきました。後に日本中で大ブームになった口裂け女の物語。あれを創案したのは、この私なんです。原作者としては、とんでもないことになった、と困惑しもしましたけれど、快感でもありましたね。噂の形で仲間うちに情報を流して、その反応を窺って楽しむ、という性癖が私には子どもの頃からあったような気もします。それを聞いた小坂部先生は、『あなたには希有《けう》な語り部の才能があるんですね』と、おだててくれました。そして、口裂け女の発生源をたまたま発見できたことに、感激までしてくれたんですよ。その時は、乞われて連絡先をお教えして別れたんですけど、ひと月ほどして電話がかかってきました。『口裂け女を凌駕《りょうが》する新作を創ってくれませんか？』というのが用件でした。『もちろん悪ふざけのためにではなく、真面目な研究の材料として創って欲しいんです。あなたを見込んでお願いします』と頼まれて……」

その気になったというわけか。

私は、あらためて唐沢の顔をまじまじと見てしまう。この男が口裂け女の作者なのか。どんなベストセラー小説もかなわない物語を生んだ作者。現代の〈笛吹き男《パイド・パイパー》〉。

「昨日の夜、あの家の周りに砂を撒いたのはあなたですね？」

火村の問いに、彼は頷いた。

思いがけない展開に、私は唖然《あぜん》とする。

「この人が砂を撒いたやて？　どうしてそんなふざけたことを……」

「そんな気がしたから訊いてみただけさ」火村はとぼけたことを言う。「何かわけがあってやったんだろう。ご当人から説明してもらおう」

唐沢は歯茎《はぐき》をむき出して、バツが悪そうに笑った。

「面目ない。いい齢をして、学生がふざけたようなことをしてしまいました。でも、不真面目な気持ちでしたんでもありません。あれは、小坂部先生に頼まれていたことでして──」

「まさか！」私は大きな声を出す。「自分が死んだら家の周りに砂を撒いて欲しい、と頼まれていたとおっしゃるんですか？　それは重大な証言ですよ。もしそうやとしたら、先生は殺されることを予期していたことになる」

と唐沢は慌てて否定する。

「いえいえ、それは違います。言葉が足りませんでした。先生は、そろそろ砂男の噂を爆発的に広めよう、と計画していて、それにはどんな仕掛けが有効だろうか、と私に相談してきました。そこで出たのが、砂男が実在するという物的証拠を伴った目撃例をでっち上げよう、という作戦だったんです。先生は、私の風貌と砂男のイメージを重ねていたようです。『唐沢さんが怪しげな扮装をして、夜中に砂を撒きながら歩いてくれたら、ドンピシャだと思うな』と言われたので、『いや、それはいくら何でも』と尻込みしていたんですけれど、とうとう説得されてしまいまして……。では、やりましょう、と約束してしまったんですよ」

それで、小坂部が死を遂げても、律儀に約束を履行しようとしたというのか？　いや、どこかよその路上で実行したのなら律儀と表現することもできただろうが、殺人事件があった後の小坂部邸に不法侵入してまで砂を撒いたとなると、非常識で不謹慎に過ぎるだろう。真摯《しんし》な気持ちで故人の遺志に従ったというのなら、まるで思考能力がこわれたロボットだ。

「悪戯のつもりではなかったんです。孤独で冴えない毎日を送っていた私に、先生はとても温かく接してくださいました。他人様に自慢できる能力がないと淋しく感じていたのに『希有な語り部』と、おだててもくださったし。そんな先生の気持ちにお応えするために、私なりに何かできないか、と考えてあんなことをしたんです。砂男研究家が死んだ直後に、現場に砂男が立ち寄った痕跡が遺っていたとなると、日本中が大騒ぎになることは火を見るよりも明らかでしょう。そんな騒動を、あの世の先生へ……」

唐沢が言い淀《よど》んだので、火村が続けた。

「先生への供え物にするつもりだったんですね？　もう調査することもできないのに」

「すみません。衝動的に浅はかな行動をとってしまいました。反省をしています」

われわれに謝罪されても仕方がない。頭を下げるなら、砂を見て悩まされた由利や刑事たちだろう。この件については警察に話してもらわなくてはならない旨を火村が告げると、語り部は神妙な顔で承知した。

「刑事さんたちのところに行く前に、いくつか質問をさせていただきたい。——あなたが小坂部先生と最後に会ったのは、いつどこでですか？」

火村の問いに、唐沢は迷うことなく答え、そしてまた、私たちを驚かせる。

「一昨日の夜です。先生が亡くなった夜に、あの家で」

火村は額に手を置き、小さく息を吐《つ》いた。唐沢本人は、自分がどれだけ重要なことを話しているか理解していないようだ。

「何時頃にいらしたんです？」

「八時です。十時過ぎまでいました。『日本酒のいいのが手に入ったので、差し上げましょう。今後の作戦会議かたがた、うちまでおいでなさいよ』とおっしゃったものですから、お邪魔したんです。……それが何か？」

「唐沢さん。お聞き及びではないのかもしれませんが、先生は一昨日の夜、あの家で殺害されているんです。死亡推定時刻は午後十一時から翌朝の三時にかけて。あなたがお帰りになった一時間から五時間たった後。つまり、あなたと入れ替わりに犯人はやってきたんですよ。何か気がついたことはありませんか？」

「入れ替わりといっても、犯人は一時間以上もたってからきたんでしょう？　顔を合わせたりしていませんよ」

「犯人とすれ違ったりはしていないでしょうけれど、先生が何か話していませんでしたか？　この後、誰それが来る予定になっている、という意味のことを」

「ああ、そう言えば……」

「誰です？」

火村と私は、勢い込んで同時に尋ねた。唐沢は鈍感なのか、平然としている。

「いえ、誰それがやってくる、とは言いませんでした。ただ、『今夜は遅くにお客があるんです』と聞いただけです。ふぅん、その遅いお客というのが犯人なわけですか。とすると残念ですね。名前はおろか、どんな人間なのかもおっしゃらなかった。『風邪をひきかけているので早く床に入りたいんだけどなぁ』と、言ってたのは覚えてるんですが」

「ヒントはまったくなしですか？」

未練がましく私が問うが、彼の返事は変わらない。遅いお客だけでは、誰を指しているのか判らない。同性の友人知人はもちろん、恋仲の異性にも当て嵌まるだろうし、初対面の客の訪問を待っていたのかもしれない。あるいは、肉親だったのかも。

「言葉ではなく、服装や態度に何か顕《あらわ》れることもあります」火村が言う。「たとえば、いつもあなたと会う時はラフな服装なのに一昨日は違っていたとか、あなたの帰り際に鼻歌を歌ってそわそわしていたとか、不機嫌だったとか」

「機嫌はよかったですよ。でも、それは私が帰る際というより、お邪魔してすぐぐらいでしたね。にやにやしながら砂時計をひっくり返してました」

「どの砂時計ですか？」

「リビングにあった大きなやつです。私が通されたのは、リビングですから。それをひっくり返しながら、何故かにやけていましたよ」

叩き割られていた砂時計だ。そして、砂は被害者の遺体にふり撒かれていた。――それが事実ならば、小坂部が殺される傍らで砂時計はさらさらと時を刻んでいたことになる。

「あなたが訪問してすぐということは、八時頃ですね。どうして砂時計をひっくり返すのか、理由を尋ねはしなかったんですか？」

「それは訊いていません。『大きな砂時計ですね。何時間ぐらい計れるんですか？』と尋ねただけです。『ちょうど二十四時間です』ということでした」

火村は、人差し指で唇をひとなでした。それから――

「十時過ぎまで小坂部先生とご一緒だったんですね。先生は、十時頃に電話をかけませんでしたか？」

「ああ、よくお調べになっていますね。はい、一度電話をおかけになりましたよ。私が帰る少し前だから、十時頃です。『失礼して、電話をかけます。遅くなると忘れてしまいそうなので』と言って。話している相手の名前までは記憶していませんけれど、『明日の午後、こっちにこられるか？』と、砕けた調子でしゃべっていました。それを聞きながら、色々とお忙しいんだな、と思ったので、引き上げることにしたんです」

相手は由利卓矢だ。一昨日の夜十時に、風邪気味の伯父からそのような電話がかかってきた、という彼の話とぴたりと一致する。唐沢は確かに事件当夜、小坂部のそばにいたのだ。と同時に、電話の件で由利も嘘をついていないことがほぼ立証されたわけだ。

——その電話を受けた後で、小坂部邸までやってきて、十一時の「遅いお客」が帰ってから伯父を殺害することも、時間的に可能ではあったが。

「私は何かおかしなことをしゃべりましたか、先生？」

唐沢は心配そうに火村の反応を窺う。犯罪学者は、黙りこくってしまったのだ。その様子が常にないことだったので、私も顔を覗き込む。

「小坂部助教授が十時に電話をかけたことが、何かひっかかるのか？　由利卓矢の話と合うてるやないか」

そんなことを忘れているのではないだろうか、と訝ったのだ。もちろん、火村は覚えていた。

「ああ、十時の電話の相手は由利だろう。問題はそれじゃない。助教授が八時に砂時計をひっくり返していたことだ。唐沢さんが帰るのと入れ違いにやってきた犯人は、その砂時計に目を留めて、『何かの時間を計っているのか？』といったことを尋ねたかもしれない」

そんな情景は容易に想像できる。しかし、だからどうしたというのか？

「俺にも確かなことは言えない。ただ、その砂が犯人の殺意を発火させたような気がするだけさ」

私は、彼がフィールドワークと称する犯罪捜査に同行して、幾多の事件が解決する瞬間に立ち合ってきた。しかし、この時ほど、火村が直感を鋭く働かせ、素早く真相を鷲《わし》摑《づか》みにしたのを目撃したことはなかった。

8

「今日、寝屋川に行ってきました。とても静かで、環境のいいところでしたね」

火村は、そう切り出す。

緑豊かな丘陵の麓《ふもと》。小鳥のさえずりに包まれた総合病院は思いがけないほど大きく、白亜の偉容はまるで神殿のようだった。

その一室で、榎本梨紗は眠っていた。もう三年も、その瞼を開くことなく。生命維持装置によってからくも命をつなぎ留められている彼女の姿は痛々しくも、美しかった。脳機能の損傷で覚醒することが不能になっているとはいえ、生物としての彼女はまぎれもなく時間の流れに担がれ、日々、老いていっているはずだ。頭では理解していても、その寝顔を見つめていると、彼女は可憐なまま凍りつき、時を超越した美を得たのではあるまいか、と錯覚をしてしまいそうだった。

「全然、変わっていません。ここに運び込まれた日のままです。髪の毛が伸びてきたら、同じ長さに切り揃えていますし」

私と火村に挟まれて呟いた有希は、そう言えるのも、あとしばらくの間だろうということを承知していたはずだ。おいしいものを食べることもなく、憧れていた土地を旅することもなく、恋人の抱擁を受けることもないまま、梨紗の若さは砂の城が崩れるように失われていく。傷つくことも、汚れることもなく、しかし愛し愛されることもないままで、生命の砂だけが静かに落下していくのだ。

「集中治療室に運ばれていく姉の顔が、お医者さんや看護婦さんの体の隙間から、ちらりと見えました。酸素吸入マスクを押しつけられた蒼白の顔が、脳裏に焼きついています。姉の髪や頰には、線路脇に撥ね飛ばされた際の砂がついていたことも、はっきり記憶に遺っています」

シーツの上に、こらえかねた涙が滴《したた》った。

「梨紗さんは、とても安らかな顔で昏々《こんこん》と眠っていました。おそらく、あなたがお見舞いにいった時と少しも変わらない寝顔なんでしょう。有希さんが髪をなでると、今にもにっこりと微笑みそうでした」

私たちが持参した花束を花瓶に活けながらも、有希は答えない姉に話しかけていた。まず火村と私のことを紹介して、

「お姉さんは小説でも映画でもミステリーが好きだったじゃないの。犯罪学者と推理作家のお見舞いなんて楽しいでしょう。もっと元気だったら、色々と質問できてよかった

のにねぇ」

どうしてそんなコンビが見舞いにやってきたのかは、説明しない。小坂部冬彦が殺されたことに触れるのを回避しているのだろう。

「このところお見舞いにきてくれる人がへってしまってましたから、火村先生と有栖川さんにきていただいて、きっと姉は喜んでいると思います」

「最近、どなたがいらっしゃいましたか？」

火村が何気ない調子で尋ねる。

「身内以外では、幼馴染みのお友だちが一人、二ヵ月前にきてくれたぐらいですね。ああ、もう一人いました。看護婦さんにお聞きしたんですけれど、一週間ほど前にお花を持って——」

彼女が告げた名前に、火村は頷いた。

「それがあなたでした。一週間ということは、殺人事件には直接関係がないのでしょう。ただ、あなたが榎本梨紗さんが病床で眠り続けていることに胸を痛めていることだけはよく判りました。予想どおりでした」

犯罪学者が語りかける相手は、椅子を軋《きし》ませながら脚を組み替えた。

「私が彼女の見舞いに行ったことが、何かおかしいですか？　用事で近くまで行くことがあったので、三十分ほど時間を割いて立ち寄っただけです。そんなことより、小坂部君の作っていた資料をお調べになるのは、もうすんだんですか？」

「ここを探しても無駄のようです。砂男の資料は、自宅に置いてあったんでしょう。そして、小坂部先生を殺害した後で犯人がそれを持ち去ったんです」

「ほぉ。犯人はやっぱり砂男で、自分の正体が暴かれているその資料を破棄した、とでも？」

「砂男がどこの誰なのか、私たちは突き止めましたよ。そんな資料が見たかったわけではありません。ここにきたのは、新美先生とゆっくりお話がしたかったからです」

「何故？」と問い返す新美泰嗣に、火村は穏やかに言った。

「小坂部先生を殺したのは、あなたですね？」

殺人者だと名指しされた新美泰嗣がどんな反応をするのか、私は注目する。彼は取り乱したり怒りを顕《あら》わにすることもなく、少し眠たそうな目のまま告発者を見返しただけだった。背後の窓からは、闇に沈んだ夜の木立が見えている。すでに九時を回っており、キャンパスには人の気配がなかった。

やがて、冷静な口調で応える。

「おかしなことをおっしゃいますね、火村先生。人の耳がないところとはいえ軽率ではありませんか？」

「先生が紳士でいらっしゃることを信じての無礼です」火村もクールに言う。「私の推察が的中していたら、見苦しく否定したりはなさらないでしょう」

新美は指先で、トントンと机を叩く。

「それはどんなもんでしょうねぇ。ことは殺人事件です。あなたのはったりが当たっていたとしても、犯人がすんなりと認めるはずありませんよ。まさか、事件の関係者全員に同じことを言って回っているんじゃないでしょうね？　もしもそうなら、名探偵の名が泣きますよ」

「否定なさるんですか？」

新美は頷いた。

「当然です。もしも私に犯人だと認めさせたいのなら、それなりの証拠を提示してみてください。それが有無を言わせないものならば、私にもプライドがある。みっともない抵抗はいたしませんよ」

物的証拠など存在しないことを、新美は確信しているらしい。火村はどう出るのか？ちらりと彼をみると、堅い表情をしていた。

「あなたの抵抗する気力を打ち砕くような材料を、私は用意してきていません。あえてそんなものは携えてこなかった、と言ってもいいでしょう。もちろん、これは負け惜しみではありませんよ。私は先生が小坂部助教授を殺害したのだという見方に自信を持っています。証拠固めをしてこなかったのは、それをプライドある先生の口から聞かせていただきたいからです」

「どうも虫がよすぎますね、噂の名探偵にしては」

新美は胡麻塩頭を掻き回しながら、「名探偵」を連発する。まるで、そう繰り返し口にすることで言葉の意味を希薄化させようと企図しているようだ。あるいは、火村とその言葉のつながりを切断したがっているようにも思える。

「ねぇ、火村先生。表面上はこんなですが、言い掛かりをつけられて、おとなしい私も内心はむっとしているんですよ。そんなことを言うにも、某《なにがし》かの根拠はおありなんでしょうね？」

「直感に近いものですが、星占いで決めたわけではありません」

「直感ね。これはまいった。直感には反論できやしない」

新美は少しずつ心の平静を崩しだしているようだった。火村の落ち着き払ったものの言いように苛立っているのかもしれない。

「とっとと帰ってくれ、と言って塩でも撒くのがこの場の正しい対処の仕方なんでしょうけど、そんなことをしたら今晩眠れなくなりそうです。『火村先生はどうして俺のことを犯人呼ばわりしたんだろうか』と悩んでね。――そもそも、私が小坂部先生を殺す動機というのは何なんですか？　彼と私の間には、いかなる利害関係もなかったし、どんなささいな対立もなかった」

――そんなことを尋ねて、いいんですね？

私は声に出さずに、新美に念を押した。問えば、火村は自分の推断を披瀝《ひれき》する。そうしたなら、あなたは平静でいられなくなって馬脚をあらわすかもしれないけれど、いいんですね？

「利害関係や対立。そんなものはなかったんでしょう。犯行はほとんど突発的なものだったと考えています」

「突発的とはどういうことだろうな。私が彼と将棋をしていて、こてんぱんに負かされたことに逆上して、ブスリと刺したとでも？」

「あなたを逆上させたのはそんなつまらないことではなかったでしょう。もっと切実なことだ。榎本有希さんを小坂部先生から守りたかった。——そうではありませんか？」

新美の腫れぼったい目が、強い光をまともに浴びたかのようにすっと細くなった。

「判らない。榎本君を小坂部先生から守るというのは、どういうことなんでしょう。彼が彼女に危害を加えようとしている場面に遭遇して、私が小坂部君を制止しようとして刺したとでも？」

「そんな想像はしていません。榎本さんが事件当夜に小坂部先生を訪ねた、と考える根拠がありませんし、二人がもつれているところへたまたま新美先生が参上した、となるとさらに非現実的ですから」

「そう聞いて安心……もしていられないか。もっとひどい想像をなさっているのかもしれない」

「事件のあった夜、小坂部先生を訪問した人物がいました。唐沢さんといって、先生の砂男の研究の手伝いをしていた男性です。彼は、午後八時から十時まで先生と一緒だった。その彼の証言によると、先生は『今夜遅くにお客があるんです』と話していたそうです。唐沢さんは、それが誰だと聞いていません。が、そのお客こそが殺人犯である疑いが極めて濃厚です」

「唐沢という男性を信用するなら確かにそうですね。しかし、そのお客が私であることを匂わせる話だったんですか？」

「いいえ」

「それなら、どうしてあなたは私を殺人犯だと考えたんですか？」

　火村は数秒だけ沈黙する。相手を説得するためにではなく、なるべく傷つけないために言葉を選んでいるようにも見えた。

「唐沢さんはこんな新事実——彼を信じるならばですが——も教えてくれました。彼が訪問してすぐの八時頃、小坂部先生は上機嫌でリビングにあった砂時計をひっくり返したんだそうです。その砂時計こそは、殺人現場で叩き割られていて、中身の砂が遺体に振りかけられていたものです。持ち主によると、ちょうど二十四時間計れる時計だとか。小坂部先生はにやけながら、それを事件当夜の八時にセットしていた。つまり、砂が全部下に落ちるのは、翌日の午後八時というわけです。——砂時計というのはご承知のとおり、時刻を見るための時計ではありません。どれだけの時間が経過したのか、どれだけの時間が残されているのかを感覚的に把握するための道具で、今日、本来的には時計と呼ばれる資格を欠いているものです。つまり、小坂部先生は『あることが起きるまであとどれぐらいの時間があるのか』がひと目で判るようにするため、砂時計をひっくり返したわけだ。翌日の午後八時。——その時間に、彼にはどんな予定があったかご存じですか？」

「誘導尋問くさいですね。知っているはずがありません」

「榎本有希さんが訪ねてくることになっていたんです。ゼミで行なう研究発表の資料を見せてもらうために」

「はぁ、それで？」

訊き返されて、火村はまた少し口をつぐむ。そして、垂れてきた前髪を右手で撥ね上げてから、ゆっくりと言葉を接《つ》いだ。

「新美先生。この前にお会いした時、先生は、齢をとると砂時計が好きになれない、とおっしゃいましたね。人生の残り時間が少なくなっていくのを突きつけられているようで、あのイメージは気持ちがよくない、と。私にもそれはよく判ります。しかし、砂時計のイメージは暗いだけでもないでしょう。砂がすべて落ちてしまった時にやってくるのが死だと思うから不愉快なだけです。もしも、計っているのが自分の余命やテストの残り時間なんかじゃなくて、心弾むような楽しいイベントまでの時間だとしたらどうです？　お楽しみまでのカウントダウンに砂時計を使うというのは、決して突飛なアイデイアではないでしょう」

「そのお楽しみというのは、あなたの考えでは……」

新美の顔色が、やや蒼い。

「ええ、榎本有希さんが、日が暮れてから自分の家を訪ねてくることです。前日の午後八時に砂時計を起動したのは、彼女の到着までのカウントダウン開始に違いありません。しかし、教え子が資料を借りにやってくることぐらいで浮かれるというのも不自然でしょう。彼には、ある思惑があったとしか思えません。有希さんを口説いて、楽しい夜にしようという思惑。いえ、もしかしたら楽しい夜というのは思惑などというものではなく、すでに確定していたことなのかもしれない。つまり、資料を借りるために小坂部先生を訪問することになっていた、という有希さんの証言が嘘で、二人は楽しい夜を過ごすことだけを予定していたのではないか、とも考えられます。——まぁ、恋愛感情があったのならそれも自由です。私はそう思いますが、先生はいかがですか?」

「もちろん自由です。勝手にすればいい」

「本当にそうお考えですか?」

新美は「くどいな」と舌打ちする。

「大学の教員が教え子の女子学生を恋愛対象にすることは犯罪ではありません。彼が妻帯していたなら倫理的によくない、と糾弾《きゅうだん》されますが、小坂部先生は離婚なさっていて独り身だった。彼が教員という立場を悪用していなかったのであれば、恋愛は自由です。とはいえ、教え子を次々に恋愛の相手にするのは問題があるし、個人の自由であっても傍《はた》で見ている者に強い不快感を与える行為というのはいくらでもあります」

「ああ、そりゃありますとも。しかし、だからといって私が小坂部君の発展ぶりに立腹していたはずだ、というのは飛躍ですよ。それに、だ」

新美は、拳で机を叩いた。

「もし仮に、私が彼の行ないを醜悪で不快なことだと考えていたとしても、ナイフで刺すなんて真似をするはずがないでしょう。せいぜい、本人に嫌味を言ったり説教をたれたり、あるいは陰口をこぼすくらいでことは収まる。榎本有希という学生が彼の毒牙にかかるのを阻止するために、どうして身の破滅を賭けて殺人を犯さなくてはならないというんです。私は彼女の父親じゃない。いや、実の父親だってそんな思い切ったことをするはずがない。まったくノンセンスだ」

火村はいささかも動じなかった。

「そうは思いません。――先生は榎本有希さんを守りたかったんだ、と私は言いましたが、それは不正確だったかもしれませんね。あなたが守りたかったのは、彼女ではなく、姉の梨紗さんの方だったんじゃありませんか？」

「何を言い出すんです、あなたは。彼女は病院のベッドで眠り続けている。かわいそうな状態ではあるが、平安な眠りの中にいる。その彼女を、何からどう守ろうとして私が人殺しをしなくてはならないんですか？」

「植物状態の梨紗さんに、直接的に何かをしてあげることができるのは、生命維持装置だけです。しかし、目を覚ますことがない彼女に代わって、何事かを為すことはあなたにもできる。それはたとえば、彼女が愛した小坂部冬彦という男性が、他の女性に不埒《ふらち》なことをするのを阻《はば》むことです。ましてや、その相手が彼女自身の妹となれば――」

「想像だけでしゃべるのは遠慮していただけますか、火村先生。あなた、梨紗さんの心に潜入して、彼女の想いをインタビューしてきたわけでもありますまい。まるで心霊現象の話を承っているみたいだ。梨紗さんが小坂部君を思慕していたというのも断定できないはずのことですが、それは措《お》いたとして、どうして眠り続けたままの彼女が私をパペットのように操って殺人を実行させることができたんですか？」

「梨紗さんは先生を操ったりしていません。ただ、あなたが、彼女を愛していただけです」

「いい齢をした私が彼女に心酔していた、とお考えなのか。やれやれ。見舞いに行ったことぐらいで、そんなふうに決めつけられるとは、心外です。よしんばそうだったとしても、彼女は眠っているんだ。この世界でどんなことが起ころうとも、怒ったり悲しんだりすることがない。だから、小坂部君が梨紗さんの気持ちを踏みにじることもなかったわけで、私がそれを止めようと逆上する道理もありはしない」

「もちろん、そうです。怒ったり悲しむのは彼女じゃない。それが、先生だと言っているんです。――あの夜、研究上の相談ごとなのか何なのか不明ですが、あなたは小坂部先生宅を深夜に訪問した。その際、大きな砂時計が時を刻んでいることが話題になったんでしょう。小坂部先生は、屈託なく笑いながらその砂時計が何に向かってカウントダウンを続けているのかしゃべった。『お楽しみまであとどれぐらいかを砂時計で計るというのは、わくわくするものですね』といった言葉が出たんでしょう」

「まるで講釈師ですね。見てきたように、よくまぁ、べらべらと――」

新美の顔色は、いよいよ蒼い。

「彼が不誠実なふるまいをしたことが原因で梨紗さんが鉄道事故に遭ったのかどうかは、誰にも判らない。だからこそ、信じればそれは覆らない。彼の有責性を信じて憤《いきどお》っていたあなたは、さらなる小坂部冬彦の堕落ぶりにわれを忘れた。その時、不幸なことにあなたは刃物を所持していたのでしょう」

「チンピラじゃあるまいし」

「先生はチンピラに襲われたばかりだった。護身用のナイフを持ち歩いていたんではありませんか？　それで思わず刺した。さらにその後、おぞましい時に向けてカウントダウンを続ける砂時計を破壊して、その中身を遺体にぶち撒けた。そうやってあなたは、梨紗さんを眠りに落とした砂男、小坂部先生を永遠の眠りに突き落としたんです。今度は、自らが砂男を演じて」

「やめてくれ！」

新美は椅子を倒しながら立ち上がった。そして、まっすぐにドアを指差す。

「出ていってくれ」それは火村に。そして私に「さぁ、早く。ぼさっと突っ立ってるあなたもだ」

「行こう」

火村は私を促した。
後ろ手にドアを閉める時、私は微かなすすり泣きを背中で聞いた。

*『眠られぬ夜のために　第二部』（草間平作・大和邦太郎訳／岩波文庫）

小さな謎、解きます

1

それなりに繁盛している商店街の中ほどに、老舗《しにせ》の和菓子店と時計店に挟まれて場違いな探偵事務所があった。ガラス戸には、金色のカッティングシートで記された〈街角探偵社〉——素人仕事なので少し歪《ゆが》んでいる——の五文字。

もとは〈占いの館〉だったのだが、ありとあらゆる占いに通じていた女性オーナーが「もう引退したい」と店を閉めるにあたって、格安で借り手を探したのに見つからなかったため、定職に就かずふらふらしている孫に「ただで貸す。何でもいいから商売をしなさい」と命じた結果、そんなものが出現したのだ。

失業中だった孫が「何でもいいんだね?」と言質《げんち》を取ってから始めたのが探偵事務所。彼は、興信所で半年ほど働いたことがあったし、〈占いの館〉をほとんど改装しなくてもよい、というのが私立探偵を開業した理由だ。「何でもいい」と明言した手前、祖母は認めるしかなかった。

その孫が樋間直人《ひまなおと》、二十八歳。

〈こ〉をつければ〈暇な男〉になるという名前が禍《わざわい》したわけではなく、立地に合わない業種だったせいで、開業して三週間が経っても依頼人はゼロだった。これでは駄目だと考えた直人は、名称を〈樋間興信所〉から親しみやすい〈街角探偵社〉に変更し、こんな呼び込みの文句をドアに張った。

〈小さな謎、解きます。お気軽にご相談ください〉

私立探偵というのは〈調べる〉〈捜《さが》す〉が主な仕事なのに、〈謎を解く〉をアピールしたのは、彼が推理小説ファンだったからである。本人は、「こうしたら客層が広がる」と大真面目に考えていた。

笑うなかれ。この張り紙をしてから一週間のうちに三件の依頼があった。「お祖父ちゃんが遺した金庫が開かない」というたぐいの相談ばかりで、便利屋扱いされているようではあったが、探偵と便利屋が解決すべき領域は重なっているから、直人に不満はない。――満足もしていないが。

「叔父《おじ》さん、今日も暇な男？」

ガラス戸が勢いよく開いて、学校帰りの健斗《けんと》が入ってきた。おこづかいをやったこともないのに、妙に懐いている小学四年生。近所に住んでいる姉の子だ。ぱっちりとした目があどけないが、大人びた言動をすることもある。

健斗はランドセルを背中から下ろし、応接スペースのソファで元気よく尻を弾ませる。

「暇だったら、ぼくが問題を出すから解いてよ。専門でしょ」

直人は、スーツにネクタイでデスクに向かい、新作の推理小説を読んでいた。栞《しおり》を挟んで本を閉じ、天然パーマのもじゃもじゃ頭を掻く。

「出してみろよ」

「えーとね、大阪城を作ったのは誰？」

引っ掛かってやろうか、と思ったけれどやめた。

「造るよう命じたのは豊臣秀吉。実際に造ったのは大工さん」

「ちぇ、引っ掛からなかった」

「四年生にもなってそんなクイズを面白がっているのか。遅れてるぞ」

「じゃあね」と第二問がくる。

「江戸時代、宇和島《うわじま》城を大工さんに命じて造らせたのは誰？」

う、わ、じ、ま、を並び替えると何か言葉ができるのかと思ったら違った。

「知らないの？　藤堂高虎《とうどうたかとら》だよ」

「日本史にくわしすぎるだろう。どうなっているんだ、おまえ」

お菓子をねだられたので、買い置きのグミをやると、「イチゴのが一番おいしいね」

と無邪気に喜んで食べた。

またガラス戸が開いた。入ってきたのは頭髪をほんのり茶色に染めた大学生ぐらいの男で、「あの……よろしいですか？」と恐縮した顔で訊く。三日ぶりの依頼人だった。

「健斗、またな」と甥を帰らせ、「どうぞ」とソファを勧めた。皮革があちらこちら剝げている祖母譲りの安物だ。探偵より若い依頼人は、気にする様子もない。直人はポットで淹れたお茶を出して、あらたまった口調で尋ねた。

「どういったご相談でしょうか？」

縁なし眼鏡を掛けた茶髪の依頼人は、軽い調子で答える。

「木根《きね》といいます。実は、殺人事件の犯人を当ててもらいたいんです」

そんな重大な事件をうちが扱えるわけがない。警察へ行けよ、と思ったが、「犯人を当ててもらいたい」という言い方は妙だ。

「現実の殺人事件ですか？」

「いいえ」

やはりそうか。聞いてみると、大学のサークル仲間が書いた推理小説の犯人が判らないので、推理してほしい、ということだった。依頼人は、推理小説同好会に所属していて、難問に悩まされているのだ。

これはまた小さな案件だ。おまけに相手は学生だから大した謝礼は望めないが、推理小説好きの直人にとって楽しそうな依頼ではある。

「まったくのお手上げということはないんです。解けたつもりでいたんだけど、どうも変な具合で……」

解けていないくせに、木根は未練がましげに言う。

「問題は、部員各人のスマートフォンやパソコンに送られてきました。それをプリントアウトしてお持ちしています。これです」

「拝見しましょう」

直人は、さっそく読み始めた。

2

タイトルは『果樹園殺人事件』。

某大学のフルーツ同好会の五人が、郊外の果樹園にミカン狩りに行ったところ、部長の古津が撲殺される。メンバーたちがバラバラになって行動していた最中、何者かに落ちていた石で後頭部を殴打されたのだ。

古津はサークル内で常日頃からいざこざばかり起こし、みんなの敵意を買っていた。だったら一緒に遊びに行くなよ、という突っ込みは無用だ。これは犯人当てのための問題であり、小説として鑑賞するものではない。

一読するのに十分もかからない。さて、誰がやったのか？　問題編は、〈読者への挑戦〉で終わっていた。威勢のいい挑戦状の後に、ご丁寧に回答欄が設けられていて、設問1・犯人の名前は？　設問2・そう推理した理由は？　とある。

探偵事務所に相談を持ち込むぐらいだから、さぞや凝《こ》った問題なのだろう、と期待していた直人は拍子抜けしてしまった。あまりにも初歩的な犯人当てではないか。

容疑者は柿谷（法学部二年・男）、桃田（経済学部三年・男）、栗原（文学部一年・女）、李（中国人留学生・女）と四人いたが、答えは明白だ。

「柿谷が犯人ですね」

自信満々で言ったら、依頼人の木根は失望した。

「ああ、やっぱり。――ぼくもそう考えました」

「それが正解なんですよ。彼しかいない」

「違うんだなぁ」

すねたように言って、木根は天井を仰《あお》ぐ。

「何がどう違うんですか？」

ちょっと気分を害しながら直人が訊くと、依頼人は表情を引き締めた。

「ご説明しましょう。ぼくも柿谷が犯人だと推理したんです。理由は二つあって、第一に彼が左利きであること。第二に、彼だけが古津と靴のサイズが同じだったこと。犯人は、その二つの属性を持っているはずで、該当者は柿谷しかいない」

「そのとおり」

木根と直人の推理は、ぴたりと一致していた。他に答えはないと思うのに――。

「でも、出題者は不正解だと言うんです。『そんなはずはない』とぼくが言ったら、『スマホに届いた答えを拡大してみたけど、ちがーう。引っ掛かってんじゃねーよ』と挑発的な返事がきた。そりゃ、確かに柿谷が犯人ではひねりが足りませんよ。それは罠で、他に真犯人がいるんじゃないか、と何度も読み返しましたが、いないでしょう？」

そう聞くと自信がぐらついてくる。

「待った。もう一度、読んでみます」

直人が再読している間、木根も自分のスマホに入っている問題をチェックしていた。

「何十回も読んだんだけどなあ」とつぶやきながら。

熟読しても、柿谷が犯人だとしか思えない。彼以外の人物が犯人である可能性は、作者が慎重に消去しているのだ。出題者の「引っ掛かってんじゃねーよ」が耳元で聞こえるような気がしてきた。

「サークルの他の人の回答は？」

「十人が十人とも柿谷が犯人だと答え、出題者に笑われています。こんなおかしな問題は初めてです」

直人は出題者の声を知らない。引っ掛かってんじゃねーよ、がさっきまでいた健斗の声で再生されるようになった。そこで閃《ひらめ》く。

これは引っ掛け問題ではないのか？　出題者の言葉にもヒントが含まれているのかもしれない。

「それ、貸してもらえますか」

木根のスマホを借り、問題編の中のある文字を拡大してみた。ビンゴ！

「解けた。あなたはこの意地悪な問題に対して、間違った答えを書いていました」

「えっ」と驚く依頼人に、探偵は「ほら」とスマホの画面を示した。

「この容疑者の名前の一文字を、よーく見てください。柿ではありません。もっと拡大しましょうか？」

やがて依頼人は「あれ？」と首を傾げる。

「判りましたか？　市の部分の真ん中の縦棒が、二本の横棒を一画で貫いているでしょう。これは柿《カキ》ではなく杮《コケラ》という漢字です。新しい劇場がオープンする時に言う〈杮落とし〉の杮。つまり、犯人の名前は柿谷ではなく杮谷」

「うわぁ！」

木根は叫んだ。

「マジかよ、めっちゃ微妙な違い！　こんなに似た漢字があるとは。桃田、栗原、すもも李ときて、コケラタニって、ふざけんな。あいつ、推理小説同好会を辞めてクイズ研究会に行けよ！」

怒りながら「やられた」と笑っていた。

相手は学生だから、と直人が控えめに提示した額の謝礼を支払うと、依頼人は喜びながら帰った。

探偵は事務所の奥の部屋に入り、自分への褒美として憩《いこ》いの時間を取る。

その部屋は生活感たっぷりのダイニング・キッチンで、〈火の用心〉のステッカーと秋葉《あきば》神社のお札は祖母が貼ったままだ。

このところ彼は、加熱式タバコを休憩の友としており、あるルールを作って楽しんでいた。案件が解決したら、解決の達成感を五段階に分け、それに応じた回数だけ喫《す》うのだ。

「ものの三十分で片づけたけれど、なかなか珍しい依頼だった。まあ、☆三つというところかな」

水蒸気の白い煙を三回くゆらせると、彼はタバコをポケットにしまった。

3

〈街角探偵社〉と書かれたガラス戸が開いて、学校帰りの健斗が顔を出した。

「お客さん、いないよね」

デスクに向かってスーツ姿で推理小説を読みふけっていた樋間直人は、「いないよ」と返す。狭い事務所だから、答えるまでもなく一目瞭然《りょうぜん》なのだが。

「叔父さんが退屈していたら、ぼくが話し相手になるよ」

健斗は、ランドセルを背中から下ろしながら、安物の応接用ソファに座る。その前、そこに来客が腰掛けたのは二日前。飼っていた猫が逃げたので見つけてもらいたい、という依頼だった。

「猫、どうなったの？」――ジュース、飲むか？」

「見つけた。――早かったね。――飲む」

「えっ、すごい。早かったね。——飲む」

「猫捜しの依頼は四件目で、コツが摑めてきた。喜んでくれて、お礼をたくさんもらえたよ。――オレンジジュースでいいな？」

応接スペースで小学四年生の甥《おい》と向き合い、一緒にジュースのグラスを傾ける。

「最近、あの張り紙を見て面白い依頼をしにきた人はいる？　猫捜しばっかりだとつまらないでしょ」

張り紙に書いたのは、このささやかな探偵社にふさわしいキャッチフレーズ。〈小さな謎、解きます。お気軽にご相談ください〉

「このところ、ない。お客さん自体は、だんだん増えているんだけどな」

私立探偵というより、商店街の中にあって利用しやすい便利屋として重宝《ちょうほう》されてきたようだ。昨日は、「どうしたらいいのか謎なのよ」と隣の和菓子店の奥さんの相談に乗って、フリーズしたパソコンを復旧させた。

「じゃあ、ぼくが不思議に思っていることを訊いてもいい？」

「可愛い甥っ子だから、無料サービスで答えてやるよ。この前みたいに、また引っ掛け問題でも出すつもりか？」

「そういうのじゃない。蛇が二匹いたとしてね——」

「蛇が二匹？」

「黙って聞いて。その蛇がすごくお腹を空かせて、お互いの尻尾《しっぽ》に食いついて相手を食べたとするじゃない。どんどん食べていったら、最後はどうなるの？」

「まさか二匹ともこの世から消えてなくなるわけはない。食べている途中で、どっちも死んでしまうだけ」

この答えは、十歳の少年を満足させなかった。物足りなそうに、「まあ、そうだろうけど」などと言っている。彼は、互いを尾から食い合う二匹の蛇のイメージを、不思議の象徴として面白がっていたのだろう。

直人は、子供の夢想に水を掛けたことを反省し、そのイメージをふくらませてやる。

「尻尾から食い合う二匹の蛇というのは、はるか遠い昔から世界中で語られてきたイメージだ。健斗は二匹の蛇で想像したけれど、一匹の蛇が自分を尻尾から食べていく、というのも同じ。このイメージにはある意味がこめられているんだ」

「どんな？」

「蛇は、成長する時に脱皮するだろ。人間は、そんな蛇に生命の不思議を感じてきた。そして、蛇が尻尾をくわえた状態は、始まりと終わりがつながることを表わす。その状態は、生きることと死ぬことがつながっているわけだから、永遠を意味している」

ちょっと難しいかな、と思ったら、甥はさらりと言った。

「そういう蛇のことを、古代ギリシャ語でウロボロスって言うんだよね」

直人はジュースを噴《ふ》きかけた。この子の知識の範囲は、いつもながら掴みにくい。

「ごめんください」

依頼人らしい。直人より少し年下に見える二十代半ばから後半の女性が、おずおずと入ってくる。

「またね」と健斗は立ち上がり、「失礼します」と言って女性の横をすり抜けた。子供ながら、客商売について理解してきたようだ。

「予約もせず、いきなり失礼します。わたしの疑問の答えを見つけていただけますか？　通りすがりに表の張り紙が目に留まったもので」

直人がお茶を出すと、彼女——田坂真穂子《たさかまほこ》は細い声で言った。

「はい。どういったことでしょうか？」

もじもじとして、すぐには話さない。プライバシーに関わることを言い出しかねているのだろう、と思ったら違った。

「とりとめがない、ふわふわした疑問なので、ふざけているのかと思われそうです。『そんなことで悩むのは変だ』と言われてしまうでしょうね」

勢いで事務所に入ってきたものの、今になって逡巡《しゅんじゅん》しているのだ。ここには様々な依頼が持ち込まれるのでお気になさらずに、と直人は優しく言って、相手が口を開く気になるのを待つ。やがて——。

「わたし、あるものが怖いんです。でも、どうして怖いのか理由が判らなくて……」

『饅頭怖《まんじゆう》い』という落語にも出てきますが、人はそれぞれ怖がるものが異なります。ここだけの話、わたしはテントウ虫を怖がって友だちに笑われたことがありますよ」

今思い出しても、あれは無気味だよな、と直人は思う。

依頼人の気持ちがほぐれたようだ。

「そうなんですか？　テントウ虫、可愛いのに。――わたしが恐ろしいと感じるのは、ある歌です。一九四〇年代のアメリカのポップスなんですが」

4

田坂真穂子が聴いていると恐ろしくなる歌。それは、直人の祖母が好きな曲だった。

「『テネシーワルツ』……ですか。有名な歌ですよね。色んな人が歌っていますが、最大のヒットになったのはパティ・ペイジによるカバー」

依頼人は「そうです」と頷《うなず》く。

「樋間さんはあまりお年が違わないと思うんですけれど、古い歌をよくご存じですね。わたしは、二ヵ月前に知りました」

彼女の仕事は薬剤師で、二ヵ月前から某ショッピングセンターの中にある薬局に勤めていた。そこでは、閉店時間が近づくと毎日決まった音楽が流れ、最後にかかるのがパティ・ペイジの『テネシーワルツ』だという。ワルツだから当然ながらゆったりとした三拍子で、夢見るような曲調の歌だ。

「最初は何とも思わなかったんですけれど、ある時、ふと無気味な感じがしたんです。美しいメロディなのに。それで、五十代の店長さんに『これは何という曲ですか？』と訊いたら、『ぼくらの世代にとっても懐メロだよ』と言いながら題名を教えてくれました」

気になり始めると、ますます気味悪く思うようになり、やがて不安は恐怖になり、労働からの解放である閉店時間が近づくのが憂鬱《ゆううつ》にさえなってきた。

「この歌に関して、不愉快な想い出を持っているわけではありません。だって、あのショッピングセンターで耳にするまでは知らなかったんですから。わたしは、いったい何故あの歌を怖がるんでしょうか？　あれが流れている最中に、薬局やその周囲でトラブルがあって、その記憶が影響しているわけでもないのに」

こんな風変わりな依頼が舞い込むとは思わなかった。戸惑いながらも、挑みがいのある謎なので直人はうれしくなる。

「ずいぶん漠然とした話で、すみません。こんなことで悩むのは変ですよね」

「田坂さんのお気持ちはお察しするしかできませんが、確かに不可解な現象ですね。いくつか質問させてください。不安や恐怖を感じるのは、どの部分ですか？」

「自分でもはっきりしないんです。聴いているうちに、だんだんと心細さが込み上げてくる感じがします」

彼女の了承を得て、ここで実際に聴いてみることにした。パソコンを起ち上げ、動画サイトを探すとすぐに見つかった。歌が事務所内に流れ出すと、依頼人は肩をすぼめて耐えるような表情になる。

「田坂さんは英会話が堪能なのでは?」

「はい」と言うので、歌の内容に反応しているとも考えられる。直人は、どんな歌詞なのかを検索して調べた。ありふれた失恋ソングで、別におかしなことは歌っていない。

〈わたし〉が恋人と踊っていたら、ばったり旧友と出会う。そこで彼氏を紹介したら、取られてしまう。今も『テネシーワルツ』を聴くと、あの夜を思い出す——と〈わたし〉は歌う。それだけ。

「不躾《ぶしつけ》ですが、田坂さんは友だちに彼氏を奪われたことがありますか?」

「彼氏がいたこともないし、片想いの人を友だちにさらわれた経験もありません」

「失礼しました」

詫《わ》びながら、彼氏がいたこともないとは意外だ、とこっそり思う。チャーミングなのに。

「どういった不安なのか、もう少し説明をお願いしたいのですが」

「難しいですね。存在の危機と言うか……」

依頼人は十秒ほど考えてから、「足元の地面がぐらついて崩れていくような感じ」と表現したので、直人は腕組みをする。深層心理に関わる謎で、彼女の出生から現在までのどこかに謎を解く鍵があるのなら、とてもではないが私立探偵の手に余る。

メロディは美しく感じるのだから、彼女を悩ませている原因はやはり歌詞にあるはずだ。彼は、パソコンの画面の歌詞を繰り返し読む。

「本当に不思議です」

彼女が〈不思議〉という言葉を遣《つか》った拍子に、〈ぼくが不思議に思っていること〉を話した健斗のことを思い出した。十歳の甥が不思議がっていたのは、尾を食らう蛇、ウロボロスのイメージだった。

ウロボロス。始まりと終わりがつながったイメージ。永遠、循環。――それだ。

「こういうことではありませんか？」

歌の主人公である〈わたし〉は、彼氏と踊っていた。『テネシーワルツ』の調べに乗って。その時に旧友に紹介したのがきっかけで、恋人を奪われる。

「その悲しい想い出を描いた歌の題名が『テネシーワルツ』というのは辻褄《つじつま》が合いません。歌われている世界の内側にあったものが、最後には外側を包んでしまっています」

「言われてみれば……この歌、そこが変！」

その矛盾に無意識のうちに反応したせいで、世界がぐらつくように感じたのだ。どこかおかしい、理屈に合わない。でも、理由が意識の領域に届かず、不安に陥ってしまった。

というのは仮説にすぎないが、依頼人が納得したので、試しに先ほどの動画を再生したら、もう動じることはなかった。

「不思議なところが面白い歌ですね。ありがとうございます。これからはお気に入りの歌になりそう」

笑顔で帰ってくれたので、今回も首尾よく行ったらしい。ささやかだが、他人の役に立てたことを素直に喜ぶ。

直人は事務所の裏の部屋に入って、いつものように加熱式タバコをふかすことにした。今回の謎を解いた達成感を五段階で評価すると、☆四つというところか。

「われながら、あんなぼんやりとした謎がよく解けたと思うよ。うん」

水蒸気の白い煙を四回くゆらせると、彼はタバコをポケットにしまった。

5

〈街角探偵社〉からガラス戸越しに明るい笑い声が洩《も》れている。探偵と依頼人は難しい顔で話すものなのに、と妙な顔をして事務所の前を通り過ぎる者もいた。

何もおかしいことではない。私立探偵・樋間直人と語らっているのは相談事を抱えた依頼人ではなく、「先日のお礼に」と菓子折りを持参してきた田坂真穂子だった。

「常識はずれな依頼だったのに、見事に解決していただいて助かりました。あれ以来、職場で『テネシーワルツ』を聴くのが楽しみになっています。おかしなものですね」

直人は「いや、そこまで感謝していただくほどのことでも」と言ってから、真顔で「謎を解くのが、わたしの仕事です」と恰好《かっこう》をつけてみたりする。

話が思いがけないほど弾み、最高潮に達したところでガラス戸が開く。学校帰りの健斗がきそうだな、と直人が思っていたところで。

「甥っ子です。よく遊びに寄るんです」

直人の紹介に、健斗はぺこりと頭を下げる。きれいなお姉さんを前に「こんにちは」の声が掠《かす》れた。

「こんにちは」

優しく返してから、彼女はソファから腰を上げる。この後、母親と買い物の予定が入っていると聞いていた。

「お邪魔しました。じゃあ」

「じゃあ」

来客が帰ると、健斗は申し訳なさそうに言った。

「ぼく、邪魔だった？」

直人は、二人分のコーヒーカップを片づけながら「いいや」と答える。邪魔をしたかな、と十歳児でも思うらしい。

「オレンジジュースしかない。飲むか？」

「うん。——今の人、この前もきてた人だよね。探偵の依頼に。解決できたの？」

「したよ。そのお礼にきてくれていたんだ」

「すごいね。この頃、叔父さんは近所でも評判がいいよ」

健斗のクラスメイトがこの商店街に何人かいる。その子たちの噂《うわさ》によると、最初は「変な事務所ができた」「〈占いの館〉の方がましだった」と言われていた〈街角探偵社〉だが、小さな問題でも気持ちよく対応し、解決に導いてくれるという声が広まりつつあるそうだ。

「『あんな店が商店街にあってもいい』って」

「『あってもいい』じゃ駄目だな。『なくなったら困る』と言われるようにしないと」

直人はもじゃもじゃの頭を掻きながら言ったが、内心では喜んでいる。

「でも、叔父さんの評判がよくて、うれしいよ。人のためになる仕事っていいね」

「お、そうか。ありがとう」

コーヒーを飲んだばかりだが、甥に付き合ってオレンジジュースを飲む。

「さっきの女の人とデートするの？」

小学四年生にあっさり見抜かれて、ジュースを噴いた。

「おい、どうしてそう思ったんだ？」

「最後の『じゃあ』の言い方で。また会う約束をした人同士の言い方だった。子供も大人も同じだ」

なるほど、この観察は鋭いかもしれない、と思いかけて直人は打ち消す。単に自分がにやついていたから見当がついたのだろう。

「そんなもの、推理とは言えないな」

「推理だとは言ってない。憶測だよ」

生意気に憶測ときたので驚いた。この子のボキャブラリーは謎だ。ボキャブラリーという言葉さえ知っているかもしれない。

「今日は学校で何か面白いことがあったか？」

「先生が国語の時間にちょっと面白い話をしてくれた。円周率って、三・一四の後どこまでも続くんだね」

そりゃ算数の時間にするネタだろう、と思ったが、話の流れでそうなったのだろう。

今日は依頼人がこない。田坂真穂子の訪問という一大イベントを除けば、のんびりとした一日である。

「ねえ、叔父さん」

健斗があらたまった顔をする。

「どうした？」

「ぼくがなんで、しょっちゅうこの事務所にくるのか判る？」

「くるのに理由なんかあるのか？　てっきり叔父さんのことが好きできてくれるのかと思っていたよ」

「もちろん、好きだからくるんだけれど……。他の理由があると思わない？　お菓子やジュースが目当てでもないよ」

その謎を解け、と言いたいらしい。何と可愛いことを言うのか、やっぱり子供だな、と直人は笑いそうになった。

「判っているよ。健斗は探偵になりたいんだろう？ わが探偵社はみんなに愛されて、どんどん発展していくからな。まずは叔父さんの助手になって、いずれはこの事務所を乗っ取る」

「乗っ取るまではしないよ！」

健斗と話したことがヒントになり、解決できた事案もある。田坂真穂子の件もそうだ。将来、本当に甥とコンビを組むことになるかもな、と想像した。彼を雇うためには、〈街角探偵社〉をよほど大きくしておかなくてはならない。

健斗が帰ると、事務所の裏に入ってポケットから加熱式タバコを取り出した。今日は何の事件も解決していないが、心がほかほかに温まっている。

今日という日を五段階で評価したら――

「☆五つだ。どう考えても」

彼は、水蒸気の白い煙をゆったりと五回くゆらせた。

あとがき

二つのシリーズ短編が混在し、そこにノンシリーズの短編を交えた本書は、わざと統一感を崩して編んだかのようになっています。どうしてこうなったのかというと、そもそもは「オール讀物」誌で発表された作品でまとめようとしたからです。

同誌にはアンケート企画やエッセイなど色々な形で寄稿し、このところは毎年のように短編の依頼をいただいていました。「それらを集めてオリジナル文庫を」というお話から始まったのです。

近年の短編はアンソロジーとして文春文庫に収録されたものも多いのですが、それは読者層がふだんと異なるとしても、私がすでに自分の短編集に入れたものは今さら採りかねます。ボリュームが足りないと思っていたら、編集部は「こういうものが有栖川さんの本に未収録です」と何編かのタイトルを挙げてきました。

他のアンソロジーに入って間がないなどの理由で「これは無理」「それも難しい」と選り分けていくうちに、「それは……いいか」というものが残りました。「オール讀物」に発表した作品と合わせると、ちょうど短編集ができるぐらいの分量になっていたので、

「では、お願いします」となってできたのが本書です。

当初は「ミステリ作家とその弟子」を巻頭に置き、江神《えがみ》シリーズの「女か猫か」「推理研VSパズル研」に続けて、火村《ひむら》シリーズの「海より深い川」「砂男」ときて、食後のデザートっぽく小品の「小さな謎、解きます」で締め括《くく》るつもりでしたが——。編集部から「江神シリーズと火村シリーズをシームレスにつなげると、読者が混乱するのでは？」との指摘があり、「ミステリ作家とその弟子」を間に挟むことにしました。確かに、二つのシリーズが並んでいると、「この英都《えいと》大学というのは、同じ名前の別の大学か？」「学生のアリスが作家になってからの後日談？」と勘違いされかねません。両シリーズに馴染みがある方ならご承知でしょうが、二人のアリスは別人格です。詳しく説明すると長くなるので、パラレルワールドで生きているとご理解ください。

以下、それぞれについて、執筆した経緯などを。

「女か猫か」

いずれ江神シリーズの短編集に収録するつもりですが、しばらく先になるでしょう。タイトルは、F・R・ストックトンの短編「女か虎か」をもじりました。結末が二者択一のいずれか（女か虎か）が明示されておらず、読者に謎を投げ掛けて終わるリドルストーリーの名作です。

「オール讀物」から二年続けて猫の小説を依頼され、前年は猫好きの火村英生《ひでお》が出てくる作品を書いたので、江神ものに仕立てました。まず「女か猫か」というタイトルが浮かび、「それって、どういう物語?」と考えて、このように。

「推理研VSパズル研」

作中で明かしているとおり、青い目・緑色の目のパズルは既存のもので、数学についての解説書で知りました。この論理をミステリに応用できないものか、と考えているうちに、「そもそも、この超現実的な状況はどういうことだ?」と興味が脱線してしまいます。私が思考したままをアリスや江神たちにしゃべらせたら、このように。

「ミステリ作家とその弟子」

私には「作者はこの小説の着想をどこから得たのだろう?」と考える癖があり、「こういうことでした」という裏話を聞くのが好きです。この短編を思いついたきっかけは、「ウサギとカメ」のお話に対して、妻が評した「救いのない話」のひと言でした。その発想はなかった、と面白がっていたら、こんなミステリが。

「海より深い川」

本編の末尾に追記したとおり、法律の改正によって作品の土台が崩れたため、改正前の事件としてお読みいただかなくてはなりません。タイトルは挙げませんが、私の作品には刊行後に法律が変わってしまった例はこれまでにもあります。

短編集未収録だった理由は他にもあった気がします。繊細な問題を扱っているので、小説としてもっとふくらみのある作品に改稿するつもりだったのかもしれません。

今回、ほぼ二十年ぶりに読み返したら、さすがに核となるアイディアは覚えていたものの、まるで他人が書いた小説のように感じられ、衝撃を受けました。時間が経つとこうなるのか、と。男女四人が話していた、という証言を読んで、「なんで四人？」と首を傾《かし》げる有り様だったのです。

また、事件の概要から真相まで、これ以上は圧縮できないほど最短距離で語られているのも私は（作者なのに！）驚きました。記憶を半ばなくして自作を読んだかのようです。

前口上で書いたとおり、核になるアイディアを別の長編に流用したことについては、「あの小説が要請したのだ。そのようにしてよかった」と確信しています。


「砂男」

大阪21世紀協会（現在は関西・大阪21世紀協会）が発行していた「大阪人」という雑誌に連載した後、長編化して中央公論新社から刊行すると予告していた中編です。ホフマンの小説やメタリカの『エンター・サンドマン』の歌詞の一節をエピグラフに、と考えたりしていたのですけれど……。

構想をまとめかねているうちにインターネットの時代が到来し、「都市伝説の形が変わった。もう無理」と投げ出しました。どうにかなりそうなのに。

これも読み返したのは約二十年ぶりでしょうか。ぼんやりとしか覚えていなかったので、やはりほとんど記憶喪失の作家になりました。さすがに犯人が誰かは覚えていましたが、死体に砂が撒《ま》かれていた理由は「？」で、真相を知るのが楽しみだったほど。解決編を読んだ感想は「いかにも有栖川有栖が書きそうな話！」でした（本当に）。

今さら全面的に手直しするのも気が進まず、細部に手を入れただけです。たとえば冒頭でアリスが、今夜は読書を楽しもうと思う場面。水割りでも飲みながら、となっていたので、「君、そんなん家で飲まんやろ」とやめさせました。

「社会の変化を取り入れつつ、現在の力量で長編化する手もあった」と思わないでもありませんが、未練は潔《いさぎよ》く断って、真新しい物語を探すことにします。

火村シリーズの熱心な読者の中には、国立国会図書館や大宅壮一《おおやそういち》文庫などを利用して「海より深い川」「砂男」をお読みくださった方もいるようです。ご面倒をお掛けして、申し訳ありませんでした。大変ありがたいとも思っています。

「小さな謎、解きます」

ＪＴのウェブサイトに六回に分けて発表したものです。加熱式タバコをＰＲするための企画だったので、各エピソードの最後に主人公に吸わせています。

スマートフォンで読む方が多いのを見越して、作中の「果樹園殺人事件」の犯人の名前は画面をピンチアウトすることでより楽しめるようにしたのですが……紙の本でもお判りいただけますように。

まいまい堂さんのイラストと大久《おおく》保《ぼ》明子《あきこ》さんのデザインのおかげで、とてもミステリアスで魅惑的なカバーに包まれた本になりました。

企画の立案者は「オール讀物」編集長の石井《いしい》一成《いっせい》さんで、あれこれ工夫しながら本書を作ってくださったのは文春文庫編集部の髙橋淳一《たかはしじゅんいち》さんです。

深く感謝いたします。

お読みいただいた皆様にも。

二〇二四年十一月七日

有栖川有栖

有栖川有栖 著作リスト（2025年1月現在）

★…火村英生シリーズ　☆…江神二郎シリーズ

〈長編〉

月光ゲーム　Yの悲劇'88☆　東京創元社('89)／創元推理文庫('94)
孤島パズル☆　東京創元社('89)／創元推理文庫('96)
マジックミラー　講談社ノベルス('90)／講談社文庫('93)／講談社文庫('08新装版)
双頭の悪魔☆　東京創元社('92)／創元推理文庫('99)
46番目の密室★　講談社ノベルス('92)／講談社文庫('95)／講談社文庫('09新装版)／角川ビーンズ文庫('12)／講談社('19愛蔵版)
ダリの繭★　角川文庫('93)／角川書店('99新版)／角川ビーンズ文庫('13)
海のある奈良に死す★　双葉社('95)／角川文庫('98)／双葉文庫('00)
スウェーデン館の謎★　講談社ノベルス('95)／講談社文庫('98)／角川ビーンズ文庫('14)
幻想運河　実業之日本社('96)／講談社ノベルス('99)／講談社文庫('01)／実業之日本社文庫('17)
朱色の研究★　角川書店('97)／角川文庫('00)
幽霊刑事《デカ》　講談社('00)／講談社ノベルス('02)／講談社文庫('03)／幻冬舎文庫('18新版)
マレー鉄道の謎★　講談社ノベルス('02)／講談社文庫('05)
虹果て村の秘密　講談社ミステリーランド('03)／講談社ノベルス('12)／講談社文庫('13)
乱鴉《らんあ》の島★　新潮社('06)／講談社ノベルス('08)／新潮文庫('10)
女王国の城☆　創元クライム・クラブ('07)／創元推理文庫('11)
妃は船を沈める★　光文社('08)／光文社カッパ・ノベルス('10)／光文社文庫('12)／光文社文庫('23新装版)
闇の喇叭　理論社('10)／講談社('11)／講談社ノベルス('13)／講談社文庫('14)
真夜中の探偵　講談社('11)／講談社ノベルス('13)／講談社文庫('14)
論理爆弾　講談社('12)／講談社ノベルス('14)／講談社文庫('15)
鍵の掛かった男★　幻冬舎('15)／幻冬舎文庫('17)
狩人の悪夢★　KADOKAWA('17)／角川文庫('19)

インド倶楽部の謎★　講談社ノベルス('18)／講談社文庫('20)
捜査線上の夕映え★　文藝春秋('22)／文春文庫('24)
日本扇の謎★　講談社ノベルス('24)／講談社('24 愛蔵版)

〈中編〉
まほろ市の殺人 冬　蜃気楼に手を振る　祥伝社文庫('02)

〈短編集〉
ロシア紅茶の謎★　講談社ノベルス('94)／講談社文庫('97)
／角川ビーンズ文庫('12)
山伏地蔵坊の放浪　創元クライム・クラブ('96)／創元推理文庫('02)
ブラジル蝶の謎★　講談社ノベルス('96)／講談社文庫('99)
英国庭園の謎★　講談社ノベルス('97)／講談社文庫('00)
ジュリエットの悲鳴　実業之日本社('98)
／実業之日本社ジョイ・ノベルス('00)／角川文庫('01)
／実業之日本社文庫('17)
ペルシャ猫の謎★　講談社ノベルス('99)／講談社文庫('02)
暗い宿★　角川書店('01)／角川文庫('03)
作家小説　幻冬舎('01)／幻冬舎ノベルス('03)／幻冬舎文庫('04)
絶叫城殺人事件★　新潮社('01)／新潮文庫('04)
スイス時計の謎★　講談社ノベルス('03)／講談社文庫('06)
白い兎が逃げる★　光文社カッパ・ノベルス('03)／光文社文庫('07)
／光文社文庫('23 新装版)
モロッコ水晶の謎★　講談社ノベルス('05)／講談社文庫('08)
動物園の暗号★☆　岩崎書店('06)
壁抜け男の謎　角川書店('08)／角川文庫('11)
火村英生に捧げる犯罪★　文藝春秋('08)／文春文庫('11)
赤い月、廃駅の上に　メディアファクトリー('09)／角川文庫('12)
長い廊下がある家★　光文社('10)／光文社カッパ・ノベルス('12)
／光文社文庫('13)／光文社文庫('23 新装版)
高原のフーダニット★　徳間書店('12)／徳間文庫('14)
江神二郎の洞察☆　創元クライム・クラブ('12)／創元推理文庫('17)
幻坂《まぼろしざか》　メディアファクトリー('13)／角川文庫('16)
菩提樹荘の殺人★　文藝春秋('13)／文春文庫('16)

臨床犯罪学者・火村英生の推理 密室の研究★　角川ビーンズ文庫('13)
臨床犯罪学者・火村英生の推理 暗号の研究★　角川ビーンズ文庫('14)
臨床犯罪学者・火村英生の推理 アリバイの研究★　角川ビーンズ文庫('14)
怪しい店★　KADOKAWA('14)／角川文庫('16)
濱地健三郎の霊《くしび》なる事件簿　KADOKAWA('17)／角川文庫('20)
名探偵傑作短篇集 火村英生篇★　講談社文庫('17)
こうして誰もいなくなった　KADOKAWA('19)／角川文庫('21)
カナダ金貨の謎★　講談社ノベルス('19)／講談社文庫('21)
濱地健三郎の幽《かくれ》たる事件簿　KADOKAWA('20)／角川文庫('23)
濱地健三郎の呪《まじな》える事件簿　KADOKAWA('22)
砂男★☆　本書

〈エッセイ集〉

有栖の乱読　メディアファクトリー('98)
作家の犯行現場　メディアファクトリー('02)／新潮文庫('05)
　＊川口宗道・写真
迷宮逍遥　角川書店('02)／角川文庫('05)
赤い鳥は館に帰る　講談社('03)
謎は解ける方が魅力的　講談社('06)
正しく時代に遅れるために　講談社('06)
鏡の向こうに落ちてみよう　講談社('08)
有栖川有栖の鉄道ミステリー旅　山と溪谷社('08)／光文社文庫('11)
本格ミステリの王国　講談社('09)
ミステリ国の人々　日本経済新聞出版社('17)
論理仕掛けの奇談　有栖川有栖解説集　KADOKAWA('19)／角川文庫('22)

〈主な共著・編著〉

有栖川有栖の密室大図鑑　現代書林('99)／新潮文庫('03)／創元推理文庫('19)
　＊有栖川有栖・文／磯田和一・画
有栖川有栖の本格ミステリ・ライブラリー　角川文庫('01)
　＊有栖川有栖・編
新本格謎夜会　講談社ノベルス('03)
　＊綾辻行人との共同監修

有栖川有栖の鉄道ミステリ・ライブラリー　角川文庫('04)
＊有栖川有栖・編
大阪探偵団　対談 有栖川有栖 vs 河内厚郎　沖積舎('08)
＊河内厚郎との対談本
密室入門！　メディアファクトリー('08)
／メディアファクトリー新書('11)(『密室入門』に改題)
＊安井俊夫との共著
図説 密室ミステリの迷宮　洋泉社 MOOK('10)／洋泉社 MOOK('14 完全版)
＊有栖川有栖・監修
綾辻行人と有栖川有栖のミステリ・ジョッキー①　講談社('08)
綾辻行人と有栖川有栖のミステリ・ジョッキー②　講談社('09)
綾辻行人と有栖川有栖のミステリ・ジョッキー③　講談社('12)
＊綾辻行人との対談＆アンソロジー
小説乃湯　お風呂小説アンソロジー　角川文庫('13)
＊有栖川有栖・編
大阪ラビリンス　新潮文庫('14)
＊有栖川有栖・編
北村薫と有栖川有栖の名作ミステリーきっかけ大図鑑
ヒーロー＆ヒロインと謎を追う！　第1巻 集まれ！ 世界の名探偵
第2巻 凍りつく！ 怪奇と恐怖
第3巻 みごとに解決！ 謎と推理
日本図書センター('16)
＊北村薫との共同監修
おろしてください　岩崎書店('20)
＊市川友章との絵本
清張の迷宮《ラビリンス》　松本清張傑作短編セレクション　文春文庫('24)
＊有栖川有栖、北村薫・編
有栖川有栖に捧げる七つの謎　文春文庫('24)
＊青崎有吾、一穂ミチ、織守きょうや、白井智之、夕木春央、阿津川辰海、今村昌弘によるトリビュート作品集

本書は文春文庫のオリジナルです。
JASRAC出2408717-401

文春文庫

砂《すな》 男《おとこ》

定価はカバーに表示してあります

2025年1月10日　第1刷
2025年1月20日　第2刷

著　者　有《あり》栖《す》川《がわ》有《あり》栖《す》
発行者　大沼貴之
発行所　株式会社　文藝春秋

東京都千代田区紀尾井町 3-23　〒102-8008
ＴＥＬ　03・3265・1211㈹
文藝春秋ホームページ　https://www.bunshun.co.jp

落丁、乱丁本は、お手数ですが小社製作部宛お送り下さい。送料小社負担でお取替致します。

印刷・TOPPANクロレ　製本・加藤製本　Printed in Japan
ISBN978-4-16-792322-8